★ 잠시라도 데보라 킹을 만나기 위해 사람들은 몇 시간씩 줄을 서곤 한다.
그녀와 그 치유 작업을 사랑한다.
**루이스 헤이** | 《치유−있는 그대로의 나를 사랑하라》《행복한 생각》 저자

★ 더 높은 진리  인 가이드이다.
**닐 도날드 월시**

★ 데보라 킹은
**크리스티안 노스럽** | 《여성의 몸 여성의 지혜》 저자

★ 데보라 킹은 우리가 '치유'라는 자연의 가장 강력한 수단을 타고났다는
사실을 일깨운다. 그것은 우리 몸을 통해 미묘한 에너지를 감지하고
다룰 수 있는 재능이다.
**그렉 브레이든** | 《디바인 매트릭스》《잃어버린 기도의 비밀》 저자

★ 데보라 킹은 믿을 만하고, 카리스마 넘치며, 유쾌한 영적 가이드이다.
**제임스 밴 프래그** | 《고스트, 그들은 왜 우리 곁에 머무는가》 저자, PD

★ 데보라 킹은 '이 순간에 살라'는 힘 있는 메시지를 전하는 놀라운 스승이다.
몇 분만 그녀와 함께 있어보면 패러다임이 바뀌게 될 것이다.
**마시 시모프** | 《이유 없이 행복하라》《이유 없이 사랑하라》 저자

★ 당신이 진리, 빛, 그리고 당신의 숨겨진 잠재력을 잠금해제하는
간단한 방법을 찾고 있다면, 마스터 힐러이자 교사인 데보라 킹이 여기에 있다!
**제이 애덤스** | Fight Zone TV 오너, 에미상 수상 TV쇼 〈획기적인 치료법〉 진행자

★ 《진실이 치유한다》는 진실의 직면과 해방에 대한 책이다.
자신과 타인을 치유하고자 하는 모든 이들에게 영감을 줄 것이다.
**마이클 머피** | 에살렌 연구소의 공동 설립자이며 이사장

진실이 치유한다

TRUTH HEALS
by Deborah King

Copyright ⓒ 2009 by Deborah King
All rights reserved.

Originally published in 2009 by Hay House Inc., USA.
Korean translation rights ⓒ 2016 by Gimm-Young Publishers, Inc.
This Korean edition arranged with Hay House UK Ltd through Amo Agency.

# 진실이 치유한다

1판 1쇄 발행 2016. 2. 4.
1판 6쇄 발행 2023. 9. 1.

지은이 데보라 킹
옮긴이 사은영

발행인 고세규
편집 김동현
발행처 김영사
등록 1979년 5월 17일(제406-2003-036호)
주소 경기도 파주시 문발로 197(문발동) 우편번호 10881
전화 마케팅부 031)955-3100, 편집부 031)955-3200 | 팩스 031)955-3111

값은 뒤표지에 있습니다.
ISBN 978-89-349-7357-7 03840

홈페이지 www.gimmyoung.com     블로그 blog.naver.com/gybook
인스타그램 instagram.com/gimmyoung   이메일 bestbook@gimmyoung.com

좋은 독자가 좋은 책을 만듭니다.
김영사는 독자 여러분의 의견에 항상 귀 기울이고 있습니다.

# 진실이 치유한다

## Truth Heals

데보라 킹 (마스터 힐러) | 사은영 옮김

김영사

| **일러두기** |

1. 저자와 옮긴이의 도움을 받아 한국어판을 위한 '차크라 차트'와 '한국인 치유 사례'를 추가했습니다.
2. 이해를 돕기 위해 원서에 없던 '주석'을 모두 새로 붙였습니다.
3. 구분이 필요한 용어에는 영문 또는 한문을 연달아 함께 표기했습니다. 앞에서 이미 표기한 경우라
   도, 문맥상 의미를 분명히 전달하기 위해 추가로 병기한 경우가 있습니다.
4. 우리말로 옮겼을 때 의미가 제한되거나 원어 그대로 이해가 쉬울 경우에는 외국어 표현을 그대로
   살렸습니다.
5. 외래어는 국립국어원 외래어 표기법을 원칙으로 삼았습니다.

진실은 태양과 같아.
잠시 가릴 수는 있지만, 사라지진 않지.

– 엘비스 프레슬리

최근 몇 년 동안 한국에서 일어난 일들에 대해, 가슴 깊이 진심 어린 위로의 마음을 전합니다.

세월호의 비극을 비롯하여 일본군 위안부 문제, 청년들의 취업난, 중동호흡기증후군MERS의 유행, 빈부격차와 경제난, 북한 핵 개발과 남북한 긴장 사태 등 많은 일들이 우리의 마음을 무겁게 했습니다. 이런 이슈들은 우리들 각자가 짊어진 개인적 문제들과 함께 많은 사람들의 삶에 깊은 상처를 남기고 있습니다.

삶에서 겪게 되는 트라우마trauma[1], 그로 인한 감정적·신체

---

1  정신적인 상처 또는 충격.

적·정신적인 어려움은 여러분도 잘 알고 계실 겁니다. 이 책《진실이 치유한다》는 이미 발생한 일들을 제대로 보고, 감정적인 고통을 표현하도록 하여, 결국 그 아픔을 근본적으로 풀어냄으로써 전체적인 관점에서 치유가 일어나도록 돕는 내용입니다.

물론 쉽지만은 않은 일입니다. 개인적인 트라우마뿐만 아니라, 세월호의 비극처럼 사회와 국가 전체에 깊은 상처를 남기는 트라우마는 더욱 그렇습니다. 수백 명의 선량한 사람들이 죽어가는 모습을 TV 생중계로 지켜보면서도 적절한 때에 적절한 조치를 하지 못했다는 것은 이 시대의 커다란 비극입니다. 부모들은 아이들을 잃었고, 한국 국민은 정부에 대한 신뢰를 잃었습니다. 2014년에 참사가 일어나고 많은 시간이 지났지만, 사랑하는 사람을 잃은 슬픔을 보듬어주거나 분노의 마음을 가라앉히기는 참으로 어려운 일입니다.


에너지 치유의 차원에서 보면, 한국이라는 나라 전체가 뿌리 차크라Root chakra[2]에 커다란 충격을 받은 것과 같습니다. 첫 번째 에너지 센터인 뿌리 차크라는 신체 에너지 시스템의 기반이자 건강의 중심점이 되는 곳입니다. 게다가 세계적인 분단국가에 살고

---

2  척추 가장 아래에 위치한 에너지 센터. 7개의 주요 차크라 중 첫 번째 맨 아래.

있는 한국인들은 북한의 파괴적인 도발 행위에 대한 두려움이 만연한 곳에서 이미 일상을 살고 있습니다. 이런 상황들은 모두, 우리를 둘러싼 에너지 장energy field에 영향을 주게 됩니다. 의식하지 못할지라도 한국에 살고 있는 여러분들은 뿌리 차크라 자체가 불안정한 상태일 수 있다는 의미입니다.

'치유'라는 관점에서 한국의 상황과 끊임없는 발전은 시사하는 바가 많습니다. 이처럼 트라우마가 많은 민족이 그것을 극복하는 과정에서 성장·발전하는 좋은 예를 보여주고 있기 때문입니다. 불안하므로 변화에 대한 염원이 크고, 끊임없이 많은 노력을 하게 되므로, 스스로의 빛을 만나게 될 기회와 가능성이 더 많을 수 있습니다. 환경을 탓하기 보다는 각자가 자신을 바로 잡고 정화하여 공동체를 더 바람직하게 만들어 가는 것, 이것이 모든 힐링(치유)의 기본입니다. 기분 나쁘고 어려운 상황이라도, 올라가는 길을 택할 것인가 내려가는 길을 택할 것인가는 나의 선택에 달려 있기 때문입니다.


'어떻게 사랑을 선택하면서 갈 것인가?' 하는 것이 제가 이야기하는 에너지 치유의 오래된 주제입니다. 우리는 언제나 선택을 할 수 있습니다. 올라가는 길을 선택하면, 나뿐 아니라 남도 따뜻하게 보듬어 갈 수 있고, 그것이 사랑입니다. 나 자신이 좀 더 사랑을 나누는 존재가 되고 싶다면, 저절로 더 크고 온전한 것에 마음을 열 수 밖에 없습니다. 그러면 우리의 마음은 자신뿐만 아니라 다른 사람과 자연, 지구, 보이지 않는 존재와 가치들에게까지 열려 있게 됩니다.

기쁜 것을 선택하는 것, 그것이 열쇠입니다. 나 자신이 참으로 기쁜 것을 하다 보면, 그것이 징검다리가 되어 상처가 치유되고 상황이 바뀝니다. 어둠 속에서도 빛을 찾아 그것과 하나 될 때, 주위에 빛을 가져오고 내 삶에 치유가 일어나는 것입니다.

그 모든 일은 결국 자신을 잘 돌보는 것에서 시작해야 합니다. 몸이 건강하고 에너지가 잘 흐르면 긍정적 상태가 되고, 나뿐 아니라 모두가 그런 상태가 되면 좋은 세상이 됩니다. 자기 자신을 잘 돌보면, 다른 사람도 존중해줄 수 있습니다. 다른 이들을 사랑과 자애로 대하면, 그들이 또 다른 이들에게 그렇게 베풀 수 있습니다.

그리고 자기 자신을 돌보는 것은, 우선 나 자신의 진실을 인정하는 것에서 시작합니다.


한국에 처음으로 저를 소개하고 이 책을 출간하도록 도와준 사은영Grace Sa님께 진심으로 감사의 인사를 전합니다. 에너지 힐러이자 전문 동시통역사로, 그녀의 헌신과 노력이 있었기에 이 책에 담긴 많은 이야기들을 이제 한국에도 나눌 수 있게 되었습니다.

《진실이 치유한다》가 여러분의 치유 여정에 작으나마 도움이 되기를 기원합니다.

데보라 킹

*Deborah King*

"거짓이 넘쳐나는 세상에서, 진실을 말한다는 것은 혁명이다."
내 앞의 차 범퍼스티커[3]에는 이렇게 적혀 있었다.

**진실이 치유한다**Truth heals. 그러나 어떻게? 그리고 왜? 진실은 어떤 좋은 일을 하는 걸까?

진실이 할 수 있는 일은 아주 많다.

진실을 말한다는 것은 자유를 의미한다. 그것은 기쁘고, 평화롭고, 건강하고, 의미 있고, 강렬하고, 일관성 있는 삶을 사는 것이며 또한 사랑을 의미한다. 궁극적으로, 진실을 말하면 자기 자신인 것이 좋고, 홀가분하며, 자유롭고, 내가 원하는 삶을 살게 된다.

---

**3** 자동차 범퍼bumper에 붙이는 스티커. 함축적인 문구와 상징을 통해 사회적 메시지나 개인적 견해를 표현하는 매체로 사용됨. 인용된 문구는 영국의 소설가 조지 오웰George Orwell의 글.

그렇다면 왜 거짓말이 그렇게 자주, 더 좋고 근사하며 쉬워 보이는 걸까?

진실은 종종 불편하게 느껴진다. 왜냐하면 진실에는 너무 많은 죄의식과 수치심이 들러붙어있기 때문이다. 그래서 진실은 억압되어 왔고, 몇 년씩이나 표현되지 않은 채 방치되기도 한다.

진실은 어떤 방식으로든 세상에 드러나게 되어 있다. 파묻어도 어떻게든 바깥으로 비집고 나온다. 진실을 부인하거나 덮어두게 되면 건강이 나빠지거나, 인간관계에 문제가 생기거나, 재정적인 어려움을 겪게 된다. 진실은 편안히 침묵하고 있거나 억눌려 있지 않는다. 평생이 걸릴지라도 결국엔 진실이 승리한다. 명탐정들이 '죽은 자도 말한다'고 하는 것과 같다.

나는 대개 시간당 열다섯 건의 긴급한 메시지를 받는데, 이들은 모두 절실한 도움을 필요로 하는 사람들이다. 이들은 수많은 의사를 만나고, 여러 병원에서 검사를 받고, 약을 먹고, 할 수 있는 모든 방법을 다 거치고 난 후에야 나를 찾아온다. 그들은 신체적, 정신적 고통으로 괴로워하며 주저앉기 바로 직전이다. 과거에 묻혀있던 진실이 마치 불타는 집처럼 몸 안에서 타오른다. 그들은 자신이 어떤 심각한 질병이나 바이러스에 '걸렸다'고 생각한다. 그들은 비참하고 고통스러운 삶을 살 수밖에 없다고 체념한다.

거짓 삶을 살면서 평화로울 수는 없다. 거짓 삶이 기쁠 수는 없다. 내적으로 진실한 삶이 발현될 때 진정한 평화와 기쁨이 충만하게 된다.

내가 겪은 이야기와 내가 치료하면서 만났던 수천 명의 이야기를 통해 더욱 분명해진 건, 우리에게 일어난 모든 일은 우리 몸과 우리 몸을 둘러싼 **에너지 장**energy field에 저장되어 있다는 것이다. 결국 건강과 치유는 우리 몸, 마음, 영혼이 진실을 원하고, 필요로 하고, 진실과 마주할 준비가 됐을 때 이루어진다. 평생 동안 억압해왔다 하더라도, 몸, 마음, 영혼이 아픈 비밀을 풀어 놓을 의향이 있다면 자기 자신은 물론이고, 가족 더 나아가 국가까지도 아픔을 치유할 수 있다. 궁극적으로 우리를 살리는 것은 우리가 자신을 죽인다고 확신하고 있었던 '**진실**'이다.

마을에 누군가 아플 때 치유 의식을 행하는 원주민 부족에 대한 이야기를 들은 적이 있다. 고열이 있거나, 복통을 호소하거나, 우울증이 있거나 폐출혈을 앓고 있는 사람이 가운데에 앉고, 그 주위를 마을 사람들이 둥글게 둘러앉는다. 아픈 사람은 말이나 행동을 통해 자신에게 상처를 주었거나 혹은 자신이 상처를 준 사람에게 **그동안 말하지 않았던 것**을 말할 수 있게 된다. 내내 가슴을 누르며 그 누구와도 나눠보지 못했던 이야기들이 무엇이었고, 어떤 꿈이 억압되었는지, 환자가 솔직히 말할 수 있는 자리가 된다. 마을 사람들은 그의 말을 듣고 인정해 준다. 아픈 사람이 좋아질 때까지 마을 사람들은 함께 원 안에 앉아있어 준다.

원주민은 우리가 문명 생활에서 잊고 있었던, '진실이 치유한다'는 사실을 알고 있었다.


## 거짓으로 점철된 내 삶

어릴 때부터 나는 진실과는 전혀 관계없는 삶을 살았다. 부모님 두 분 모두 내게 거짓을 말하게 했고, 거짓 삶을 살도록 했다. 아버지는 따뜻하고 다정한 사람이었다. 매일 밤 나를 위로해주고 이야기를 나누며 나와 소통했다. 아버지 냄새를 기억한다. 깨끗한 셔츠, 위스키, 담배 냄새. 아빠의 손은 나를 사랑해주고, 받아주고, 애지중지해 주었지만, 항상 건강하게 보살펴주는 방식은 아니었다. 우리 관계에는 어두운 부분이 있었다. 아빠는 항상 내게 명심하라고 훈계했다. "말하면 안 돼! 말하면 안 돼! 말하면 안 돼!" 나는 비밀을 간직하라는 가르침을 받았고, 그건 특히 아이에게는 끔찍하게 무거운 짐이었다. 아이들은 비밀이 위험하다는 걸 안다. 아이들은 비밀이 자신을 다치게 할 수 있고, 사랑하는 가족도 위험하게 한다는 걸 안다.

나쁜 아빠가 내 방 쪽으로 복도를 걸어오던 시절이 있었다. 이건 아무에게도 말하지 않은 채 감춰온 우리만의 비밀이었다. 난 진실을 말하지 않고 꽉 봉해놓는 방법을 배우고 있었고, 나중에는 진실을 말하지 않는 달인이 되었다. 서너 살 즈음 되자 거짓말하는 버릇이 내 몸, 마음, 존재 세포에 박히게 되었다.

어머니는 내게 사실을 부인하는 기술을 몸소 가르쳐 주었다. 그건 나를 더욱 능숙한 거짓말쟁이로 만드는 데 일조했다. 그녀는 아버지와 나 사이의 일을 모른척하고 무시했다. 나는 어머니를 너무 무서워했고, 그녀의 노여움이 두려워 거짓말하는 법을 배웠다. 나 또한 내 거짓말 속으로 사라지는 방법을 배우게 된 것이다.

10대에 나는 사랑이 충만한 가정에서 자라고, 어머니가 날 아껴 주고 사랑해준다는 메시지를 외부 사람들에게 보냈다. 사실 어머니는 날 싫어했다. 오빠를 대하는 마음과는 달랐다. 오빠는 여자가 아니었기 때문이다. 어머니는 자신이 여자임을 싫어했고, 그 증오를 내게 투사했다. 물론 어릴 적에는 그런 사실을 몰랐다. 내가 알았던 건, 어머니에게서는 따뜻한 위안, 사랑, 이해심 등을 찾을 수가 없다는 것이었다. 어머니가 나를 안고, 뽀뽀해주고, 따뜻한 말을 건네주던 기억이 한 번도 없다.

우리가 너무 오랫동안 거짓을 말하게 되면, 그 **거짓이 우리 자**

**신이 된다.** 거짓말의 달인이 되어 내가 거짓을 말하고 있는지조차 모르게 된다. 나는 진실과 거짓을 분간할 수 없는 지경이 되었다. 진실을 말하는 건 안전하지 않다고 배웠다. 사실 진실이 무엇인지 보지도 못했고, 느끼거나 들어본 적이 없었다.

20대가 되었을 때, 난 아름다운 옷을 입듯이 거짓을 입고 다녔다. 그리고 아버지처럼 결혼을 하고 성공한 변호사가 되었다. 겉으로는 완벽해 보이도록, 다른 사람이 그렇게 믿도록 만들었다. 내 자신이 통제 불가능한 상태에 다다랐다는 사실은 다른 이에게 보여주지 않았고, 스스로 인정하지도 못하고 있었다. 나는 우울증, 광적인 조증, 음주, 문란한 성생활의 롤러코스터를 오르락내리락 하고 있었다. 내 몸은 내가 무시해버리고 감춰둔 문제들로 꽉 찬 광산이 되었다. 나는 암 진단을 받은 후에야 비로소 진실을 마주하기로 결심했다.

나는 성폭행을 당했다는 사실을 살아오는 내내 알고 있었다. 어쩌면 내 내면의 경험들을 수집해온 '신디Cindy'라는 아이는 그렇게 알고 있었다고 해야겠다. 신디는 내 인격의 일부로, 그 모든 사건들을 기억하고 있는 아이다. 다중인격[4]을 지닌 대부분의 사

---

[4] 한 개인에게 두 가지 이상의 독립적이며 서로 구분되는 성격 체계가 발전하는 정신 장애의 일종.

람들과는 달리 내 정신력은 강해서, 나는 신디와 분리되어 있지는 않았다. 신디와 나는 계속 연결되어 있었다. 신디는 일정 부분 내 안식처 같은 역할을 했고, 내게 일어나고 있는 일들로부터 얼마간 벗어날 수 있는 구실이 되었다. 이 책에는 신디가 여러 번 등장하게 될 것이다.

아버지가 나를 성폭행하기 시작했을 때 나는 신디를 '만들어 냈다'. 내가 아주 어렸을 때, 신디는 아버지와의 따뜻하고 모호했던 시간을 얘기해 주었다. 그러다가 나이가 들자, 그 이야기는 점점 무서운 이야기가 되었다. 몇몇 최악의 이야기들은 신디가 내게 아예 말해주지도 않았다. 그 기억의 진실을 인식하고 싶지 않았으나, 결국 더 이상 내게 선택권이 없었다. 내 건강은 그 기억을 자각하는 데 달려있었다.

질병이 대게 그렇듯이, **내 병이 나를 깨웠다.** 그 모든 감정들을 억눌러온 대가가 병이었다. 내가 거짓을 말하려고 하는 만큼 내 몸은 그걸 원치 않았다. 질병과 싸울 수는 없다. 우리는 몸이 이 세상에서 잘 움직이기를 바란다. 만일 그렇지 않다면 진정으로 그 상태에 갇힌 것이다. 내 병은 어릴 적 목 질환으로 시작해서 저혈당, 위경련, 다양한 알레르기 등 여러 종류의 다른 질병으로 발전해 나갔다. 그와 함께, 조울증, 문란한 성생활, 술, 신경안정제 중독증이 질병과 함께 나타났다. 스물다섯 살에 결국 암 진단을 받고 잠에서 깨어나기 전부터 이미 복합적인 질환을 앓고 있었다.

진실을 마주하는 데는 오랜 시간이 걸렸다. 진실이 거의 존재하지 않는 삶을 지어내고 내 모든 것을 거기에 쏟았기 때문이다. 나는 단 한 번도 입 밖에 낼 수 없었던 비밀을 간직하고 있었다. 나는 그 비밀을 무덤까지 가지고 가야할 줄 알았다. 그러나 그렇지 않았다. 개인적인 진실(내 비밀 상처)이 내 주목을 끌기 위해 암으로 나타나기 시작했다. 암이 아니었다면 내 과거의 진실은 그대로 묻혔을 것이고, 나 자신 또한 그와 함께 묻혀버렸을 것이다.

나는 살고 싶었고, 병을 고치는 데 할 수 있는 모든 걸 하기로 마음먹었다.

어찌할 바를 모르고 있던 어느 날, 우연히 어떤 마사지 치료사의 사무실에 들르게 되었다. 그는 나를 마사지 하면서 '에너지 힐링'을 받아보겠냐고 물었다. 무엇인지는 잘 몰라도 그럴 듯하게 들렸다. 그래서 좋다고 했다. 그때부터 나는 깨어나기 시작했다.


## 에너지

우리는 말 그대로 '**진실을 따르지 않으면 죽는**' 문화에 살고 있다. 마음속에 간직한 아픈 비밀이나 거짓말은 우리 몸의 에너지 장을 왜곡하고, 면역 체계를 취약하게 하고, 내장 기관을 지치게 하며, 심장을 수축시키고, 뇌를 흔들며, 신경계를 교란한다. 한마디로 거짓은 몸을 지독한 쓰레기 더미로 전락시킨다.

물리학의 원리들은, 에너지가 우주의 원동력이고 이 세상 모든 것이 그 에너지 안에 포함된다고 말한다. 실제로 우리 몸과 그 몸을 둘러싼 시스템들은 에너지의 만화경kaleidoscope과 같다.

척추 맨 아래 부분에 위치한 첫 번째 에너지 센터인 뿌리 차크라root chakra에서부터 머리 위 꼭대기에 위치한 일곱 번째 에너지 센터인 정수리 차크라crown chakra에 이르기까지, 우리 몸은 세상으로부터 에너지를 받아서 (건강한 순환을 통해) 밖으로 내보내는 복잡한 체계로 이루어져 있다. 균형이 잘 잡혔을 때, 에너지 센터들은 우리 몸을 건강하게 지키기 위해 소용돌이처럼 회전하고 있다.

우리는 에너지 시스템이 정상적으로 잘 작동하기를 바란다. 우리를 지탱하고 돌볼 수 있도록, 에너지 센터들이 에너지를 잘 공급해주기를 바란다. 몸의 모든 세포, 조직, 기관들에 에너지들이 구석구석 자유롭게 흘러 다니길 원한다.

살면서 겪는 일들, 정서적인 혼란, 수술, 사고, 그리고 모든 종류의 트라우마trauma는 에너지 시스템에 충격을 주고 손상을 입힌다. 시간이 지나서도 충격적인 경험이 처리되거나 해결되지 않으면, 몸의 특정 부분에서 에너지의 흐름이 원활하지 않게 되고, 이로 인해 질병이나 다른 문제가 발생한다. 고통스러운 일들에 대한 기억은 '잊어버리는' 것처럼 해버린다. 두려움, 슬픔, 분노에 맞서기 위해, 의식적으로 사실을 부인하거나 억압하는 방식을 택하는 것이다. 그러나 몸은 절대로 잊지 않는다. 몸은 모든 기억을 저장하기 때문이다. 표현하지 못했던 분노, 지르지 못했던 비명, 꾹꾹 누르고 있었던 슬픔은 모두 그들의 흔적을 남긴다.

　나 역시 어린 시절과 청소년기에 고통스러운 사건들을 겪었던 만큼, 다른 이의 아픔을 잘 이해할 수 있다. 힐러healer[5]의 길을 가는 사람들에게는 그 어떤 원리나 임상적 훈련보다도 삶에서 겪은 경험과 자질이 더욱 중요하다 할 수 있다. 그 당시에는 잘 알지 못했지만, 아이러니하게도 어린 시절의 문제들은 내가 힐러가 되는 데 필요한 교육적 경험이 되었다. 어린 시절이 아무런 사건 없이 순수하고 행복한 시절이었다면, 나는 이 길을 걷지 않았을 것이다.

---

**5** 치유heal하고 회복하도록 돕는 사람. 치유자, 치료사 등으로 번역할 수 있지만, 이 책에서는 원어의 풍부한 의미를 전달하기 위해 '힐러'로 표기.

# 진실을 통한 치유

사람들은 건강에 이러이러한 문제가 있다고 적은 목록을 들고 나를 찾아온다. 한 남성은 이렇게 말했다. "스무 살 즈음, 경추(목뼈) 부분에 이상이 오기 시작했어요. 정형외과에 다녔고, 척추지압사에게 치료받고, 턱 관절 통증으로 치과에 다니고, 결국 통증 치료사에게 갔습니다." 그의 에너지 장을 자세히 보니 **표현되지 않은 절규**가 만성질환의 형태로 그의 몸에 나타나고 있었다. 억눌린 감정은 그의 몸에 치명타를 입혔다. 그의 턱은 수년간 내 턱이 그랬던 것처럼 두려움으로 경직되어 있었다. 아이들은 두렵거나 다쳤을 때 소리를 질러야 한다. 울 수 없거나, 아픔을 호소한다고 혼나는 아이들도 어떠한 방법으로든 표현을 해야만 한다. 그렇지 않으면 결국 몸이 다른 표현 방법을 선택할 때까지 그 통증의 짐을 안고 가게 된다.

내 몸의 회복을 위해 나는 수년간 다양한 현자賢者, 샤먼 shaman, 힐러를 만나 공부했다. 내 의식이 깨어나기 시작하자, 내가 경험했던 공포가 차츰 빛을 찾아 나오기 시작했다. 표현하지 못했던 내 안의 에너지가 나오려고 소리쳤다. 계속해서 다양한 사람들과 내 몸의 치유 작업을 진행하자, 내 안에서 이런 외침이 들렸다. **아빠! 제발, 상처주지 마세요. 제발, 상처주지 마세요.**

진실은 더 이상 가만히 눌려있지 않았다. 목소리를 내고 싶어했다. 내가 늘 알고 있었던, 그러나 묻어두었던 진실이 수면 위로 박차고 나왔다. 나를 거의 죽일 뻔했던 거짓말들, 수시로 바꾸기 좋고 편리해 보였던 거짓말들은 더 이상 나의 구세주가 아니었다.

나는 살고 싶었다. 그리고 진실이 내 삶을 구했다.

우리가 숨기고 있는 거짓은 내면에 시한폭탄같이 들어앉아 있다. 거짓을 해체하려는 의지가 강할수록 더욱 빨리 치유할 수 있다. 진실을 말하는 건 사랑의 행위이다. 우리 자신을, 우리의 삶을, 우리가 사랑하는 모든 이들을 사랑하는 방법이다.

그러나 치유를 위해 **억압하고 있던 모든 끔찍한 일들을 다 기억할 필요는 없다.** 사람들에게 **그들의 진실**과 접촉해 보라고 권유할 때는, 예를 들어, 단순히 어린 시절이 매우 냉혹했다는 진실 정도만을 뜻하는 것이다. 아버지가 검푸른 멍이 들 때까지 때리고, 담배로 손을 지졌던 기억을 되새길 필요는 없다. 그러나 자신이 건강하길 원한다면, 우리 아버지가 최고였다고 생각하는 자기기만을 그만두어야 한다. 최소한 자기 자신은 진실을 그대로 인정해야 한다.

진실을 아는 것은 중요하다. 그러나 다른 사람들까지 그 진실을 직시하도록 하는 건 현명하지도 않고, 안전하지도 않다. 기억을 찾게 되면 우리 자신은 매우 자유로워지지만, 그 진실의 내용을 다른 이들에게 알리는 경우에는 신중한 판단을 내려야 한다. '진실을 감당하지 못하는' 이들에게 솔직히 털어놓는 건 아픔과 고통을 더욱 가중시킬 뿐이다.

용서는 시간이 걸린다. 때로는 평생이 필요하다. 많은 부분에서 나는 부모님의 결점을 용서했다고 믿고 있다. 그러나 책을 집필하는 초기에 우리 어머니에 대한 내용이 많이 누락되었음을 알게 되었다. 아버지 이야기는 여기저기에서 드러나는데, 어머니에 대한 이야기는 내 마음속 그녀의 부재를 냉정하게 보여주듯 거의 없었다. 원고를 작성하면서도 부모님과의 관계를 어린 시절에 지속한 것과 똑같이 재현한 것이다. 치유를 위해서는 아버지만큼이나 어머니에 대한 이야기를 적어내려 가야 했다. 진실을 말하면서 가족 내력으로 이어지는 내 문제들이 치유되기를 바랐다.

진실이 우리의 상처를 고치는 동안, 병은 이미 시작되었을 수 있다. 그렇다면 몸에 관심을 기울일 필요가 있다. 나는 여러 다른 치료를 함께 병행하는 통합 치료의 효과를 믿는다. 의료 질환이 있는 사람들은 즉시 몸의 상태에 따라 다양한 분야의 도움을 받을 것을 권유한다.

《진실이 치유한다》는 왜곡된 에너지 시스템이 어떻게 질병을 일으키는지 설명하고 있다. 억누르고 부정하고 잊어버린 진실,

그리고 말로 표현하지 못했던 감정적 경험, 해결하지 못했던 고통스러운 트라우마가 어떻게 우리 몸에 영향을 주는지 살펴볼 것이다.

각 장은 오래전 내가 회복하는 시기에 적은 회고록의 짧은 인용문으로 시작한다. 우리 몸 안의 에너지 시스템을 형성하는 일곱 개의 주요 에너지 센터(차크라)에 대한 내용을 하나씩 각 장에 나누어 모두 일곱 개의 장에 담았다. 각 장에서는 특정한 감정적인 습관과 그에 따라 야기되는 신체적인 문제점들을 설명하고, 각 차크라의 특징과 특성을 유명인들, 내가 치료했던 사람들의 이야기를 통해 밝혀두었다. 또한 각 장마다 간단한 '체크리스트'를 넣어 여러분이 자신의 삶과 신체의 문제점들을 파악해 볼 수 있도록 했다. 여기에 소개된 이야기들은 모두 시간을 거듭할수록 어떻게 **진실이 치유**하는지를 보여준다.

때로 '신God'이라는 말을 사용하지만, 이것은 보이지 않는 세계와의 연결을 의미하는 표현이다. 나는 가톨릭 집안에서 자라서 어린 시절에는 그리스도교인의 사고방식을 가지고 있었기 때문이다. 지금은 어떤 특정 믿음에 귀속하지 않고, 모든 믿음의 근본 원리에 공감한다. 다양한 교회나 사원, 절에서 행하는 의식에도 종종 참여한다. 근본Source에 연결되어 있다고 느끼는 곳이면 어디든 가는데, 서로 공통점이 없을 것 같은 곳들이 모두 연결되어 있다는 사실을 알 수 있었다. 개신교도는 방언을 하고, 베네딕트회 수도사는 찬송가를 부르며, 힌두교인은 명상을 하고, 수피교인은 춤을 춘다. 나는 영spirit과 건강에 이르는 길은 다양하다고 굳게 믿는다. '신'이라는 말은 내게 편한 용어이기에 사용하지만, 여러분에게도 자신에게 편한 용어가 있을 거라 생각한다. 진실은 그 어떤 신념 체계를 초월한다. 근본을 부르는 용어가 서로 다르다 할지라도 진실은 모두에게 해당하는 보편적인 연결점이다.

이 책을 읽어 나가면서 자신의 진실을 만나고 받아들이기를 바란다. 사랑하는 사람들의 진실 또한 받아들일 수 있기를, 또한 이 책을 통해 여러분이 치유할 수 있게 되기를 기원한다.

진실이 **당신**을 자유롭게 하기를.

차례 °

Truth

H e a l s

1장°

# 여기는 안전한가

Truth Heals

지금 여기에,
현실의 나로 있는 것이
안전하다

뿌리 차크라
ROOT

어머니는 단단한 나무로 된 바닥을 걸으면서 나를 못마땅하게 쳐다본다. 내가 뭘 잘못해서 저렇게 화를 내시는 거지? 나는 작아지려고 노력한다. 내 존재를 최소화하기 위해서. 아주 조금만 숨을 쉬면, 엄마가 내가 있는지 모르실 거야. 숨을 더욱더욱 오래 참는 방법을 배웠다. 나를 더욱더 작게 만들 수 있을까? 누더기 앤Raggedy Ann[6]이 나를 쳐다보고, 나도 쳐다본다. 나는 앤이 커다랗게 뜨는 눈을 따라 한다.

---

**6** 빨간 털실 머리에 삼각형 코, 누더기 옷을 입은 소녀 모습의 헝겊 인형. 미국인 작가 조니 그루엘Johnny Gruelle(1880~1938)이 쓰고 그린 그림동화 시리즈의 주인공으로, 1915년 인형으로 만들어진 후 미국을 대표하는 인형 캐릭터 중 하나가 됨.

어머니는 나를 향해 성큼성큼 다가온다. 나는 겁먹고, 숨을 죽이며, 누더기 앤만큼 작아지려, 절룩거리며, 살아있지 않은 척 한다. 이렇게 하면 벗어나게 될 줄 알았다. 어머니의 분노는 더욱 가까이 다가온다. 더 이상은 방법이 없다. 나는 녹아버린다… 아무것도 없는 무無의 세계로 사라진다. 내 손을 본다. 사라졌다. 내 발도. 샹들리에를 지나 떠다닌다. 외벽 모퉁이 위를 맴돌다가 들보 위에서 쉰다. 위에선 모든 게 달라 보인다. 아무도 날 아프게 할 수 없다. 한 여인이 내 밑에서 왔다 갔다 한다. 잠이 든다.

잠에서 깨어나자, 누더기 앤과 나는 다시 놀이울타리에 있다. 어머니라고 부르는 여인은 사라졌다.

나는 어머니를 많이 무서워했다. 어머니는 항상 화가 나 있었고, 살인자 같은 무시무시한 눈으로 노려봤는데, 때론 '죽여버릴까'라는 듯이 느껴지는 눈길은 뼛속까지 오싹하게 했다. 어머니의 눈이 나를 향해 있을 때는 차가운 칼이 심장을 뚫는 느낌이었다. 나는 모든 걸 차단하고, 허공으로 사라지려고 했다. 어린아이로서 할 수 있는 방어 전략은 그 상황을 떠나는 것이었다. 내 몸을 떠나 방 주위를 맴돌면 어머니의 차가운 눈초리를 벗어나 숨을 수 있었다. 내가 어떤 잘못을 해서 그녀를 그렇게 화나게 만드는지 알 수 없었다. 나중에야 내 죄가 무엇이었는지 알았다. 아버지가 사랑하는 여자아이인 죄였다.

**어머니.** 그녀는 포르투갈과 아일랜드인의 혼혈로, 매우 억압적이고 화를 많이 내는 어머니와 알코올 중독인 아버지 사이에서 자랐다. 그녀는 '엄마'가 아니었다. 우리 사이에는 어머니와 자식 사이의 근본적인 관계가 형성되지 않았다. 노먼 록웰Norman Rockwell[7]의 이상적인 그림 속 사랑스런 엄마가 어린아이를 챙겨주는 모습은 내게 현실이 아니었다. 어머니는 내 존재를 경멸했고, 나는 항상 그녀를 두려워했다. 어린 시절, 어머니는 대체로 무서워해야 하는 존재였다. 성인이 된 지금은 어머니를 다른 시각으로 바라본다. 어머니의 그런 모습은 그녀가 아픈 어린 시절을 보낸 결과였다.

어머니는 열여덟 어린 나이에 아버지의 비서로 고용되면서 처음 아버지를 만났다. 아버지는 잘생기고, 세련되었고, 그녀보다 스물두 살 더 많았고, 유망한 변호사이자 정치가였다. 첫 아이인 오빠를 낳고 얼마 지나지 않아, 어머니는 남편이 그녀의 아버지처럼 만취할 때까지 술을 마신다는 걸 알게 되었다. 더 이

---

7  주로 미국 중산층의 생활 모습을 담은 화가, 일러스트레이터(1894~1978).

상 아이를 갖지 않기로 결심했지만, 아버지의 고집이 그 결심을 꺾었다.

어느 여름밤, 아이를 갖게 된 것을 알자, 어머니는 자신이 태어나기 전에 자기 어머니가 했던 것처럼 뜨개바늘로 임신을 끝내려 했다. 어머니는 섹스나 임신과 관련된 모든 것을 역겨워했다. 자신의 어린 시절의 역겹고, 음란하고, 부정적인 감촉의 기억을 휘저어 놓는 것이었기 때문이다. 뱃속의 아이가 여자아이인 걸 알고는 임신을 더욱 더럽게 생각했다. 여자아이들은 모든 악의 근원이고, 남자를 유혹해 죄를 짓게 한다는 믿음이 어머니의 삶에 대한 관점이었다. 어머니는 스스로 아이를 지울 수 없게 되자, 임신 8개월째에 아이를 강제로 자궁에서 꺼내 달라고 의사에게 간청했다.

내가 겪은 바로는 어머니는 차갑고 무자비하게, 무섭고 매우 불친절하게 아이를 양육했다. 그녀는 자신이 어릴 적에 배운 대로 아이를 키웠다. 좋은 어머니가 아닌 것만 빼고는 다른 건 그런대로 괜찮은 사람이라고, 다른 사람들이 자신을 생각한다는 건 아마 상상조차 할 수 없었을 것이다.

내가 내 몸을 떠나는 능력을 갖게 된 건 어머니 뱃속에서부터 시작되었다고 확신한다. 태아는 스펀지같이 어머니의 신체적, 감정적 변화를 모두 흡수한다. 말을 알기 전인 무의식 상태에서부터 감각적으로, 그리고 극심하게 고통스러운 방법으로, 나는 내 어머니가 나를 원하지 않는다는 걸 알 수밖에 없었다. 이런 환경에서는 누구나 떠나고 싶어 한다. 그러나 나는 어머니의 자궁에 갇혀 있었고, 그녀의 적대적 감정에서 벗어날 수 없었다. 어머니가 원하지 않는 아이라는 정신적인 고통은 내 왜곡된 첫 번째 차크라의 근간이 되었고, 내 무의식의 주요한 테마를 형성했다. **여긴 안전하지 않아. 여기 있고 싶지 않아.**

## 첫 번째 에너지 센터 : 뿌리 차크라

첫 번째 에너지 센터인 뿌리 차크라Root Chakra는 신체가 존재하는 기초적인 기반으로 척추 맨 아래 부분에 자리한다. 뿌리 차크라는 어마어마한 영향력으로 인간의 생명력을 몸 위로 보내고, 아래쪽 다리로는 땅과 연결하여 신체를 지지하고, 단단하게 뿌리 내리도록 한다. 주요 뿌리 차크라의 이슈는 안전, 신뢰, 영양, 건강, 집, 가족이다. 첫 번째 차크라에 불균형이 생기면 부신adrenal glands[8], 척추의 맨 아래 부분, 꼬리뼈, 다리, 발, 뼈, 직장, 면역 체

---

**8** 좌우의 신장腎臟 위에 붙어 있는 내분비 기관.

계와 등골에 이상이 나타날 수 있다.

기본 에너지 센터가 왜곡되어 있을 경우에는 여러 가지 부정적인 결과가 생길 수 있다. 우리가 정말로 여기에 있다는 느낌 없이는 땅에 발을 딛고 있다는 느낌이 어떤 건지 알 수 없다. 집중이 안 되고, 생활에 절도가 없거나 혹은 두려움, 불안감, 공포심이 생긴다. 계속 안절부절 못 하거나 진정할 수 없다. 정리하고 정돈하는 기술이 떨어지고, 방치되어 있다고 느끼고, 변화에 저항하며, 기운이 없거나, 신체적으로 힘이 없다면 뿌리 차크라가 균형을 잃었음을 나타내는 신호이다.

몸의 에너지 센터가 차단됐을 때 그것이 몸에 미치는 영향은 일주일 동안 다리 하나로 앉아 있는 것과 같다. 일어서려고 하면 그 다리가 몸을 지탱하지 못한다. 몸에도 똑같은 현상이 일어난다. 몸의 유동성과 에너지가 오랫동안 고갈된 후에는 그에 대한 대가를 치를 수밖에 없다. 고통스러운 기억이나 현재 상황으로 인해 어떤 부위에 이상이 오거나 막히게 되면, 몸이 그 고통을 고스란히 겪게 된다.

왜곡된 첫 번째 차크라는 다음과 같은 신체적인 문제로 이어진다.

- 섭식 장애 혹은 영양실조

- 아드레날린[9] 부족

- 발, 다리 혹은 꼬리뼈 이상

- 직장 혹은 결장암

- 척추 이상

- 면역 관련 이상

- 골다공증 혹은 기타 뼈 질환


사람은 뿌리 차크라를 통해 소속감을 느끼게 된다. 살면서 일어나는 여러 사건들은 첫 번째 차크라에 불균형이나 결핍을 일으킨다. 실직, 인간관계 문제, 자동차 사고, 이사, 실제 폭력 위협 혹은 자연재해와 같은 사건은 우리에게 충격으로 다가와 자신의 뿌리가 뽑히는 느낌을 주고 균형을 잃게 만든다.

2001년 세계무역센터 9.11 테러와 같은 비극적인 사건의 경우, 이로 인한 트라우마는 사건이 훨씬 지난 이후까지도 지속된다. 생존자들은 장기간 극심한 정신적 고통을 호소하고, 예전의 직장과 일상으로 돌아갈 수 없다고 말한다. 또한 많은 사람들이 늘 테러의 공포에 떨며 약간의 소란에도 놀라고, 진정하거나 집중할

---

9  부신수질에서 분비되는 호르몬. 심장 박동과 혈당을 높여서 교감 신경을 활성화시키는 신경전달물질의 하나.

수 없게 되고, 잠을 잘 수가 없다. 이는 모두 첫 번째 차크라가 틀어졌을 때 나타나는 증상들이다.

이런 사건을 겪은 생존자들의 대부분은 첫 번째 차크라가 공포나 테러로 인해 말 그대로 '터져'버린다. 그들은 종종 '이곳에 없다'는 것처럼 느낀다. 그리고 사실 뿌리 차크라의 관점에서 볼 때 그들은 정말로 이곳에 없다. 충격으로 인해 그들의 주의나 자각 능력이 손상되어 그들은 '몸을 떠난' 상태처럼 된 것이다. 9.11 테러의 한 여성 생존자는 "내가 누구인지 더 이상 모르겠어요. 내가 예전에 즐기던 것들을 더 이상 좋아하지 않아요. 맨해튼에도 못 가겠어요."라고 말하기도 했다.

## 지금 여기에

첫 번째 차크라가 잘 정합된 경우에는 이 차크라의 주요 특징인 '존재감'을 느낄 수 있다. 여기서 말하는 존재감presence이란 내 모든 부분이 실제로 지금 여기에, 바로 이 순간 내 몸에 있다고 느끼는 것이다. 뿌리 차크라에 이상이 있는 사람들은 대개 그들의 삶에 존재하지 않는다. 우리가 사는 현대에는 이렇게 일부만 존재하거나 부재하는 경우가 허다하다. 인기 TV 시리즈인

〈스타 트렉〉의 유명한 대사인 "광선을 쏴줘, 스코티Beam me up, Scotty"[10]는 유행어로 자리 잡았는데, 왜냐하면 상황이 아주 힘들 때 안 보이는 곳으로 완전히 자취를 감추고 싶은 오랜 갈망을 그대로 대변하기 때문이다.

우리 대부분은 스스로 알아채지 못한 채 우리 몸을 떠난다. 우리가 이동한다고 뚜렷이 의식하지 않은 채 고속도로를 운전해 달리고, 목적지에 도착하는 것을 생각해 보면 알 수 있다. 우리는 자동 조종 장치처럼 움직인다. 생각에 흠뻑 빠져 있어서, 자동차가 스스로 길을 찾아가는 것처럼 보일 정도이다. 설거지를 할 때, 헬스장에서 운동을 할 때, 혹은 식료품을 살 때에도 마음은 자주 다른 곳에 가 있지 않은가? 기술에 의존하는 문화는 그만큼 현재와 단절되고, 자연과의 연결을 잃으며, 사람 사이의 관계도 두절된 삶을 살게 한다. 인간의 상호 관계를 기술이 대체할 때, 우리는 더욱 단절되었음을 느낀다. 컴퓨터 앞에 몇 시간째 움직이지 않고 앉아 있다가 저녁이 되면 온몸이 쑤시는 일이 얼마나 자주 있는지 생각해보면 알 수 있다.

우리 대부분은 아주 어렸을 때 몸에서 '분리'되는 경험을 한다. 위험이 다가오면 반사적으로 몸에서 빠져나와 자신을 보호한다.

---

10 순간이동 광선을 쏘아 다른 곳으로 보내 달라는 의미의 대사.

이러한 분리는 우리가 어릴 적에는 아직 미숙한 신경 체계를 공격하는 충격에서 살아남기 위한 유일한 방법이므로 몸을 '떠나는' 것이 이해된다. 그러나 성인이라면 두려울 때나 정신이 교란되었을 때 자신을 몸에서 분리하는 양상에서 벗어나야 한다. 왜냐하면 실제적으로 자신을 보호하기 위해서는 우리가 몸에 머물러야하기 때문이다. 지금 여기에 존재하지 않으면, 말 그대로 집에 사람이 없기 때문에 우리를 보호할 수가 없다.

뿌리 차크라의 불일치를 보여주는 교과서적인 예는 치료를 받기 전의 패티 듀크Patty Duke의 이야기를 통해 살펴볼 수 있다. 그녀는 재능 있고, 열심히 일하는 여배우로 열세 살이 되기 전에 이미 〈미라클 워커The Miracle Worker〉[11]라는 영화의 주인공 헬렌 켈러 역을 맡았다. 그녀는 알코올 중독이 있는 아버지와 조울증을 앓고 있는(병원의 진단을 받지는 않았지만) 어머니 사이에서 태어났고 생후 6년간 부모님의 싸움 속에서 자랐다. 아버지가 떠나고 나서도 어머니의 과격한 분노로 인해 집은 여전히 안전하지 않은 곳이었다. 그녀가 여덟 살이 되었을 때, 매니저인 존 로스와 에설 로스 부부가 그녀의 삶을 주도하게 되면서 상황은 더욱 악화되었

---

11 실존 인물이었던 헬렌 켈러와 그녀의 스승이었던 애니 설리번의 사제 관계 중 어린 시절 첫 만남부터 단어 학습을 받아들이는 과정을 담은 영화.

다. 존 로스는 그녀를 성폭행했고, 의사 처방이 필요한 약과 술을 마구 남용하게 했으며, 집안일과 요리를 시켰다.

## 떠나지 말고 여기에 머무르자

어린 시절에는 상황을 감당하기 어려울 때 에너지 차원에서 자신의 몸을 떠나는 전략을 썼을 수도 있다. 그러나 건강한 성인이라면 지금 여기에 머무르는 방법을 배우고 자신 앞에 놓인 일들을 해결할 수 있어야 한다. '떠나고' 싶은 마음이 생기면 숨을 크게 쉬고, 발을 땅에 단단히 디디며, 자신에게 '지금 여기에, 내 몸 안에 있는 것이 안전하다'라고 되뇌어 보자.

패티는 열여덟 살에 결혼을 하면서 로스 부부에게서 탈출하였으나, 그 이후로 극심한 우울증과 조증, 자살 기도, 신경성 식욕부진증, 의약품 남용, 알코올 중독증 등 첫 번째 차크라의 불균형으로 인해 나타나는 모든 징후에 빠졌다. 두 번째 결혼은 2주일 만에 취소되었다. 세 번째 결혼에서는 갑자기 다섯 남자아이의 어머니가 되었다. 세 번째 결혼을 끝내고 나서 서른다섯 살에 조울증 진단을 받게 되었다. 그나마 치료할 수 있는 증상이란 사실이 그녀에게는 커다란 위안이 되었다. 본래 이름인 애나 마리로 되돌아가서《눈부신 광기A Brilliant Madness》라는 자서전을 쓰게 되었는데, 이를 통해 내면의 느낌을 표현할 수 있게 되면서 어릴 적부터 단절되어온 자신의 뿌리와 연결될 수 있었다. 현재 그녀는 정신 건강 인식mental health awareness을 위한 대변인이자 운동가로 안정적인 삶을 살고 있다.

'이곳에 있고 싶지 않다'는 첫 번째 차크라 현상의 또 다른 예는 애슈턴 커처Ashton Kutcher[12]의 어린 시절과 10대 시절의 경험으로 찾아볼 수 있다. 애슈턴은 FOX 채널의 〈요절복통 70년대 쇼That '70s Show〉에서 그다지 똑똑해 보이지 않는 배역인 마이클 켈소 역할로 유명세를 타기 시작했다. 그의 부모님은 힘겹게 사는 공장노동자로 그가 열세 살 때 이혼했다. 어느 쪽 부모 편도 들고 싶지 않았고, 약간의 뇌성마비 증상을 보이며 태어난 쌍둥이 형제 마이클의 나쁜 소식도 알고 싶지 않았던 커처는 감정을 느낄 시간조차 없을 정도로 바쁘게 살며 자기 자신과 단절했다. 바로 지금 이곳이 안전하다고 느끼지 않을 때 으레 행하는, 몸에서 벗어나는 방법을 썼던 것이다. 그가 열세 살 때 그의 쌍둥이 형제 마이클은 심장병을 앓았다. 마이클이 몇 시간밖에 살 수 없

---

12 트위터 이용자 중 세계 최초로 팔로어 100만 명을 돌파했고, 15살 연상의 배우 데미 무어와의 결혼으로 유명한 미국의 영화배우(1978~).

다고 의사가 말했을 때, 애슈턴은 병원 발코니로 나와 뛰어내릴 준비를 했다. 자신의 심장을 마이클에게 이식해주려 했던 것이다. 이는 자기 신체의 안전에 대한 인식이 없다는 마음의 상태를 보여주는 증거이다. 그때 마침, 교통사고로 한 여인이 사망해서 그녀의 심장을 이송해오고 있다는 소식이 전해졌다. 애슈턴은 뛰어내리려 할 정도로 '이곳에 존재하지 않았던' 걸까? 다행히 그의 트라우마는 지나갔다. 오늘날 그는 다시 현실로 돌아와서 중심을 잡고 영화배우로 그리고 TV 프로듀서로 활발한 활동을 하고 있다.

## 섭식 장애

나도 첫 번째 차크라가 왜곡된 대표적인 사례가 될 뻔 했다. 열여덟 살이 되었을 때, 기본 차크라가 제대로 작용하지 않는 듯한 모든 조짐을 보였다. 늘 불안한 마음을 달래려고 해마다 신경안정제의 양을 늘려가며 복용했다. 작은 소리에도 화들짝 놀라고, 잠을 잘 못 잤다. 감기에 걸리고, 나을 만하면 또 독감에 걸렸다. 44사이즈를 입으면서도 뚱뚱하다고 생각해 저칼로리 콜라, 계란, 포도만으로 살았다. 이는 먹지 않음으로 해서 '이곳에서 나가려는' 대표적인 무의식의 시도이다.

대부분의 섭식 장애는 주로 첫 번째 차크라 문제로, 이곳에 있어야 한다는 기본적 당위성과 영양 섭취를 위한 몸의 요구와 연관이 있다. 안전하다고 느끼지 않거나, 자신의 영역에 대한 경계가 힘이 있는 '다른 사람' 때문에 종종 무너지는 경우에는 자신의 운명에 대한 통제권이 없다고 느낀다. 따라서 자신이 삶에서 통제할 수 있는 건 오직 먹는 것뿐이라고 생각해 더욱 집착하게 된다.

제니퍼가 아버지를 따라 내 사무실에 왔을 때 그녀는 스물한 살이었다. 거의 십 년간 거식증과 폭식증을 겪으면서 더 이상 다른 해결 방법을 찾지 못하고 있었다. 집, 가족, 안정에 대한 제니퍼의 기본적인 인식은 세 살 때 부모님이 이혼을 하면서 완전히 무너졌다. 부모님 모두 그녀를 매우 사랑했다. 그러나 두 집을 계속 왔다 갔다 하면서 느낀 어머니와 아버지 사이의 적대감은 제니퍼 자신이 부모님이 하는 전쟁놀이에서 인질이 된 것 같다는 느낌이 들게 했다. 제니퍼가 세 살에서 여덟 살이 될 때까지 해마다 어머니는 새집으로 이사했다. 새로운 집, 새로운 친구들, 새로운 이웃, 새로운 학교에 적응하느라 제니퍼는 어느 곳에도 정착하지 못하는 불안정한 느낌으로 살았다. 어머니에게 위안을 받고 싶었지만, 어머니에게서 "너는 운이 좋은 거야. 너를 사랑하는 부모님이 모두 계시고, 사는 집도 두 곳이고, 내가 어릴 때랑 비교해 보면 네가 훨씬 많이 가졌어."라는 말을 들을 뿐이었다.

제니퍼의 어머니는 모델만큼 날씬했고, 그 날씬한 몸매를 자랑스러워했다. 반면 그녀의 아버지는 지속적으로 체중과 씨름했다. 어머니가 사는 집에서는 조금만 먹으라고 혼났고, 찬장은 늘 거의 비어있었다. 정해진 식사 시간이 없었고, 어머니와 딸로서 함께 요리한 적 또한 물론 없었다. 아버지 집에서는 음식이 넘쳐났다. 그녀의 아버지는 대식가였고, 야식도 종종 즐겼다.

제니퍼의 섭식 장애는 열한 살 때 어머니가 양녀를 키우는 부담을 지고 싶어 하지 않는 남자와 결혼하면서부터 시작됐다. 제니퍼는 과식 상태와 단식 상태를 오락가락하기 시작했다. 점점 먹는 것에 대해 눈치를 보며 혼란스러워하게 되었는데, 달거나 기름진 음식을 먹는 걸 보고 의붓아버지가 그녀를 '뚱보'라고 부를 때면 그 상태가 더욱 심해졌다. 열세 살이 되었을 때, 제니퍼는 먹고 나서 게워내기 시작했다. 열네 살에 아버지와 매일 함께 살게 되고 나서도 계속 조금만 먹었고, 그나마도 아버지가 볼 때만 먹는 척했다. 그녀는 더욱 말라만 갔다. 우리 사무실에 온 제니퍼는 여전히 열네 살처럼 보였다. 매우 허약하고, 핏기가 없어서 나는 그녀가 스물한 살이라는 사실을 의식적으로 계속 떠올려야만 했다.

제니퍼의 치유를 도우면서, 첫 번째 차크라가 왜곡되었음을 감지했다. 그녀는 몸과 연결되었다는 의식이 거의 없었다. 섭식 장애를 겪는 많은 이들과 마찬가지로 제니퍼는 자신이 살고 있는 세상이 통제 불가능하다고 느끼고 스스로 통제할 수 있는 하나에만 매달렸다. 그것은 입에 넣는 것이었다. 이것은 트라우마에 대한 무의식적인 반응이었다. 그녀는 굶으면 현재 상황에서 사라질 수 있다는 환상을 가지고 있었다. 먹지 않는 것은 현재를 느끼지 않는 방법이다. 육체적으로 '이곳에 있고 싶지 않다'는 표현이다.

부모님이 그녀의 상태를 알게 되자, 부모는 서로를 비난했다. 끝나지 않는 싸움에 탄약을 더 제공한 셈이 되었다. 둘은 상대방을 향해 좋은 부모가 되지 못했다고 비난했다. 제니퍼는 자기 방에 문을 잠그고 들어가 헤드폰을 끼고 음악 속으로 탈출했다. 부모님은 여러 의사, 정신요법 및 치료 프로그램의 문을 두드렸다. 어느 곳에서도 효과를 보지 못했고, 그녀의 상태는 더욱 악화되었다. 제니퍼가 대학을 중퇴하자 아버지가 그녀를 집에서 내쫓으면서 상황은 더욱 심각해졌다. 아버지의 집에서도 환영을 받지 못하자 제니퍼는 어머니에게 갔지만, 어머니도 그녀를 반겨주지 않았다. 어머니는 막 아이를 낳았고, 재혼한 남편과 새로운 가족에 매우 열중하고 있었다. 자신의 집이라고 부를 만한 곳이 없어지자, 제니퍼는 세상과 완전히 단절한 채 심각한 단식투쟁에 들어갔다.

함께 치유 작업을 하면서, 나는 제니퍼가 매우 섬세하고 예술가 기질이 있지만, 세상에 대한 소속감은 없는 아이라는 걸 알게 되었다. 제니퍼의 말에 따르면, 자신이 부모한테 주목을 받을 때는 '문제를 일으킬 때' 뿐이어서 그녀는 정기적으로 문제를 일으켰다. 제니퍼의 치유 초기에 그녀는 내 질문에 대한 대답으로 '잘 모르겠는데요'라는 대답만 되풀이 할 뿐이었다. 또한 제니퍼는 자신의 좋은 점을 한 가지도 찾지 못했고, 섭식 장애 말고 다른 일들에 대해 다른 사람과 얘기를 한 게 언제였는지조차 기억하지 못했다.

나를 찾아오는 사람들에게서는 이와 같은 편협한 견해를 자주 마주하게 된다. 내가 공부한 여러 방법들은 그들의 시야를 넓혀준다. 각 개개인이 겪고 있는 질병을 뛰어넘어 더욱 큰 그림으로 사람을 바라보고, 명확한 의도로 그들의 완전한 모습을 그리게 된다. 제니퍼가 질병의 고통 속에서 자신의 완전한 모습을 잃었을 수 있지만, 그 완전한 모습을 마음속에 그리는 건 내 몫이다. 나는 그녀의 유연한 태도, 진실을 직면하는 용기, 솔직한 자신의 생각과 느낌과 같은 좋은 자질에 초점을 맞추고, 그녀의 강점을 부각시켰다. 그녀가 말하는 '잘 모르겠어요'를 지나 안으로 들어가자 수 년 동안 마음에 쌓아두었던 일들의 고백과 함께 눈물이 쏟아져 그칠 줄을 몰랐다. 그녀는 섭식 장애만이 유일한 자기 것이었다고 인정했다. 부모 중에서 자신을 더욱 사랑한다고 생각했던 아버지가 집을 나가라고 말했을 때, 그녀는 발밑에 있는 땅이 열려 자신을 삼키는 것 같았다고 했다.

제니퍼는 '이곳에 있어'도 안전할 수 있다고 인식하게 되자 자신의 몸 안에서 현실감 있게 중심을 잡게 되고, 이제는 그 누구보다 자기 자신에게 의지할 수 있다는 걸 알게 되었다. 치유 작업을 함께 하면서 '세상은 안전하지 않은 곳'이라는 그녀의 믿음을 완전히 뒤바꿔 놓으며, '내가 현재에 머무를 때 세상은 안전하다'라는 믿음을 갖게 되었다. 섭식 장애 전문가의 도움으로, 먹는 건 자신의 고양된 자아를 인정하는 또 다른 방식이라는 걸 이해하게 되면서 자아를 존중하는 방식으로 먹기 시작했다. 먹는다는 건 그녀를 **이곳**에 머무를 수 있게 해주고 이제 **이곳**이 그녀가 있고 싶은 곳이었다.

이 같은 문제를 겪고 있는 사람이 제니퍼 혼자만은 아니다. 섭식 장애는 여성과 소녀에게서 흔하게 볼 수 있다. 폴라 압둘Paula Abdul[13], 빅토리아 베컴Victoria Beckham[14], 메리-케이트 올슨Mary-

---

**13** 미국의 작곡가 겸 가수이자, 안무가, 댄서, 배우, 방송인(1962~).
**14** 영국의 가수, 패션 디자이너, 사업가(1974~).

Kate Olsen[15]은 섭식장애로 고생하는 많은 유명인 중 공식적으로 문제를 인정한 사람들이다. 잡지나 TV에 자신의 사진이 마구 실리면서 이들에게는 완벽해야 한다는 부담이 더욱 가중된다. 20세기말에 사진을 가장 많이 찍힌 다이애나 왕세자비도 섭식 장애를 겪었다. 가수이자 작곡가인 피오나 애플Fiona Apple Maggart[16]은 열두 살 때 집밖에서 강간을 당하고는 거식증을 앓았다. 그녀는 더욱 날씬해지기 위해서 거식증이 생기게 된 게 아니고, 강간에 대한 반응으로 생겼다고 말한다. 여기에 있는 것이 안전하지 않게 되면 섭식 장애가 탈출구를 제공하는 듯 보인다. 전미섭식장애협회National Eating Disorders Association의 대변인이 된 폴라 압둘은 "섭식 장애는 실제로 음식에서 기인한다기보다는 감정적 느낌으로 인해 야기된다"고 말한다.

---

**15** 미국의 패션 디자이너, 배우(1986~).

**16** 미국의 작곡가 겸 가수이자 재즈 아티스트(1977~). 4세 때 부모가 이혼하여 어머니와 줄곧 생활했는데, 12세 때 성폭행을 당해서 그 충격으로 정신질환에 시달림.

## 질병에 매달리다

진실을 인정하면 에너지 시스템이 자유롭게 풀려나 그 기능을 향상시킨다. 건강한 혈액이 정맥과 동맥을 흐르고, 장기, 림프샘, 신경, 면역체계가 건강하고 원활하게 기능하는 강한 몸을 유지하기 위해서는 에너지 시스템의 기능이 원활해야 한다. 그러나 많은 이들은 죽음이 임박해올 때까지 기다려서야 비로소 진실을 인정한다. 어떤 이들은 심지어 무덤까지 진실을 가지고 가기도 한다.

오드리는 만성피로증후군으로 11년 이상 거의 침대에 갇혀 지냈다. 병을 앓기 전에는 로스앤젤레스에서 피부과 의사로 왕성히 활동했다. 그녀는 자신의 개인 병원과 여러 병원 사이를 매일 두 시간씩 이동하며 생활하다 보니 마치 'LA의 고속도로'에서 사는 것 같았다고 했다. 휴대전화로 많은 일을 하게 되면서 고속도로에서 운전하는 시간을 고객 전화에 답하고, 주식 중개인과 상담하고, 최근 두 번째로 배우자와 사별한 어머니를 위로 하는 일들로 보냈다.

그녀는 "그때를 지치는 시절이라고 부른다"고 말했다. "그 시절의 절반 동안은 작은 마을로 이사 가서 좀 천천히 사는 삶을 꿈꾸기도 했지요. 그러나 그때는 줄어든 수입으로 살아간다는 건 상상할 수도 없었어요. 남편과 나는 이미 지출을 많이 초과한 상태였거든요. 결혼 비용도 신용카드로 지불했어요."

결혼 삼 년차가 되고, 카리브해에서 휴가를 보내고 오자마자, 오드리는 심한 독감에 걸렸다. 이 주 후에는 나아지기는커녕 더욱 안 좋아졌다. 두 달 동안 상태가 호전되지 않자, 담당 의사는 다양한 테스트를 시작했다. 점점 늘어나는 의료진은 일단 전염병을 제외하고 자가면역 이상의 징후를 찾았으나 특별한 진단을 내릴 수가 없었다. 침대에 육 개월을 누워 지내고 난 후, 오드리는 그 어떤 확실한 증상을 찾을 수 없을 때 일반적으로 내려지는 만성피로증후군 진단을 받았다. 일 년 후 남편은 이혼 소송을 걸고 다른 주로 이사 갔다. 오드리는 장애인 보조금을 지원받기 시작했고, 다시 일로 복귀할 수 있다는 희망을 버렸다. 그녀는 당분간 고속도로의 추월 차선fast lane[17]을 달릴 수 없다는 걸 확신한다는 듯이 자동차를 팔았다.

내가 오드리를 진찰했을 때, 그녀의 첫 번째 차크라가 시계 반대 방향으로 돌고 있다는 걸 발견했다(건강할 경우에는 모두 시계 방향으로 돈다). 반대 방향으로 돌게 되면, 에너지를 몸으로 흡수하는

---

**17** '경쟁'의 비유로도 쓰이므로, 오드리가 삶의 경쟁적인 현실에서 벗어나려 한다는 점을 암시하는 표현.

대신에 밖으로 발산한다. 그녀의 에너지 장energy field에는 커다란 공포가 담겨 있었다.

오드리는 엉덩이에 선천적 결손증이 있어서 두 살도 채 되지 않았을 때 두 번의 수술을 했다. 수술은 누구에게나 커다란 정신적 외상을 남긴다. 특히 매우 어린 경우에는 더욱 그러하다. 수술이 여리고 어린 몸에 충격을 입혔고, 안전에 대해 상당한 공포를 불러일으켰다. 오드리는 종종 자신을 위해주는 사람이 아무도 없다고 느꼈고, 아직 준비가 되기도 전에 이미 '다 큰 숙녀'같이 행동했다. 오드리가 젊었을 때 부모님은 그녀에게 별 다른 따뜻함을 보이지 않았으나, 아프고 나서야 그녀는 부모님의 사랑과 관심을 느꼈다.

그녀의 민감한 몸을 계속 관찰하다 보니, 또 다른 장면을 보게 되었다. 오드리가 어느 외국에서 위협적인 남성들에게 둘러싸여 있었다. 나는 "언제 마지막으로 외국에 나갔었나요?"라고 물었다.

"아, 그건요. 아주 오래전 일인데요. 아프기 바로 전, 이혼하기 전이에요. 남편과 함께 자메이카에 갔어요."

"거기서 무슨 일이 있었나요?"

오드리는 남편과 함께 로스앤젤레스로 돌아오기 전날 있었던 사건을 설명했다. 급하게 쇼핑을 마치고 정신없이 호텔로 걸어 들어오는 길이었는데, 해는 졌고 그녀가 혼자 남겨진 걸 보자 그 지역 사람들 무리가 다가와 오드리를 모퉁이로 몰았다. 그들이 근처 골목으로 끌고 가 강도짓이나 강간을 할까 두려워, 그녀는 지나가던 사람들이 도와 줄 때까지 소리를 질렀다. 그녀는 그 긴박한 시간을 몸이 얼어붙어 바로 도망갈 생각조차 할 수 없는 상황이었다고 기억했다. 육체적으로 그 상황을 벗어날 수 없다고 판단되자, 그녀의 에너지 시스템은 '맞서 싸우거나 떠나는' 패턴으로 들어가 반응했고, 그녀의 에너지 시스템은 '떠나는' 쪽을 선택했다. 그 뒤로 면역 체계의 양상이 무한정 중단되게 된 것이다.

오드리는 일상의 75퍼센트를 침대에서 보내고, 2주에 한 번 친구와 식료품을 사러갈 때만 외출을 하는데도, 자신의 삶이 사람들이 생각하는 만큼 나쁘지는 않다고 스스럼없이 말했다. 11년간 어떻게 그런 상황을 버텼냐고 묻자, 그녀는 행복에 대한 정의를 자신의 현재 상황에 맞춰 조정했고 그에 만족한다고 주장했다. 그녀는 어머니가 충분히 보살펴주고 주의를 기울여주는 것을 축복으로 여긴다.

나는 오드리에게 사랑받고 안전하다고 느끼기 위해 더 이상 침대에만 머물 필요는 없다고 말했다. 그녀의 현재 신념 체계belief system를 검토해보니, 그녀의 오랜 두려움과 마음에 두고 있던 생각들은 더 이상 유효하지 않다는 걸 알게 되었다. 어두운 골목으로 끌려가는 두려움은 희미해진 기억일 뿐이었다. 또한 그녀는 더 이상 스트레스가 많은 일이나 지출이 많은 생활 방식의 덫에 다시 갇힐까 두려워하지 않아도 되는 상태였다. 둘 다 오래전에 떠나보냈기 때문이다. 다시 말해서, 11년이 지난 후 몸이 나아지는 걸 두려워하지 않아도 되게 되었다.

그러나 오드리에게는 계속 아픈 사람으로 남게 되면서 얻는 '2차적 이득secondary gain' 혹은 명백한 이득이 있었다. 마음속으로 누가 돌봐주었으면 하던 욕구를 충족할 수 있었던 것이다. 그녀는 밖으로는 재능 많고 능력 있는 비즈니스 우먼으로 인정받았지만, 어릴 적 사랑스런 보살핌을 받지 못한 부족함을 늘 느꼈다. 내가 조심스럽게 '아마 보살핌을 받는 걸 원하고 있었을지 모른다'고 암시하자 그녀는 화를 냈다. 자신이 병을 '원했다'고 생각하는 것조차 말이 안 된다고 말했다. 그러나 내가 볼 수 있는 모든 것을 조합해보면 그녀는 건강한 것보다 병을 더욱 원했다. 아프다는 건 그녀가 절대적으로 갈망하던 관심을 받는다는 걸 의미했기 때문이다. 마음속 깊은 무의식의 차원에서 그녀는 치유를 원하지 않았다는 진실을 인정했다면, 그녀는 건강을 회복할 수 있었을 것이다.

오드리를 마지막으로 봤을 때는, 그녀의 친구가 그녀를 내 워크숍에 데리고 왔을 때였다. 질병이 더욱 진행되어서 그녀는 한 번에 몇 분 동안도 휠체어에 앉아 있을 수 없었다. 여든다섯 살의 몸에 사는 마흔다섯 살 여인처럼 매우 창백하고, 암울하고, 초췌해진 모습이었다. 부모님의 사랑을 갈망하는 비극적인 질병에 의존한 결과였다.

> ## 주의를 기울이자! 사고는 사고가 아니다
>
> 사고accident는 우리의 주의를 몸으로 이끄는 메커니즘이다. 자동차 사고든, 운동 부상이든, 발이 걸려 벽에 머리를 부딪치든, 사고는 우리가 몸 안에 있지 않다는 신호이다. 무언가가 우리의 초점을 빼앗아 갔다는 신호이다. 사고는 우리를 현실로 다시 내동댕이친다.
> "이봐, 주의를 기울여! 당신은 소중하다고!"라고 우리 몸과 우주가 전하는 메시지다.

## 암을 치유하다

한스는 대장암 수술을 받은 직후 내 사무실에 처음 왔다. 화학요법chemotherapy의 초기 단계가 이미 시작되었다. 열심히 일하는 사람이었던 한스는 영업 수석 부사장으로 성공의 부산물을 즐기고 있었다. 그의 에너지 장을 관찰하자, 유능한 겉모습 뒤로 두려워하는 어린 남자아이가 보였다. 그는 평생 동안 자신을 증명하기 위해 열심히 일했고, 이미 많은 성과를 올린 사람이었다. 그러나 뛰어난 업적을 달성한 많은 사람들처럼 그는 사랑의 결핍을 느끼고 있었다.

한스는 첫 번째 세션에서 자신이 여러 심각한 사고를 당했다고 밝혔다. 그의 첫 번째 에너지 센터가 제대로 기능하지 않았으므로, 나는 그의 말에 크게 놀라지 않았다. 뿌리 차크라가 왜곡된 많은 내담자들처럼, 집에 불은 켜져 있으나 집안에는 아무도 없었다. 사고는 대개 우리가 우리 몸 안에 있지 않은 경우에 나타나는 게 특징이다. 어릴 적부터 10대, 20대, 30대를 거치며 겪은 자동차, 스키, 자전거 사고를 보면 한스는 여기에 있고 싶은 사람이 아니었다는 것이 분명했다. 그는 자신의 아내가 그의 목숨을 앗아갈 수 있는 '큰' 사고가 나지 않을까 걱정한다고 고백하기도 했다. 그는 안절부절 어쩔 줄 몰라 하고, 가만히 앉아 있지 못했다. 이는 그가 몸 안에 있는 것보다 나가 있을 때가 많다는 걸 나타내는 두 가지 특징이다. 한스는 또한 화학요법에 몸이 반응하지 않는다고 매우 염려했다. 그는 죽음을 두려워했다. 나는 우선 한스의 공포 수치를 줄여서 밤에 잠을 잘 잘 수 있도록 했다.

여러 번의 세션 후, 나는 한스의 어린 시절에 대해 조심히 물어봤다. 무미건조하고 감정 없는 목소리로 그는 어린 시절에 대해 말하였다. 스웨덴에서 자랐고, 부모님은 전문직 종사자였고, 여섯 형제 중 그는 셋째였다. 그의 부모님은 매우 잘 살았음에도 불구하고 많은 자녀를 원하지는 않았다. 한스는 다른 형제들보다 체격이 커서 학대의 대상이 되었다. 두 살 때부터 그의 아버지는 허리띠로 그를 때리고 찬장에 몇 시간씩 가두어 주기적으로 체벌을 가했다. 그의 어머니는 모유 수유를 하지 않았고, 그는 사랑, 관심, 보살핌을 받지 못했다. 한스의 어린 시절에 대한 주된 기억은 "나는 항상 배고팠다"였다.

그의 아버지는 반복해서 그를 '느린 놈'으로 불러서 그의 고양된 마음을 꺾었다. 작은아버지 댁에서 살게 된 여섯 살 때까지도 한스는 글을 읽지 못했다. 작은 아버지도 그를 계속 때렸다. 아홉 살에 그가 글을 읽지 못하는 원인을 알게 되었다. 안경을 써야 했던 것이다. 그러나 이미 그때는 좀 늦었다. 열한 살에 기숙학교로 보내지면서 버려졌다는 느낌은 더욱 커졌다. 그때 이미 자신이 스스로 내린 평가는, **나는 정말로 괜찮지 않다**였다.

가족으로부터 벗어나고 싶어 한스는 열여덟 살 때 미국으로 떠났으며 곧 미국인과 결혼했다. 몇 년 후 아내가 자신을 떠나자 그는 산산이 부서졌다. 이때 다시 부모님한테 버림받았던 아픈 경험이 되풀이되었다.

어떤 종류이건 학대는 모두 사람을 피폐하게 한다. 학대가 자신의 가족이나 종족 내에서 발생할 때는 그 피해가 더욱 크다. 내 집과 안전에 대한 기본적인 인식을 무너뜨리기 때문이다. 이 땅이 안전하지 않은 곳이라는 깊이 각인된 생각은 아직까지도 한스의 삶에 영향을 미치고 있다. 어린 시절의 장면들이 무의식적으로 영화같이 그에게 상영되며 메시지를 계속 보낸다. **너를 원하는 사람은 없어! 나가!**

학대와 트라우마는 에너지 장을 뒤흔들어 우리 몸에 질병으로 나타나며, 삶에서는 감정적, 재정적, 인간관계의 결함으로 나타난다. 이와 같은 경우, 한스의 뿌리 차크라는 그가 어린 시절 겪은 아픔에 직격탄을 맞게 된다. 이 같은 아픔이 몸에서 대장이 위치한 근처에 타격을 주게 되고, 대장은 모든 어린 시절의 고통스럽고 불쾌한 에너지를 담게 된다.

한스의 주의를 그의 뿌리 차크라로 끌고 가자, 오래 묵은 부정적인 에너지의 많은 부분을 해소할 수 있었다. 아버지가 행했던 구타, 경멸, 험담은 그의 몸에 '테러 에너지terror energy'로 남았다.

진실이 어떻게 한스의 대장암을 치유할 수 있었을까? 40년간 억누른 감정으로 질병까지 얻은 후에야 그는 내 사무실에서 나와 마주 앉아, 아무에게도 말하지 않았던 어린 시절의 암울한 경험을 인정하고 받아들였다. 이와 같은 진실이 그를 에너지 측면에서 열어주었다. 그의 두려움, 분노, 수치심, 슬픔에 대한 진실을 말로 표현하면서 몸의 에너지와 질병을 정화했다. 억눌린 진실은 그를 거의 죽일 뻔했다. 그가 어린 시절 겪었던 경험과 그가 일으킨 질병, 사건, 고통의 상관관계를 이해하게 되면서 그의 치유를 막는 장애물을 제거할 수 있었다.

표현하지 못했던 절규와 눈물의 잔해를 쏟아내자 화학요법이 좀 더 효과를 보일 가능성이 열렸다. 내가 늘 경험하듯이, 일단 에너지 시스템이 에너지를 차단했던 부정적인 에너지에서 자유로워지면 효과를 보이지 않았던 의학적 치료가 효과를 보이기 시작한다. 한스의 경우 그의 대장암은 결국 치유되었다. 사고도 더 이상 없었다. 아직까지도 그는 건강하다.

대개 몸의 여러 곳에서 에너지 시스템에 가한 충격을 상쇄하려고 한다. 한스 또한 몸의 자긍심을 담당하는 태양신경총solar plexus[18]에도 문제가 있었다. 진실을 자각하는 것은 그의 대장암을 치유하는 데 도움이 되었지만, 자신이 가치 없고 아무도 원하지 않는다는 수치심과 슬픔을 극복하기 위한 치유가 추가적으로 필요했다.

치유는 **항상 진행되는 과정**이다. 몸과 마음의 균형을 바로잡

---

18 명치 부분에 위치한 세 번째 차크라.

기 위해서 몸의 소리에 귀를 기울여야만 하고, 생각과 신념을 평가하고, 더 이상 우리에게 도움이 되지 않는 것들을 내보내야 한다. 한스는 자신의 삶에서 치유적인 변화를 이끌어내기 위해 어려운 일들을 해냈다. 우선 과거의 고통과 현재의 건강 상태 사이의 상관관계를 살펴봐야 했다. 나는 명상을 하면 생각이 좀 더 명료해지고 현재에 좀 더 단단히 머무를 수 있다고 조언했다. 또한 정원을 가꾸던 예전의 취미를 다시 시작하기를 권했다. 정원에서 보내는 시간은 그를 더욱 생기 있게 하고, 땅과 더욱 건강한 연결고리를 형성하도록 할 것이었다.


## 균형 잡힌 첫 번째 차크라

완전히 정합되고 건강한 첫 번째 차크라는 신뢰와 안전, 생존과 재정적 보장, 가족과 사회와의 연결을 의미한다. 기반이 단단한 사람은 집에 있는 것처럼 편안하게 자기 몸 안에 머무른다. 이런 사람들은 실제 삶에서도 안정감을 느끼며 "안전해, 나는 지금 여기에 있고 싶어"라고 말한다. 이들은 살고자 하는 강한 의지를 보이고 건강한 생동감과 생명력을 뿜어낸다.

잘 기능하는, 완전히 정합된 첫 번째 차크라를 가진 사람의 좋은 예는 널리 알려진 존경받는 토크쇼 진행자이자 박애주의자인 오프라 윈프리Oprah Winfrey이다. 그녀는 매사 활기 있고, 가족(그녀에겐 세상이 가족이다)과 연결되어 있고, 현실에 존재하고, 땅에 굳게 서있다. 그녀는 어린 시절 겪었던 성폭력의 고통을 치유하기 위해 많은 노력을 했다. 그녀는 말한다. "우리에게 일어난 일이 우리 존재 자체를 규정하는 것은 아니다. 그러나 우리에게 일어난 일을 **어떻게 할지는** 우리 스스로 결정한다." 나의 내면에서 나오는 안전하다는 느낌이 이 세상에서 풍요와 신뢰를 구현한다.

첫 번째 에너지 센터의 상태를 살펴보기 위한
# Checklist

솔직하게 다음의 질문에 답해보자.

1   중병, 사건, 수술, 학대나 충격적인 사건을 겪은 적이 있는가?   ☐

2   일상적 업무에서 종종 '멍한 상태'로 있는가? 샤워를 하거나,   ☐
     청소, 운전, 운동을 할 때 다른 세상에 있는가?

3   38~39쪽에서 나열한 증상을 보이는가?   ☐

4   나의 면역 체계는 건강한가, 혹은 지속적으로 하나의 '문제' 이후   ☐
     또 다른 문제로 고생하는가?

5   집중을 유지하는 게 쉬운가, 아니면 불안하고 안절부절 못하는가?   ☐

6   기력이 없는가?   ☐

7   개인 공간이 질서가 없고 어지러운가, 혹은   ☐
     몸을 잘 보살피지 않는가?

8   공포가 심한 편인가?   ☐

9   심할 정도로 변화에 저항하는 편인가?   ☐

━━━━━━━━━ 위의 질문을 살펴보고 당신의 뿌리 에
너지 센터 기능이 최적화되지 않았다고 생각한다면, 과거나 현재의

어떤 경험이 안전하지 않고, 통제 불가능하고, 무기력하게 느끼도록 하는지 심사숙고하는 시간을 가져보도록 한다. 태아기의 어려움이나 수술로 인한 영향도 간과하면 안 된다. 또한 어릴 적 잊을 수 없을 만큼 충격이 큰 경험을 억압하거나(비정상적 상황에 대한 정상적 반응이다) 기억하지 못할 수도 있다는 사실을 명심해야 한다. 어릴 적에는 사건들을 억누를 필요가 있었을지 모르지만, 성인이 되어서는 충격으로 인한 정신적 외상을 해결하기 위해 도움을 청할 수 있다.

다시 말하면, **치유하기 위해 힘든 과거 일을 선명하게 기억하거나 다시 경험해야 할 필요는 없다.** 특정 경험을 억압하는 이유는 너무 위험하거나 너무 고통스럽기 때문이다. 치유에 필요한 것은 다만 지금은 어떤 느낌인지를 아는 것뿐이다. 현재의 감정이 과거에 해결되지 않은 경험에 의한 것이라는 의심이 가면, 세세한 내용까지 신경 쓰지 말고 과거의 사건을 의식으로 불러올 필요는 있다.

몸 안에 중심을 잘 잡고 뿌리내리고 있게 되면 '나는 여기 있다. 그리고 나는 안전하다'는 느낌을 경험하게 된다. 건강을 위해서는 존재감을 유지하는 것이 필수적이다. 중심을 잃어버리기가 매우 쉽기 때문이다. 뉴스만 보고 있어도 패닉 상태가 될 수 있다. 말 그대로 땅에 우리 몸을 다시 연결하는 좋은 방법은 잔디밭이나 모래사장을 맨발로 걷는 것이다. 이와 함께 번갈아가며 공원을 산책하고, 야외로 나가 하이킹을 하고, 나무에 등을 기대고 앉아본다. 그렇다, **당신은 지금 여기에 있을 수** 있다.

2장°

# 수치심은 이제 그만

진심을 표현할 때
자신을 존중하고
타인도 존중하게 된다

천골 차크라
SEXUAL

유치원에서 나는 친구들에게 아빠의 무릎에서 배운 모든 비밀스런 것들을 보여주었다. 엄밀히 말하자면, 아빠의 무릎은 아니지만 말이다. 그 비밀들은 학급 모두에게 보여주고 말하기에는 특별하고 매우 민감한 것이었다. 친구들은 모두 매료되었다. 학교의 수녀님들은 그런 것에 관한 이야기는 전혀 하지 않는다. 우리 어머니도 마찬가지였다.

아빠에게서 배운 것을 처음으로 실습했던 상대는 서른 살의 유도柔道 강사로, 내 나이 열다섯 살 때였다. 그는 나에게 "어디서 그렇게 입으로 하는 걸 배웠어?" 라고 물었다.

입으로 하는 건 내 전문 분야 그 이상이었다. 나의 '존재 이유'였다. 입으로 하는 걸 아주 잘하면 대학 내에서 모두들 탐내는 시간제 근무 자리를 얻을 수 있었고, 법대 교수한테 A학점을 받을 수 있었고, 법률사무소의 전망 좋은 사무실에 안착할 수 있었다. 아, 그래 맞다. 법률사무소. 나는 직급 사다리를 무릎을 굽히며 올라갔다. 2년 만에 소속 변호사associate에서 신임 변호사junior partner로, 다시 선임 변호사senior partner로 초고속 승진을 하는 기록적인 일도 있었다. 입으로 해주기만 하면 즉각 다음 단계로 올라갈 수 있었다.

나는 실습 대상을 확대했다. 상대 변호사와 판사들도 나의 매력을 거부하지 못했다. 그러나 개인적으로 내가 선호했던 사람들은 나의 고객이었다. 그들은 능력 있고 영향력 있는 남자들로, 법적인 도움을 받기 위해 내게 온 사람들이었다. 도움이 필요한 남자들에게는 저항할 수 없었다. 사무실 문을 열고 들어오는 많은 이들이 도움이 절실하다는 냄새를 강하게 풍겼다. 그들 각자는 모두 아빠를 연상시켰다. 조언을 구하러 왔지만, 나는 그들에게 훨씬 더 많은 것을 주었다.

이상적인 세상에서 어린 시절은 사랑과 보살핌, 놀이, 따뜻함과 안전이 충만한 시간이다. 우리 부모님은 우리를 보호해주고 보살펴주는 책임감으로 무장된 보호자이다. 어린아이로서 우리는 모든 것이 궁금하다, 우리 몸도 궁금하다. 우리 자신의 육체를 모든 감각으로 탐사하는 것은 자연스럽고 순진한 행동일 뿐이다. 부모가 적절한 방식으로 매만지고, 쓰다듬고, 받아들이고, 사랑스럽게 보살핀 아이들은 자아에 대한 명확한 개념이 생긴다. 그 아이들은 명확하고, 안전한 방식으로 관심을 받았기 때문이다. 경계를 분명하게 그은 부모님에게서 양육된 아이들은 자연스럽게 적정한 경계를 형성한다. 그들은 무언가가 옳지 않다는 느낌이 들 경우 "싫어" 라고 거절할 줄 안다. 그들은 적절히 주고받는 기쁨을 자연스러운 흐름 속에서 배운다.

아버지는 내가 매우 어렸을 때 쾌락pleasure의 원리에 대해 일깨워주었다. 나는 아버지를 사랑했다. 그는 내 세상의 전부였다. 그러나 나를 사랑스럽게 보살피며 매만져주던 손이 갑자기 나를 침해하는 것으로 느껴졌을 때의 혼란을 이해하지 못했다. 다급하고 광폭한 손짓 그리고 그의 목소리와 얼굴이 무언가 무섭게 변하는 이유를 알지 못했다. 우리의 '그날' 이후 아버지의 얼굴을 보면, 깊은 유감과 후회, 이해할 수 없는 공포가 어려 있었다. 그는 자신이 무언가 매우 잘못된 일을 했다는 걸 알았지만, 왜 그런 무서운 충동이 그를 붙들고 있는지는 이해할 수 없었다.

아버지 집안 내 근친상간의 비밀이 어디까지 거슬러 올라가는

지는 잘 모른다. 이와 같은 비밀은 언젠가는 분출되기 마련이다. 조상의 오래된 수치심은 엄청난 괴력을 가진다. 해결하거나 치유하지 않으면 그 패턴이 반복된다. 아버지는 어릴 적에 가족 내 성적 사냥꾼의 표적이 되었다. 성폭력은 모든 아이들에게 그러하듯 그를 완전히 무기력하게 했다. 성폭력은 성 자체보다는 힘에 관한 문제이다. 아버지는 당신에게 있었던 일에 대해 아무 말도 할 수 없었고 수년 후에는 수치심의 상태와 무기력을 내게 이어주었다.

'아버지들의 죄'가 그들 자손의 삶에 나타나는 경우는 다양한 문화적, 경제적 영역 전반에 걸쳐 그 증거를 찾아볼 수 있다. 우리가 스스로 '죄스럽다'고 생각하게 되는 행동은, 자신에게 하는 거짓말이나 반쪽 뿐인 진실, 가족들이 가르쳐준 잘못된 왜곡으로부터 시작된다. 이와 같은 거짓이 지속되는 과정은 많은 경우 매우 무의식적인 차원에서 이루어진다. 그렇다고 해서 그 과정이 전혀 무해한 것도 아니다. 왜냐하면 거짓은 우리를 병들게 하기 때문이다. 왜곡이 갖고 있는 에너지는 우리 삶이 펼쳐지는 방식에 막대한 영향을 미친다.

재능 많은 배우이자 가수인 린지 로언Lindsay Lohan은 세 살 때부터 포드 자동차 모델로 일했다. 그녀의 아버지 마이클은 한때 배우로도 활동했던 사업가이자 투자 은행가이다. 마이클은 중독 행동addictive behavior의 전과가 있다. 그의 딸이 사춘기를 맞기 직전에는 증권 사기로 실형을 선고 받고 3년간 교도소에 있었다. 2005년 그는 다시 '심각한 무면허 운전'과 협박 미수로 2년간 더 교도소에 있었다. 린지는 가족의 전통을 이어받아 음주운전으로 두 번 체포되었는데, 두 번 모두 코카인을 소지하고 있었다. 그의 아버지는 맏딸에게 자신의 행동 양상을 물려주었고, 그녀는 마약 및 알코올 중독 갱생시설에서 시간을 보냈다. 부모님이 이혼한 후로 아버지와 떨어져 지내던 린지는 아버지와 다시 연락이 되었다. 아버지는 몇 년 전 그의 행실을 고치고 지금은 중독의 늪에서 고생하는 사람들을 돕고 있었다. 그녀는 자신의 중독을 이겨내는 것이 아주 힘겹다는 것을 인정했다.

물론 우리는 유전적인 것이 중독에 영향을 미치고, 문제를 부인하는 패턴에도 영향을 준다는 것을 알고 있다. 일단 중독자가 문제를 부인하는 습관을 멈추고, 자신이 무언가 남용하는 패턴을 '정상' 또는 문제가 안 된다고 보지 않아야 자신이 과거에 볼 수 없었던 것까지 확장해서 볼 수 있게 된다. 불행한 상황을 초래하는 자신의 역할을 보게 될 때, 그럴 때에만 비로소 자신에게 솔직해지고 진실을 말할 수 있게 된다. 성장을 경험하고 실제로 행동을 바꾸려면 이와 같은 단계가 절실하다. 마이클 로언Michael Lohan은 진지하고 투명한 자세로 그의 '창피한 일'에 대해 진실을 말하려는 의지를 치열하게 보여주었다. 가족의 거짓을 밝히고, 오랜 기간 동안 굳어져서 '가족의 저주'로 변장한 에너지 패턴을 반전시켰다.

우리 모두는 '어두운 면dark side'을 가지고 있다. 그것은 우리가 사랑할 수 없다고 생각하는 부분 혹은 사회가 비난하는 부분이다. 어린 시절에 우리는 몇몇 충동적 행위를 하면 안 된다는 메시지를 다음과 같은 말을 통해 받는다. "그러지마, 안 그러면 엄마가 너 사랑 안 할 거야." 잘못된 행동을 하거나 너무 들뜨거나 시끄럽거나, 혹은 '그러면 안 되는' 시간에 너무 많이 너무 길게 울면 사랑을 빼앗긴다. 무섭거나 고통스러운 경험이 해결되지 않은 채로 남아 있는 경우에는 그 에너지의 밀도가 더 높아지면서 혼란스러워진다. 때때로 겪었던 작은 경험들이 억압과 자기 거부로 내부에 남아, 우리 성격의 어두운 면으로 더욱 크게 부풀어진다. 대부분의 사람들에게 어두운 부분은 불편하기는 하지만 자신을 쇠약하게 만드는 현상은 아니다. 그러나 인성은 다양한 범주로 표현이 되며 어두운 부분은 정신병적 차원으로까지 퍼진다. O. J. 심슨O. J. Simpson[19]이나 찰스 맨슨Charles Manson[20]이 그런

---

**19** 전 미식축구 선수이자 배우(1947~)로, 1994년 아내를 살해한 혐의를 받음.
**20** 미국의 악명 높은 연쇄살인범(1934~).

경우이다.

이와 같이 아무리 원치 않는 부분이라 해도 부인하거나 회피하려고 노력하면 노력할수록 예기치 않거나 당황스러운 방법으로 분출될 수 있다. 영화배우 멜 깁슨Mel Gibson이 말리부에서 음주운전으로 걸리자 언론은 한 건 잡았다는 듯 신나 했다. 그의 어두운 부분이 만취로 드러났을 뿐 아니라(약물 남용은 거의 대부분 두 번째 차크라의 쟁점이라는 걸 알게 될 것이다) 술 때문에 말실수까지 하게 되었다. 체포하는 경찰에게 그가 했던 반反유대주의적인 언행은 커다란 물의를 일으켰다. 특히 유대인 공동체에서는 그의 영화 〈패션 오브 크라이스트The Passion of the Christ〉를 반유대주의 선전이라며 비난했고, 더군다나 그의 아버지가 '홀로코스트는 과장되었다'는 선동적인 언급을 하는 바람에 불난 집에 기름을 붓는 격이 되었다.

약물 남용과 중독은 길 잃은 아이의 감정적인 현실과 관련되고 두 번째 차크라와 연결되어 있다. 약물, 술, 음식, 섹스 혹은 부정적 행동에 대한 중독은 의식적인 유능한 자아(세계적으로 잘 알려진 배우이자 프로듀서인 멜 깁슨)와 어린 시절 필요로 한 요구가 충족되지 않은 부분(열한 명의 형제 중 여섯 번째였고 근본주의적인 가톨릭교도인 아버지가 '극도의 도덕적인 기준'으로 가족을 이끈 멜 깁슨), 그리고 억압된 불만을 폭로할 수밖에 없는 상태(만취한 상태에서 억제되지 않은 멜 깁슨)를 연결하는 다리 역할을 한다. 이러한 방식으로 중독 자체는 기저에 있는 고통스런 진실을 보고, 느끼고, 말하도록 하여 치유가 시작되도록 허용하는 강력한 지점이다. 그러나 진실을 발굴하는 작업에 착수하기 전까지 어두운 부분이 수면 위로 떠오르면 주기적으로 과한 행동을 하게 된다.

너무 어려서 비판적인 시각으로 살펴 볼 수 없거나 자신이 의사 결정을 할 수 없었던 어린 시절에 배운 신념과 태도에서 편견이 형성된다. 이러한 신념이 자신에게 해를 끼치는 문제로 나타나기 전에는, 변화가 필요하다는 동기부여가 되지 않는다. 대부분의 경우, 진실을 알게 되는 첫 번째 단계에는 자각이 일어나고 '알아차림'의 상태가 된다. 예기치 않은 사건으로 놀라고 갑작스런 충격이 오면, 문제를 부인하기만 하던 상태에서 벗어나게 되면서 자각 상태가 시작된다. 예를 들면, 우리가 '인종차별주의'를 '우리 모두의 어두운 부분'을 드러내는 표현이라고 본다면, 진실에 한 걸음 더 다가간 것이다. 우리 모두의 어두운 부분이란, 한 인종이 다른 인종을 억압하는 것을 묵과하고, 인간 스스로를 여전히 우리/그들 또는 우월/열등으로 차별하는 사회에 살고 있는, 우리들 모두의 확인되지 않고 치유되지 않은 채 억눌러 온 측면을 말한다.

한 사람이 진실을 말하면 우리 모두에게 치유의 영향을 미치게 된다. 용서받지 못하거나 치유될 수 없는 행동은 없다. 우리는 모두 하나의 에너지 장에 속하는 각 부분으로 우리 모두는 서로 연결되어 있다. 우리는 모두 그것이 진실임을 안다. 세상에 나가 다른 사람의 삶에 감동을 주는 진실의 물결을 느낀다. 한 사람이 진실을 말하거나 인정할 때 그래서 오래된 거짓을 분해하고 해체할 때 전 우주가 조금 더 편안하게 숨을 쉴 수 있게 된다.

## 두 번째 에너지 센터: 천골 차크라[21]

성sexuality과 인간관계에 대해 어린 시절에 잘못 이해하게 되면, 그 피해는 몸에 그대로 등록 저장된다. 내가 감내해야 했던 성폭행은 두 번째 차크라에 타격을 입혔다. 두 번째 차크라는 배꼽에서 몇 센티 아래에 자리하고 있다. 두 번째 에너지 센터는 관능, 성적인 것들, 감정, '내면의 아이inner child'와 관련된 자리이다. 무리 속에서 어떻게 관계를 형성하는지, 다른 사람들과의 경

---

**21** 배꼽 아래에서 꼬리뼈 사이에 위치. 이 책에서는 '성Sexual 차크라'로도 표현. 천골薦骨(sacral)은 엉치뼈 또는 선골仙骨이라고도 하며, 척추의 맨 끝 꼬리뼈와 허리 사이에 있는, 아래쪽이 뾰족한 이등변 삼각형 모양의 뼈.

계나 자기 내면의 경계를 어떻게 설정하는지, 그리고 어떻게 즐거움을 찾는지를 관장한다. 상호작용의 본질인 주고받는 법을 배우는 것도 두 번째 센터가 관장한다.

만약 두 번째 차크라가 틀어진다면 서로간의 경계가 모호해져 서로의 영역을 침범할 수 있는 사람끼리 끌어당기게 되거나, 다른 사람을 피해자로 만들기도 하고 또 자신이 피해자인 것처럼 느끼는 상황에 빠지기도 한다. 매우 유혹적인, 조종하려 하는, 야심찬, 의존적인, 순교자 같은 행동을 하거나 성, 마약 혹은 알코올 중독이 된다. 성, 돈, 권력을 위해 윤리를 저버리기도 하고, 욕심을 부리며 돈을 은닉하거나 이와는 완전 반대로 재정적 궁핍, 빈곤을 겪게 되기도 한다.

두 번째 차크라가 왜곡된 사람들은 다음과 같은 다양한 신체적 문제를 경험한다.

- 성기능 장애, 발기부전, 불감증 혹은 무분별한 성행위
- 여성의 경우 : 자궁근종, 자궁내막증, 골반염, 월경불순, 난소낭종[22] 혹은 난소암
- 남성의 경우 : 전립선 문제 혹은 전립선암

---

22 난소에 물이 찬 혹이 생기는 질환. 대개의 난소낭종은 작고 양성이며 암은 아님.

- 염증성 장 질환, 궤양성 대장염, 크론병[23], 게실염[24]
- 맹장염
- 만성 요통 혹은 좌골신경통
- 방광 문제
- 비뇨기 문제

성폭행 피해자는 종종 왜곡된 두 번째 에너지 센터 및 질병으로 고생한다. 비록 일반적으로 인정하는 사실은 아니지만, 아이들은 실제로는 매우 성적이고 관능적인 존재이다. 쾌락 원리가 아이에게 조기에 활성화될 경우, 쾌감은 수치심과 연관되게 된다. 아이 안에서 휘저어진 감정의 혼합(공포, 혼란, 흥분, 테러와 때론 쾌감의 구역질나는 혼합)은 강력하고 해롭다. 아이가 **말하지 말라**는 말을 듣게 되면, 쾌감과 수치심의 부정한 연맹이 형성된다.

처음에 아이가 느끼는 감정은 가해자의 수치심이다. 가해자가 자신의 수치심을 아이의 에너지 장에 남기면 아이는 그것을 그대

---

23 입에서 항문까지 소화관 전체에 걸쳐 발생할 수 있는 만성 염증성 장질환. 설사, 혈변, 복통, 식욕 감퇴, 체중 감소, 피로감 등의 증상으로 나타나는데, 우리 몸의 과도한 면역반응 때문에 발병하는 것으로 추정되지만 원인이 정확히 밝혀지지 않음.

24 게실증diverticulosis으로 인해 생긴 대장 벽의 게실 안에 대변이 머물면서 여러 가지 염증을 일으키는 현상.

로 물려받고 후에 자신의 수치심을 추가한다.

수치심은 고밀도의 무거운 에너지이다. 아이들은 수치심을 자신의 것인 양 몸에 입고, 마치 그것이 자기인 양 생각한다. 말하지 않고 수치심이라는 옷을 계속 입고 있으면, 그 수치심은 성인이 될 때까지 이어지고 무의식적으로 자신과 다른 사람을 수치스럽게 하는 방법을 계속 찾아내려 한다. 우리 아버지 같은 성인들은 수치심 상태에 빠져 있어서 아마도 무의식적으로 어린아이의 순수함과 순수한 정신에 끌렸을 수도 있다. 그들은 자신이 겪은 학대를 기억하지 못 할 수도 있다. 그 사실을 억압했기 때문이다. 그러나 일그러지고 수치스러운 에너지가 그들 내면에 살아있어 몸의 에너지 장과 세포에서 소용돌이처럼 돌아가고 있다. 우리 몸 속 힘의 장force field과 무의식에서, 수치심은 학대를 실행하도록 자극해 자신에게 받았던 학대를 반복하게 한다.

아버지는 내가 열두 살이 될 때까지 나를 강간했고, 그 뒤로는 완전히 중단했다. '신디'라고 부르는 내 일부분은 강간의 직격탄을 그대로 받고, 내가 인식하는 의식의 세계에서 알아차리지 못하도록 사악한 행동은 자신이 고스란히 떠안고 있었다. 그러나 결국 진실이 어쩔 수 없이 드러나 표현되는 것을 중단할 방도는 없었다. 억압된 분노와 수치심을 분출할 별다른 탈출구를 찾지 못하자, 나는 열다섯 살이 되면서 성적인 행동을 하기 시작했다.

광란의 사춘기를 보냈고, 그 후에는 더욱 방탕한 성인이 되었다. 조증과 우울증 사이를 튕겨다니며 오고 갔고, 폭음과 문란한 성생활로 인해 질병을 앓게 되었다.

이 같은 행동은 내 영혼이 도움을 요청하는 시끄럽고 간절한 외침이었다. 어머니는 내 문란한 행동을 수치스러워 했다. 그것은 그녀가 해 온 절제된 가톨릭 가정교육과 맞지 않는 것이었다. 그녀는 나를 정신과 의사에게 데려가 "고쳐주세요"라고 했다. 정신과 의사는 상담 치료사라기보다는 관음증 환자처럼 내 성적 탈선행위 이야기에 쾌감을 느끼는 듯 했다. 의사는 내 행동과 성폭력의 가능성 사이에 어떤 연결 고리도 만들지 못했고, 나는 그에게 비밀을 털어놓지 않았다.

## 수치심의 힘

대부분의 사람들은 진실을 말하거나 인정하는 용기를 얻는 데 수년이 걸린다. 침묵에서 빠져나온 사람들은 다른 이를 위한 안내인의 역할을 할 수 있다. 다른 사람들이 공포의 수렁, 자기비판, 수치심에서 벗어나 오랜 시간 동안 바라봐주기를 간절히 바라던 '진실'을 표현할 수 있도록 이끈다.

수치심은 나오고 싶어 한다. 그러나 어떻게 나와야 하는지는 모른다. 아이는 말하고 싶지만 할 수 없다. 아이는 소리 지르고 싶지만 차마 그럴 수가 없다. 그렇기에 표현하고 싶은 욕구는 억압된다. 수치심을 치유하지 않으면 계속해서 반복될 수밖에 없고, 아마도 그 영향을 그대로 영속시키게 될 것이다. 옛 동요의 가사를 바꾸어 '수치심아, 수치심아, 저리 가shame, shame, go away'[25]라고 말해보지만, 본래의 수치심이 안전하게 표현되고 그로 인해 변화가 일어나게 될 때까지 수치심은 떠나지 않는다. 그렇지 않으면 수치심은 정말로 '다른 날 또 찾아온다come again another day'[26]. 더욱 독창적인 형태로.

별난 기업가이자 비행가이고 영화 제작자인 하워드 휴스 Howard Hughes[27]는 수치심 때문에 큰 비용을 치른 극적인 예이다. 그는 부유한 부모님 슬하에서 자랐는데, 10대 시절에 부모님이 돌아가시면서 수십만 달러에 달하는 상당한 유산을 상속받게 되었다. 그는 세계에서 가장 부유한 사람 중의 하나가 되었으며, 섹

---

25 〈Rain Rain Go Away〉라는 영미 고전 동요.
26 위 동요의 한 소절.
27 미국의 투자가, 비행사, 공학자, 영화 제작자, 감독, 자선가(1905~1976). 공학적 재능과 사업적 수완으로 백만장자가 된 인물.

스, 돈, 성공에 탐닉했다. 악명 높은 호색가였던 그는 캐서린 헵번, 에바 가드너와 같은 그 당시 은막의 여신들을 목표로 삼았다. 초기에 그는 최고의 조종사, 최고의 영화 프로듀서, 최고의 골퍼 등 무엇이든 최고가 되고 싶어 했다. 그의 회사인 휴스 항공사 Hughes Aircraft의 수장으로서, 그는 혁신적인 항공기를 설계하고 제작하여 속도 분야에서 세계 기록을 세웠다. 할리우드에서 휴스는 영향력 있는 인사가 되었다. 그러나 50대가 되자 하워드 휴스는 강박적인 행동을 하는 사람으로 전락했다.

휴스에 관한 전기 영화인 〈에비에이터The Aviator〉를 보면 어머니가 욕조 물 안에서 스펀지로 그의 몸을 닦아주는데, 우리는 이 장면에서 그의 별난 성격의 기원이 무엇인지 추정해 볼 수 있다. 이 장면은 좀 역겹기도 하다. 어머니가 하워드를 씻겨주기에는 너무 나이가 많아서 성적 의미가 함축되었다고 볼 수밖에 없기 때문이다. 그녀의 행동은 여성으로서 균형이 잡히지 않았을 뿐만 아니라 청결에 강박증을 보이는 사람에게서 나오는 것으로 볼 수 있다. 어머니의 이 같은 행동에 대해 하워드가 그의 불편함을 표현할 수 없으니 그 대신 그 느낌을 알아채지 못하게 (대부분의 사람들이 그러하듯이) 의식 밖으로 밀어내버린다. 이런 강한 느낌은 이상야릇한 방법으로 분출되게 마련이다. 그 장면은 청결과 질서에 대한 그의 강박관념과 이후 그 강박관념에 저항하는 모습을 보여주기 위한 사전 장치적 역할을 한다. 그의 충동, 강박증, 중독 및 지저분한 죽음은 수치심이 무서운 방법으로 커다란 피해를 입힐 수 있다는 비극적인 증거이다. 이는 곧 왜곡된 두 번째 차크라의 중심 주제이다.

데이비드는 수치심이 질병으로 나타난 또 다른 예이다. 그가 내 사무실에 왔을 때, 전립선암의 가능성을 나타내는 전립선 항원 검사 결과에 대해 걱정하고 있었다. 함께 치유 작업을 시작했을 때, 나는 데이비드가 높은 수치심을 마음속에 담고 살아가고 있다는 걸 알았다. 조심스럽게 질문을 하니, 만성적으로 무분별한 성생활을 한 과거에 대해 털어놓았다. 그는 아내를 사랑했지만 아내가 첫 아이를 가졌을 때 바람을 피웠다. 처음에 그의 아내는 그의 첫 번째 '외도'에 대해 알지 못했지만 나중에는 결국 그의 부정을 알게 되었다. 모두에게 상처가 되었고, 이는 데이비드가 아버지가 된다는 기쁨을 무색하게 했다. 그는 노력했지만, 장난삼아 가볍게 연애하는 버릇을 멈추지 못했다.

나는 데이비드의 두 번째 에너지 센터가 균형 잡히지 않고 비대해진 것을 보았다. 그가 아내에게 입힌 상처 때문에 그의 몸에는 에너지 차원에서 상당한 고통이 갇혀 있었다. 최근에는 추문까지 터져버려, 그는 애타게 자신의 행동에 종지부를 찍고 싶어 했다. 그가 간절히 바라던 네 번째 아이를 아내가 임신했을 때,

데이비드는 그가 사는 작은 마을의 한 여성과 외도를 하였다. 동네에서 화가 불거지자, 데이비드는 자신이 통제 불능 상태에 있다는 걸 알게 됐다. 게다가 그 '여성'이 성적으로 대담한 행동을 하는 사람으로 악명 높은 사람이었기 때문에 상황은 더욱 안 좋아지고 작은 마을은 소문으로 시끄러웠다. 데이비드는 수치심으로 어쩔 줄 몰라 했고 매우 화가 났다. 그의 아내는 상처를 입고 매우 격노하였고 이혼에 대해 이야기하기 시작했다.

데이비드에게 왜 그가 자신과 아내 모두를 화나게 하는 방식으로 행동하는지 짚이는 부분이 있냐고 물어보았다. 그는 대답하지 못했다. 그의 그런 행동 기저에 어떤 동기가 숨어 있는지 알 수 없었기 때문이다. 그는 자신의 행동에 수치심을 느낄 뿐이었다. 수치심은 수치심을 불러온다. 수치심을 느끼면 느낄수록 그는 수치스러운 행동을 더 벌일 뿐이었다.

내가 처음 그의 어린 시절에 대해 물었을 때 데이비드는 단순히 잘 모르겠다는 듯 어깨를 으쓱했다. 좀 지나고 나서야 그는 자신이 여섯 살이었을 때 어머니가 갑자기 돌아가시자 깊은 슬픔에 빠져 위안을 받고 싶다는 채울 수 없는 욕구를 느꼈다고 말했다. 그는 선생님, 고모, 이모, 아주머니, 아버지의 수많은 여자 친구들을 가리지 않고 따뜻하게 다가오는 여성이라면 누구에게든 애착을 보였다. 그러나 그가 필요로 했던 지속적인 안락함은 찾을 수 없었다. 단순하지만 강한 생각이 그의 마음을 사로잡았다. '내가 어머니를 더욱 사랑했더라면, 어머니가 돌아가시지 않았을지도 몰라.' 그는 자신이 어머니의 죽음에 책임이 있다고 생각하게 되었고, 이로 인해 형언할 수 없을 만큼의 수치심을 느꼈고, 그가 여성을 아무리 많이 사랑할지라도 그는 항상 그녀를 잃게 된다는 생각까지 하게 되었다. 그의 에너지 장에 저장되어 있는 슬픔과 수치심을 해소하는 작업을 하면서, 데이비드는 자신의 문란한 성생활과 어머니와의 연결 고리를 보기 시작했다. 성인으로서 자신의 행동이 아이가 따뜻한 어머니의 존재를 필요로 하는 것과 같은 욕구를 채워주는 시도였다는 걸 알아차렸다. 그가 이와 같은 결론에 다다르게 되자 여성의 '따뜻한 몸'을 미치도록 갈망하는 욕구는 줄어들었다. 그는 스스로 자기 자신을 돌볼 수 있고, 생존을 위해 여자가 필요하지 않다는 걸 알게 되었다. 어머니를 잃으며 느낀 고통과 슬픔은 표현된 적도 해소된 적도 없었다. 단지 억눌려 있었을 뿐이다. 그는 아이 같은 방식으로 어머니를 잃은 마음과 슬픔을 계속되는 외도로 덮으면서 피하고 있었던 것이다.

어머니와의 상관관계를 이해하게 되면서 커다란 변화가 일어났다. 데이비드는 깊이 있는 자각을 통해 섹스 중독에서 벗어날 수 있게 되었다. 몇 달간 그의 몸과 에너지 장을 부정적인 에너지로부터 정화하면서, 데이비드의 전립선 상태도 호전되었다. 그는 나중에 항원 검사 결과 상태가 많이 좋아졌다고 알려왔다.

## 물로 치유하기

물은 치유할 수 있다. 욕조 물에 천일염 1파운드(종이컵 4분의 3정도)와 베이킹 소다 1파운드를 섞어 20분 정도 몸을 담근다. 과거의 모든 좋지 않은 감정과 생각이 소금물에 빠져나가도록 한다. 다음과 같이 말하면서 모든 죄의식이나 수치심이 물속에 녹아내리고 씻긴다고 상상한다. "나는 진실을 말하고 내 진정한 본연의 모습을 되찾는다. 나는 순수하다. 나는 깨끗하다."

전립선에 대한 염려는 줄어들었으나, 데이비드는 자신이 음주 관련 문제가 있는 것 같다고 인식하면서 다시 나를 찾아왔다. 나는 그에게 알코올 중독자 협회Alcoholics Anonymous, AA의 설문지를 주었고, 결과는 그가 알코올 중독자의 조건에 부합한다고 나왔다. 그러나 처음에 그는 음주에 관한 자신의 심각한 상태를 인정하고 싶어 하지 않았다. 술은 데이비드의 삶에 조직처럼 연결되어 있었다. 그의 친구들, 가족, 함께 일하는 사람들이 모두 술을 마셨다. 술을 끊는다는 것은 그가 '친구'라고 부르던 습관으로부터 파격적인 단절을 의미했다. 그러나 데이비드는 자신이 어려움에 처해 있음을 알고 금주를 결정했다. 그는 알코올 중독자 협회 모임에 나가기 시작했다.

나 또한 과거에 중독자였으므로, 어떤 종류의 물질을 남용하는 것은 불편한 느낌을 가리기 위한 행동이라는 걸 안다. 처음에는 중독이 기분을 좋게 한다. 부정적인 느낌은 사라지고, 그 어떤 것이라도 감당할 수 있을 것처럼 세상 위에 선 것 같은 느낌을 준다. 그러다 결국에 중독은 부정적인 방식으로 삶에 영향을 미치고, 시간이 더 흐르면 심각한 대가를 치르게 된다.


## 유혹의 여왕

성인이 된 후 나는 어머니에게 아버지의 학대에 대해 직접적으로 말한 적이 있다. 처음에 어머니는 그런 일이 있었을 수도 있겠다고 인정했다. 그러나 나중에는 그녀는 그런 일은 알지 못한다고 부인했다. 그러나 어린 시절에 내 방 문틈 사이로 그녀가 우리를 보고 있는 걸 한 번 이상 본 기억이 난다. 어머니는 아버지와 나 모두를 경멸했다. 어머니는 여섯 살 난 어린 계집아이인 내가 자신의 남편을 유혹했다고 짐작했다. 이브가 아담을 유혹하여 천국이 몰락했다는 이야기처럼. 아빠는 늘 "엄마는 신경 쓰지 마. 우리를 사랑하지도 않는 사람이고, 이해하지도 못 할 거야."라고 말했지만, 우리 둘 다 어머니와 어머니의 분노를 두려워했다.

유혹에 의존하는 여성은 대개 비대해지고 변형된 두 번째 에너지 센터를 갖고 있다. 마릴린 먼로Marilyn Monroe는 모든 남성에게 꿈같은 여성이었다. 그녀는 전형적인 유혹의 상징 같은 인물이었다. 그러나 극작가 아서 밀러, 그리고 위대한 야구선수 조 디마지오와 한 결혼은 둘 다 실패로 끝났다. 그녀는 또한 유부남을 상대로 이루어질 수 없는 불륜 행각을 벌였고, 존 F. 케네디 대통령의 정부로도 알려졌다. 마릴린은 남자에게 의존적인 성격이었고, 그들과 있을 때 그녀의 경계는 무너졌다. 우울증, 버림받을지도 모른다는 두려움, 통제력을 잃고 통제 당할지 모른다는 두려움을 함께 겪었다.

마릴린 먼로를 포함하여 아직까지도 많은 어머니들과 많은 여성들의 세포 내 기억장치에 각인되어 있는 내용은 여자는 남자가 없으면 아무것도 아니라는 신념이다. 이와 같은 신념은 여자가 아무리 열심히 노력하고 아무리 많은 걸 이루어도 그 가치는 남자만큼 못하다는 것이다. 이는 남자와 여자 모두에게 피해가 되는 생각이다. 남성 안의 여성성과 여성 안의 남성성을 인정하고 이렇게 각자에게 내재된 다른 성의 균형을 맞출 필요가 있다고 생각하기 보다는, 오히려 서로를 부정하게 된다.

마릴린은 문제가 있고 건강하지 않은 두 번째 차크라의 전형적

인 증상을 보여주었지만, 아름다움과 성적 매력에 있어서는 많은
이들의 우상이었다. 대중매체의 관심은 그녀가 어떻게 보이는지
에 있었다. 자신의 가치가 실제 인간 마릴린이 아니라 세상이 그
녀를 바라보는 관점과 성적인 판타지로만 평가되는 상황에서, 마
릴린은 자신이 본연의 자기 모습으로 사랑 받는다는 느낌을 받지
못했을 것이다. 마릴린은 명석하고 재능 많은 배우로 알려졌으
나, 그녀의 재능은 언론의 주된 관심사가 아니었다. 한 사람의 가
치가 오로지 외모에만 집중될 경우, 그 사람의 내면은 죽어간다.

마릴린과 유사한 최근 사례는 애나 니콜 스미스Anna Nicole
Smith[28]의 삶과 죽음에서 찾아볼 수 있다. 그녀는 플레이보이 모
델로 아버지뻘 되는 몇십 년 연상의 정유업계 재벌 하워드 마셜
James Howard Marshall II[29]과 결혼하였다. 애나 니콜은 갓난아기
였을 때 아버지한테 버림받았다. 어린 시절은 트레일러에 살면서
어머니와 싸우고, 이성 교제에 번번이 실패하고, 스트립 바를 전
전하면서 보냈다. 아마도 강간을 당했을 그녀의 왜곡된 두 번째
차크라는 관심을 유도하기 위해 섹스와 유혹이라는 방법을 사용

---

**28** 1967~2007, 미국의 월간지 〈플레이보이〉의 모델, 여배우.
**29** 1905~1995, 미국의 기업인. 대학 교수이자 변호사로 미국의 석유 재벌이자, 재계
　　거물의 한 사람. 1994년 모델 애나 니콜 스미스와 결혼하였으나 1년 만에 사망.

하도록 이끌었다. 나이가 들자 그녀는 자신의 우상인 마릴린 먼로처럼 외모에 대한 자신감을 잃었다. 마릴린처럼, 애나 니콜에게는 여러 남자가 있었다. 마릴린처럼, 그녀는 순수한 유혹과 무기력함 사이를 오고 갔다. 마릴린처럼, 그녀는 진한 우정을 나누는 인간관계를 필요로 하였지만 과도한 통제에 대해 강하게 분개하는 일면과 싸우느라 어려움을 겪었다.

마릴린 먼로와 강하게 동일시하면서, 애나 니콜은 에너지 차원에서 실제로 먼로의 주기적인 자체 단식, 음주, 약물 사용의 패턴 양상과 연결되었다. 또한 그녀는 우발적인 약물 과다 복용으로 이른 나이에 사망한 마릴린의 비극과 흡사한 삶을 살았다. 애나 니콜은 자신의 아들이 실수로 진통제와 항우울제를 동시 복용하여 죽은 이후, 의심할 여지없이 우울증 치료제를 마음대로 복용했을 것이다. 애나 니콜은 줄곧 마릴린 먼로처럼 되길 바랐고, 결국 안타깝게도 비슷한 방식으로 사망하였다.


## 치유를 향한 탐색

젊은 변호사로 출세의 가도를 달리고 있던 스물다섯 살 때, 나는 다양한 부인과 질환과 혈당 수치의 이상을 겪기 시작했다. 바

로 그때 나는 생명을 위협하는 암 진단을 받았다. 내 삶은 곤두박
질쳤다.

해결 방법을 찾다가 마사지 치료사의 사무실에서 나중에 내 삶
의 길이 된 대체의학을 소개받았다. 처음으로, 나의 어려웠던 어
린 시절을 조명해보기 시작했다. 어떻게 아버지의 다른 두 양면
성을 조율하였는지? 어떻게 어머니가 나를 사랑하기를 거부하는
마음을 이해하게 되었는지? 그건 불가능해 보였지만, 내가 나아
지는 데 필요한 작업이라는 걸 알았다. 뼈를 깎는 듯한 힘겨운 퍼
즐을 조금씩 맞추게 되면서 다른 대체의학 종사자를 차례차례로
만나게 되었다.

의식적으로 혹은 무의식적으로 상처는 항상 치유를 위해 탐색
하도록 이끈다. 내 삶에서나 일을 하면서나 반복적으로 이와 같
은 상황을 목격한다. 내담자들은 대개 중증 질병이나 복합 증상
을 안고 찾아온다. 과거의 나처럼 그들에겐 도움이 절실하다. 질
병이란 몸이 자신을 더욱 깊은 진실을 향해 주의를 끌려고 하는
노력이라고 인식할 수 있게끔 도와주면, 치유는 시작된다.

얼리샤는 서른네 살로, 급하게 돌아가는 많은 양의 업무를 해
야 하는 보험업계 임원이었다. 그녀는 난소암 진단을 받고 내 사
무실로 왔다. 그녀는 암을 치유하기 위한 대체 방법을 찾고 있

었다. 얼리샤의 에너지 장을 살펴보니 암 진단을 받기 전부터 보였을 법한 심리적 외상후스트레스증후군post-traumatic stress syndrome 증상을 보였다. 경계가 모호했고 불면증과 잦은 악몽에 시달렸다.

얼리샤는 외모에 늘 신경 썼다. 이는 매우 지치고, 끝이 나지 않는 완벽을 향한 노력이다. 얼리샤는 가능한 한 날씬한 몸매를 유지하려고, 자유 시간에 늘 엄격하게 운동을 하였다. 과도한 운동과 다이어트는 그녀 자신 본연의 리듬과 몸의 자정 과정으로부터 단절되게 하였다. 그와 동시에, 남편과 친구들에게 잘 보이기 위해 근사한 미식가가 즐기는 요리를 만들어내는 요리사가 되려 했다.

7년간 남편과의 관계에도 문제가 많았다. 싸움이나 논쟁은 예사였다. 어느 날 남편이 술을 마시고는 성관계를 요구했다. 그녀는 거절했지만, 그는 난폭하게 강제적으로 강요했다. 다른 사람에게는 창피해서 강간에 대해 말하지 못했고, 상흔은 계단에서 떨어져 넘어져서 다쳤다고 설명하였다. 결혼 생활에서 벗어나려 했지만 그로 인해 심리적 혹은 신체적인 학대가 더 커질까 봐 두려웠다. 그녀는 자랄 때 남자가 우선이며 '남자를 잡아서, 기분을 맞춰주고, 곁에 두기' 위해 모든 노력을 기울여야 한다고 배웠다. 그녀는 첫 번째 치유 작업에서, 여덟 살 때 오빠한테 성폭행을 당했다고 불쑥 말을 꺼냈다. 어머니에게 그 사실을 말하자, 그녀는 옛 사람들이 그러하듯 "사내애가 그렇지 뭐"라고 답했다고 한다. 그녀는 열세 살에 피임약을, 열다섯 살에 다이어트 약을, 열일곱 살에는 항우울제를 복용했다.

함께 작업하면서 얼리샤의 딜레마를 여러 단계에서 다루었다. 우선 첫 번째 두 번째 차크라가 자리하고 있는 골반을 에너지 차원에서 열리도록 도왔다. 몸의 이 부분이 모두 닫혀 있었다. 어릴 적 겪은 학대의 결과로 그녀의 에너지 장에는 부정적인 에너지가 층층이 형성되어 긍정적인 흐름을 차단하고 있었다. 그녀의 몸을 둘러싸고 있는 에너지 장의 미묘한 층을 복구하였고, 그곳에 무겁게 저장되어 있던 두려움, 죄의식, 수치심, 자책감을 꺼내어 살피고, 조사해보고, 해소하였다. 동시에, 해결되지 않은 트라우마로 그녀의 몸에 갇혀 있도록 한 주요 신념에 대해 잘 인식할 수 있도록 도와주었다. 얼리샤의 가족은 그녀의 몸과 마음이 받은 학대가 어느 정도는 정상이라고 믿는 신념이 그녀의 몸속에 깊이 뿌리내리도록 했고, 여자가 지배받고 예속되는 것이 자연스럽다고 생각하도록 만들었다. 이와 같은 무의식적인 생각 패턴은 우리 뇌의 오래되고 깊은 곳에 아로새겨진다.

얼리샤의 두 번째 차크라는 시계 방향으로 건강하게 돌며 에너지를 받아오지 못하고, 반대 방향으로 돌고 있었다. 그녀의 에너지 센터는 신호등처럼 다음의 신호를 보내고 있었다. '나는 여자이기 때문에 사냥감이고, 공격을 당해 마땅하다.' 이와 같은 관점에서 얼리샤는 그녀의 현실을 만들어내고 있었다. 말 그대로, 어린 시절의 위험에 대한 예상을 어른이 된 세상에 투사하고 있었다. 얼리샤는 남자 가해자를 그녀의 남편으로 다시 만들어내어 오빠로부터 받았던 학대를 복제하고 있었다. 퍼즐을 풀어나가는 방식처럼, 나는 내담자의 에너지가 안내하는 곳으로 따라갔다. 그들이 가지고 있는 신념의 미로를 통과해 신념이 갇혀있는 깊은 내면의 공간에 다다른다. 그곳으로부터 조심스럽게 자유로움이 느껴지고 확장이 이루어지는 다른 곳으로 이동하도록 돕는다. 이와 같은 방식으로, 나는 능력 있는 샤먼shaman에게서 배운 섬세한 테크닉을 사용해 얼리샤의 패턴을 치유하였다.

세션 초기에 얼리샤는 나의 단순한 질문에도 대답하지 못했다. "얼리샤가 원하는 건 무엇이지요?" 맨 처음 이와 같은 질문을 했을 때, 그녀는 "모르겠어요. 한 번도 생각해 본 적이 없어요."라고 대답했다. 한 여자의 삶의 초점은 그녀의 남자가 원하는 것에 있어야 한다고 항상 생각해 왔던 여인에게서 듣는 정직한 대답이었다. 치유가 진행되면서 그녀의 오랜 신념이 바뀌었다. 그리고 자기 자신을 우선순위에 두기 시작했다. 천천히 그러나 확실하게, 그녀의 암 징후가 줄어들었다. 결국 그녀는 남편을 떠나 학교로 돌아가서 무대예술 공부를 하였다. 5년 후에 다시 검사를 했을 때는 암에 꾸준한 차도를 보였다. 얼리샤는 연애를 시작했고, 남성과 관계 맺는 방식을 치유하고 있다.

> ### '아니요'라는 말을 연습한다
>
> '아니요'라는 의미였는데 '예'라고 말하지 않았는가?
> 솔직히 '아니요'라고 표현하는 것이 큰 힘을 부여한다.
> 당신의 진실을 말할 때,
> 자신을 존중하고 다른 사람도 존중하게 된다.

## 균형 잡힌 두 번째 차크라

천골[30] 부위 센터가 잘 정합된 사람은 다른 이를 만지거나 다른 이가 만지는 걸 즐긴다. 이들은 즐거움, 사랑, 돈, 물질을 주고받는 데 익숙하다. 언제, 어떻게 '아니요'라고 말할지 알고, 내면의 남성성과 여성성 사이에서 균형감을 느낀다.

---

**30** 엉치뼈라고도 한다.

건강한 두 번째 차크라는 비옥한 공간이다. 영감이 몸 안에 흐를 수 있도록 하는 창조적 가능성의 엔진이다. 내면의 아이와 감정이 자리 잡은 곳으로, 창조적이고 생식적인 욕구를 관장하는 센터이다. 여기에서는 광범위한 의미로써 **창조성**이라는 단어를 사용하려 한다. 창조성은 예술에 국한되는 의미가 아니다. 남성과 여성은 창조적인 영감을 날마다 전체적인 에너지 장을 통해, 그리고 날마다 여러 다른 방식으로 몸과 마음을 통해 표현한다.

이 부분에서 놀랍도록 큰 정합의 성과를 이룬 좋은 예는 엘튼 존 경Sir Elton John이다. 그는 세 살 때 피아노 신동이었고 1960년대 이후에는 음악계의 거장이 된 성공적인 예술인이다. 그는 발라드 가수이자 작사가 겸 작곡가이고, 화려한 무대에서 기타 대신 피아노를 현란하게 연주하는 록 가수이다. 엘튼 존은 그의 오랜 친구였던 다이애나 왕세자비의 장례식에서 자신의 노래인 〈바람 속의 촛불Candle in the Wind〉을 추모곡으로 수정하여 연주했다. 이 곡은 역사상 가장 많이 팔린 싱글 앨범이 되었고, 수익금은 다이애나 왕세자비 기념사업기금The Diana, Princess of Wales Memorial Fund에 후원하였다. 그 해 이탈리아 디자이너 잔니 베르사체Gianni Versace가 살해되자 그는 한 명의 절친한 친구를 또 잃었다.

엘튼 존은 술, 코카인 중독과 오랜 투쟁을 벌였고, 폭식증으로 고생하고, 과도한 소비 지출로 재정난을 겪기도 했다. 수혈 때문에 에이즈AIDS(후천성면역결핍증)에 감염되어 학교에서 쫓겨난 혈우병 환자였던 그의 친구 라이언 화이트가 사망했을 때, 엘튼 존은 "라이언의 어머니 진과 1990년 4월, 그가 죽어가는 침대 머리맡에 함께 앉아만 있을 수밖에 없었던 상황은 내 생애 최고로 속이 뒤틀리는 경험이었다. 내가 무언가를 더 해야 한다는 걸 알았다."라고 말했다. 그 첫 번째 단계로 엘튼 존은 마침내 그의 중독 현상에 대해 자신이 무기력했음을 인정했다. 그리고 한 해 동안 쉬면서 중독 증세를 고치기 위해 노력했다. 중독 치료를 마치고 그는 엘튼 존 에이즈기금Elton John AIDS Foundation을 설립하였다. 이는 현재 세계에서 선두적인 역할을 하는 비영리단체가 되어, 후천성면역결핍증 예방 교육 프로그램을 지원하고 후천성면역결핍증을 겪는 사람들을 보살펴주는 서비스를 제공하는 단체가 되었다. 에이즈기금 웹사이트에 그가 올린 편지에는 다음과 같은 내용이 있다. "… 나의 공적인 삶에서 가장 의미 있었던 일은 인도주의적 차원에서 AIDS 확산을 종식시키려는 전 세계적인 노력에 동참한 것이다." 그는 자신의 문제를 긍정적인 기부로 승화하는 방법을 배웠다.

두 번째 에너지 센터의 균형을 알아보기 위한
# Checklist ——————————

다음의 질문에 답해보자.

1  78~79쪽에서 나열한 질병을 앓은 적이 있는가?                          ☐

2  자신이 원하는 것을 얻기 위해 유혹적이거나 학대적인 방식으로         ☐
   섹스를 이용한 적이 있는가?
   일상적으로 거짓으로 오르가즘을 느끼는 척 하는가?

3  중독 증상이 있는가? 음식, 약물, 술, 섹스 혹은                         ☐
   자신이나 다른 사람을 다치게 하는 행동을 하는가?

4  돈 문제가 있는가?                                                   ☐

5  나는 계속 주기만 하고 받는 것은 없다고 느끼는가?                      ☐

6  친구들이 '너는 자기만 생각 한다'고 지적하거나                        ☐
   항상 누군가 필요하다고 느끼는가?

7  만성적으로 혼자라고 느끼고, 외롭고,                                  ☐
   다른 사람에게서 버림받았다고 느끼는가?

8  자멸적이고 내가 이룰 수 있는 게 없다고 느끼는가?                      ☐

9  '아니요'라고 말하는 게 불편하고                                      ☐
   나를 위한 건강한 경계를 설정하는 게 어려운가?

10 무책임하게 행동하거나 다른 사람 탓을 자주 하는가?                    ☐

위의 질문 어느 것에라도 **"예"**라고 대답했다면, 더 나은 균형을 위해 도움을 찾아보는 게 좋다. 정기적으로 물속에 몸을 담그는 것은 자기 보살핌 및 자기 관리의 습관을 키우는 하나의 방법이다.

자신을 보살피는 또 다른 방법은 바다 소리를 내는 음악을 틀어 놓는 것이다. 이는 몸과 환경을 안정시키기 좋은 방법이다. 달빛을 받으며 걷는 것도 두 번째 차크라를 정화하고 충전하는 데 좋다.

습관이 되어버린 성향을 인식하는 것도 매우 강력한 방법이다. 자신의 행동 양식을 죄의식이나 수치심 없이 자각해보자. 일단 자각하게 되면 치유를 가속화하는 좋은 방법을 찾을 수 있게 된다. 어떤 경우에는 올바른 길이 그저 저절로 나타나게 될 것이다. 치유를 위한 첫 번째 단계는 자각이라는 걸 잊지 말자.

# 3장

# 이기는 게 그렇게 중요한가

내게는 선택의 여지가 있다
바라는 바를 실현할
충분한 능력이 있다

태양신경총 차크라
SOLAR PLEXUS

우리 가족의 캠핑 여행은 아빠가 나와 함께 간단히 낚시를 하러 가자고 했을 때 시작되었다. '낚시'가 또 다른 무엇과 관련된 건 아닌지 좀 두려웠지만, 두려움을 참고 하자는 대로 따랐다.

그날 오후, 아빠의 익숙한 어루만짐은 급하고 이상했다. 나는 그 신호를 알고 있었다. 그 즈음에는 나도 그의 고조되는 갈망을 어떻게 해소해줘야 하는지 알고 있었다. 늘 커져만 가는 그의 욕구를 감당하는 방법 말이다. 무릎을 꿇고 내려가자 그는 나의 땋은 머리를 꼭 부여잡고 내 머리를 단단히 잡았다. 그러나 이번에는 내가 제대로 하는 게 아닌 듯 했다. 그는 더 격해졌고, 나를 더욱 더 끌어당겼다. 나는 매우 당황하며 무서워졌다. 갑자기 그는 나를 땅으로 밀쳤고, 내 위로 올라왔다. 나는 숨을 쉴 수가 없었다. 내가 울어 대자, 그는 내 입을 손으로 막았다. 나는 그의 무거운 몸 아래에서 작아졌고, 내 팔 위에 있는 날파리밖에는 아무것도 느낄 수 없었다. 나무 끝이 바람에 흔들리는 걸 올려다보았다. 피 냄새와 단내가 풀 냄새와 아빠의 깨끗한 카키색 셔츠 냄새와 함께 뒤섞였다.

그런 후, 그는 울었다.

나는 아홉 살이었다.

그날 강간을 당한 뒤에 나는 나무에서 떨어져서 병원으로 실려 갔다. 그런 후 삼 주 동안을 병원 침대에서 보냈다. 간호사는 이를 두고 **회복**이라고 불렀다. 아빠는 여름 내내 말을 아끼며 안전한 거리를 두었다. 그는 그가 필요로 했던 걸 가져갔다. 그가 어릴 적에 빼앗긴 바로 그것을 말이다.

저항하기 어려운, 압도되는 느낌이 무엇인지 아는가? 그 느낌은 증기 롤러에 마구 밀리는 것 같다. 마치 나는 존재하지 않고, 아무도 나를 보지 못하는 것 같다. 존재하는 건 그 사람의 **욕구**뿐이다. 나는 하나의 수단이나 방법이 될 뿐이다. 바로 그렇게, 내

것이라고 생각했던 모든 것이 사라져버린다.

비참했던 어린 시절과 결혼 생활에서의 느낌에서 벗어나 자신의 딸에게서 위안을 찾으려고 했던 한 남성에게 나는 내 힘을 빼앗겼다. 어머니는 옆으로 물러나 성폭행을 방관했다. 그녀의 어머니에게서 '남편은 잘못하는 일이 없다'고 배웠기 때문이다. "우리는 피해자의 피해자이다"라고 한 현자가 말했다. 우리는 상처 받은 이들에게 상처 받는다.

아홉 살에 아버지한테 당한 강간은 자라나는 내 정체성을 삼켜버렸다. 막 자라난, 나약한 '나'라는 정체성은 묻혀 버렸다. 정체성은 세상에 남기는 우리의 흔적 같은 것이다. **이건 나이고, 나는 이것이다. 저건 너이고, 너는 저것이다.** 정체성이 확립되면, 우리가 누구이고 무엇을 좋아하고 어떤 입장을 취해야 하는지가 명확해지고 단단해진다.

강간을 당하기 전에도 이미 내 안에서 어디까지가 아버지의 영역이고 어디서부터가 내 영역인지 모호했다. 나는 늘 아버지의 슬픔 속에서 어떻게 숨을 쉬어야 하는지, 그가 좌절하여 어찌할 줄 모를 때는 어떻게 위로를 해주어야 할지, 그와 어머니 사이의 기류가 안 좋다고 느껴질 때는 어떻게 달래주어야 하는지 알았다. 나는 아버지를 챙기고 있었고, 어머니가 한 번도 해보지 못한 방식으로 그를 이해하고 있었다. 우리는 서로 맺어져 있었다. 불건전한 유대였지만, 내가 가진 전부였다. 성적 학대로 인해 내가 느낀 공포와 분노, 그리고 문제를 부정하려는 어머니의 마음은 땅속에 묻혔다. 적어도 의식적으로 그걸 말하거나, 느끼거나, 어떠한 방식으로든 인정하는 일은 전혀 없었다. 강간 이후, 내가 떠나있었던 내 안의 작은 부분마저 아예 사라져버렸다. 나는 아빠의 고통과 수치심과 약점의 소용돌이에 삼켜지고 내팽겨 쳐졌다. '나'는 없었다. 아빠만 있을 뿐이었다.

## 세 번째 에너지 센터: 태양신경총 차크라[31]

강간과 같은 트라우마의 결과로 인한 유린은 연약한 세 번째 에너지 센터를 산산이 부순다. 이곳은 몸의 주요 힘 센터로, 의지, 목표 및 행동의 주요 근원이다. 세 번째 차크라는 자긍심의 자리이다. 자존감과 개인의 힘이 이 중요한 센터에서 샘솟는다. 배꼽과 흉골 사이 중간의 태양신경총에 위치한 세 번째 차크라는 신

---

**31** 명치와 배꼽 사이에 위치. 이 책에서는 '힘Power 차크라'로도 표현. 태양신경총太陽神經叢, solar plexus은 복강腹腔신경총이라고도 하며, 창자가 들어 있는 배 부위에 많은 신경들이 모여서 형성된 신경섬유의 집합.

진대사를 일으키는 불(활기를 주고 연료를 제공하는)의 중심이다. 이곳에서 에너지를 모으고 이를 행동으로 전환한다. 의지의 자리 또한 세 번째 차크라에 있다. 태양신경총이 설계한 대로 그 기능을 할 때 의지의 힘과 개인의 힘이 개발된다.

세 번째 차크라가 비대해지거나 불완전해지면, 다음의 의료적인 문제들이 나타나게 된다.

- 당뇨와 저혈당을 포함한 췌장 문제
- 위 혹은 십이지장궤양과 같은 소화기관 문제
- 간경변증, 간염, 간암을 포함한 간 기능 문제
- 열공 헤르니아[32]
- 담석
- 치질
- 하지정맥류[33]
- 비장 장애

---

**32** 일반적으로 위장은 횡경막 아래에 있지만, 횡경막에 구멍(열공)이 생겨서 위장의 위쪽 일부가 횡경막을 관통해 흉부 안쪽으로 밀어올려진 상태.

**33** 다리 정맥에 이상이 생겨서 심장으로 올라가야 할 피가 정맥에 고이게 되면서 혈관이 늘어나는 질환.

췌장은 세 번째 차크라 부분에 있으며, 감정을 처리하고 흡수하고, 혈당을 조절한다. 세 번째 차크라에 불균형이 오면 당뇨 또는 그와 반대되는 저혈당증을 야기할 수 있다. 저혈당증이 있는 사람은 종종 자신이 생각하는 걸 말하면 사랑 받지 못하고 안전하지 않을 거라는 두려움으로 자신의 감정을 명확하게 표현하지 못한다. 걱정이 많고, 대부분은 완벽주의자이다. 이들의 내면은 이렇게 말한다. "나는 사랑받지도 인정받지도 못해. 이곳은 안전하지 않아." 이들은 어디에나 늘 무서운 적이 존재한다고 생각하면서 그 적을 기다린다.

20세기의 유명한 작가인 트루먼 커포티Truman Capote[34]는 자신의 생각을 말하는 데 별 문제없어 보이지만, 균형이 맞지 않는 세 번째 차크라와 개인적인 힘을 오용해서 자신에게 막대한 피해를 입힌 대표적인 사례이다. 그는 질풍노도의 시기에 잡지 〈뉴요커The New Yorker〉에서 원고 심부름을 했는데, 공개 강연에서 유명한 작가를 모욕하여 해고되는 사건을 통해 자신의 불균형을 드러내보였다. 그는 난폭한 행동뿐 아니라, 가까운 친구까지도 뒤

---

34 미국의 소설가(1924~1984). 17세 무렵부터 단편소설을 써서 〈밀리엄〉으로 오 헨리 상을 획득하고, 〈뉴요커〉지誌에서 잠시 근무. 포크너의 후계자로서 남부 출신의 중요한 문학가로 지목되었으나, 뉴욕으로 옮겨 가서 〈티파니에서 아침을〉(1958)을 시작으로 화려한 로맨티시즘의 세계를 펼침.

에서 모험을 하는 성향이 있는 것으로 잘 알려져 있었다. 커포티는 유명한 논픽션 소설《인 콜드 블러드In Cold Blood》에서, 1959년 두 명의 떠도는 유랑자가 부유한 캔자스의 밀 농장주와 그의 가족을 살해한 실제 사건을 다루었다. 커포티는 사형선고를 받고 수감되어 있는 두 살인자를 면회했다. 그중 한 명과는 친밀한 관계로까지 발전해, 형刑의 집행정지를 요청할 수 있도록 모든 방법을 동원해 힘껏 돕겠다는 약속까지 할 정도였다. 그러나 살인자의 운명이 해결되지 않고, 커포티의 책 출간 프로젝트가 공중에 뜨자, 그는 살인자에 대한 지지를 철회했다. 당시 커포티의 행동에 대해 윤리적 문제로 항의가 일었고, 결국 그가 소위 말하던 '친구'의 사형 집행으로 이어졌다. 그러나 그를 향한 비난도 그를 흔들지는 못했으며, 그의 책의 성공을 수그러들게 하지 못했다.

힘을 오용하면 어떻게 되는지 궁금하다면 커포티의 삶에서 많은 걸 배울 수 있다. 한편으로는 자신을 친구 같은 유능한 작가로 소개하고, 또 다른 한편으로는 자기의 이익을 위하다가 중요한 약속과 프로젝트를 이행하지 못했다. 그는《인 콜드 블러드》이후 이렇다 할 가치 있는 작품을 펴내지 못했고, 비참하게 알코올 중독에 빠진 일은 토크쇼 등에서 공개적으로 사람들 입에 오르내렸다. 그는 1984년에 간 질환으로 사망하였다. 명예로운 삶보다는 자신의 야망을 더욱 중시하면서 몰락하게 되었다고 볼 수 있다. 진정성이 결여된 행동은 우리의 몸, 마음, 정신을 병들게 한다.

---

### 안절부절못하다

불안하고 초조하며 뱃속이 펄럭이는 에너지의 느낌을 우리는 대개 불안감, 흥분 혹은 두려움이라고 '읽는다'. 이는 실제로 세 번째 에너지 센터가 다가오는 도전적 과제에 대해 준비한다는 신호이다. 가장 좋은 해결책은 자신에게 물어보는 것이다.

**내가 두려워하는 것은 무엇인가?**

**나를 보호하기 위해 무엇을 할 수 있을까?**

느낌을 의식적으로 자각하는 것이 이들을 변화시킬 수 있는 최선의 방법이다.

---

## 내면의 붕괴

균형이 맞지 않는 세 번째 에너지 센터는 외적으로 몰아붙이는 상태outward push mode(가해자) 혹은 내적으로 붕괴하는 상태 inward collapse mode(피해자)로 표현될 수 있다. 한 사람은 '할 수 있다'는 역할을 하고, 다른 사람은 '할 수 없다'는 역할을 한다. 양쪽 모두 내면의 힘을 잃은 상태이다. 각자는 뚜렷한 역할에 이해 관계를 두고, 의식적으로 혹은 무의식적으로 각자의 역할에서 기인한 정체성을 강화하고 유지하려고 노력한다. 양쪽 모두 심각한 건강상의 이상을 가져올 수 있다.

세 번째 에너지 센터가 붕괴된 사람은 의심이 많고, 결정하기 어려워하며, 자신감이 결여되어 있다. 에너지가 없으며 일을 완수해 낼 수 있는 능력도 없다. 자신은 상황의 피해자이거나 호락호락한 사람이라는 생각을 하며, 세상과 긍정적으로 힘차게 교류하지 못한다. 심지어 '얼굴만 비추는' 정도도 하지 못한다. 호평 받는 영화 연출가인 우디 앨런Woody Allen은 "성공의 90퍼센트는 단순히 그 자리에 얼굴을 비추는 데 달려있다"고 했는데 말이다.

모린은 당뇨를 앓고 있는 중에 내 사무실을 찾았으나, 그녀의 실제 문제는 붕괴된 세 번째 에너지 센터였다. 자신의 힘을 다른 이에게 넘겨준 결과였다. 모린은 당뇨Di-a-be-tes로 '조금씩 죽어가고 있었다die a bit at a time'고 할 수 있다. 우리가 처음 만났을 때 그녀는 서른다섯 살이었고, 17년 전 아버지의 사망 이후 제1형 당뇨를 앓기 시작했다.

그녀에게 아버지는 자신을 진심으로 사랑해준 사람이었다. 그의 사망 후 그녀는 어머니를 떠안게 되었다. 어머니와는 지속적으로 힘의 주도권 경쟁을 벌이고 있었다. 아버지가 돌아가시면서 다정했던 관계는 사라지고, 그 후 모린은 천천히 그러나 분명하게 조금씩 죽어갔다.

가족 내에서 모린의 어머니는 지배적인 위치를 차지하고 있었다. 어머니는 재주가 많은 여성으로 끊임없이 많은 성공을 이루어냈다. 모린은 어머니를 옆에서 지켜보며 응원하는 치어리더였지만, 어머니는 모린을 인정하거나 격려하는 일이 거의 없었다. 오히려 다음과 같은 의례적인 말로 모린이 실패하도록 만들었다. "좋은 생각이야, 그런데 그걸 도대체 어떻게 할 생각이니?" 모린은 시작하기도 전에 이미 진 듯한 느낌이 들어서 종종 '**시도는 해서 뭐해?**'라고 생각하게 되었다.

모린의 어머니는 여성이 지배하는 위치에 서는 게 내력인 집안에서 자랐다. 그들은 자식에게 규칙을 강요하고, 자식을 위한 선택도 직접 하였다. 모린에게 가족 일에 참여하도록 명령했고, 그녀는 시키는 대로 순종할 수밖에 없었다. 어머니에게는 자신의 진정한 마음을 내비치지 않았고 어머니가 원하는 대로 따라갈 뿐이었다. 자신이 통제 당하는 데 대한 분노를 얼마나 깊게 삼키고 있었는지 모린은 자각하지 못했다.

당뇨는 비록 유전적 성향을 띠지만, 에너지 의학의 관점에서 질병의 뿌리를 추적하다 보면 '통제'라는 본질에 이르게 된다. 주로 불쾌한 감정을 그저 묻으려고 한다거나, 부모가 고압적으로 통제하는 경우가 해당된다. 모린이 기억하는 어렸을 때 장면은 어머니가 그녀에게 현관을 청소하라고 한 후 일을 빨리 못한다고 빗자루를 빼앗았던 일이다. 모린이 어머니를 기쁘게 해드리려고 노력하면 할수록 그럴 수가 없었다. 절대 만족할 줄 모르는 어머니 때문에, 모린은 자신이 어떤 것도 제대로 할 줄 모르는 사람이라는 생각에 빠지고 말았다. 모린은 점차 의욕을 상실했고, 힘을 잃었으며, 자신을 사랑할 수 없었고, 그녀를 배려해주고 보살펴주는 누구도 자신의 삶으로 불러들일 수 없었다. 그녀는 어머니와 밖에서 벌이는 것과 똑같은 전쟁을 내면에서 벌이고 있었다. 그녀 자신을 거부하는 마음과 받아들이는 마음, 삶을 통제하고 조절한다는 느낌과 통제력을 잃은 느낌, 자신의 의지를 주장하고 싶은 마음과 포기하고 싶은 마음 사이에 갇혀 있었다.

모린을 관찰하면서 나는 그녀에게서 췌장을 꽤나 압축하는 듯 보이는 에너지 막을 보았다. 내가 췌장에서 받은 메시지는 '당뇨를 조절하고 있지만, 점점 피곤해지고 있어'였다. 어머니와의 전쟁이 병으로 투사된 것이다.

모린의 에너지 장에는 왼쪽 어깨 바로 위에 벡터vector[35]가 있었다. 이는 누군가가 부정적인 심리적 에너지를 공격적으로 보내왔다는 걸 나타내는데, 모린의 경우 그것은 어머니였다. 벡터는 의식적이거나 무의식적으로 우리에게 전달된 부정적인 의도이다. 모린에게 전달된 어머니의 메시지는 '너는 내가 말하는 대로 해야 돼'였다. 벡터 에너지는 말 그대로 몸 안에 불균형을 만들어낸다. 모린은 조용하지만 끊임없는 긴장 속에 필사적으로 자기 자신을 붙잡고 있는 것처럼 보였다. 자신의 감정을 억제하는 데 어마어마한 내부 에너지를 사용하였다. 그녀는 더 이상 느낄 수 없을 때까지 감정을 목 조였다.

당뇨로 야기되는 신체적인 수축은 췌장뿐 아니라 순환계통에까지 미친다. 그래서 당뇨를 앓는 사람들에게는 고혈압으로 인한 심장 발작이 주요 사망원인이 된다.

서양의학에서는 당뇨를 조절할 수는 있지만 치유할 수는 없다고 본다. 대부분의 당뇨병 환자들처럼, 모린은 정기적으로 병원에 가서 인슐린 주사를 맞았다. 내 경험상으로 보면, 제1형 당

---

35 vector of force: 다른 사람으로부터 매우 강한 세기로 심리적 공격을 받는 경우를 가리키는 에너지 의학상의 용어. 매우 부정적인 에너지 공격이어서, 공격을 받은 피해자는 자신의 힘으로 제거를 한다던가, 그 공격적 에너지로부터 스스로 벗어나기가 어려움.

뇨[36]와 제2형 당뇨[37] 모두, 핵심 신념을 바꾸고 적체된 감정을 해소하며, 식습관과 운동을 조절하면 극적인 향상을 보였다.

모린이 어머니에 대한 자신의 솔직한 느낌과 직면하자 건강이 좋아지기 시작했다. 나는 그녀가 핵심 신념의 일부를 수정할 수 있도록 도와주었다. 특히 자신의 요구나 원하는 바와는 상관없이 어머니에게 늘 "예"라고 말해야 한다는 생각을 수정하도록 했다. 참석하고 싶지 않은 가족 모임에는 가지 않겠다는 그녀의 생각 또한 지지해주었다. 어머니가 허락하지 않았지만, 모린은 자신만의 삶이 필요했다. 치유 작업이 계속되자, 그녀는 살면서 지금껏 자신의 힘을 어머니에게 넘겨주고 있었다는 걸 알아차리기 시작했다. 어머니가 자신의 개인 의지를 완전히 장악하도록 내버려두었던 것이다. 그러자 점차적으로 혈당 수치가 차도를 보이기 시작했다.

처음에 그녀는 자신의 병이 마치 오랜 친구라도 되는 양 집착해서 병을 떠나보내기 어려워했다. 어머니에게서 멀어지는 걸 주

---

36 인슐린을 거의 전혀 생산하지 못하는 '인슐린 의존형' 당뇨. 유전적 요인이나 자가 면역기전으로 인해 이자의 랑게르한스섬 $\beta$세포가 파괴되어 발생.

37 인슐린이 상대적으로 부족한 '인슐린 비의존형' 당뇨. 유전적인 요인 외에도 식생활의 서구화에 따른 고열량·고지방·고단백의 식단, 운동부족, 스트레스 등 환경적인 요인이 크게 작용.

저하는 현상도 마찬가지였다. 어머니가 자신을 대하는 방식을 매우 싫어했지만 그래도 익숙해져 있었기 때문이다. 유난히도 불쾌했던 가족 모임에 다녀온 후, 그녀는 마침내 더 이상 이렇게 살고 싶지 않다는 마음이 생겼다. 직장에 전근을 신청했고 아예 다른 주로 이사했다.

어머니는 놀라고 화가 나서 딸에 대한 못마땅한 속내를 여기저기에 털어놓았다. 그러나 모린은 새로운 일과 집에 곧 적응하였다. 이사는 그녀의 첫 번째 **개별화**individuation 행동을 상징한다. 그것은 어머니가 원하고 필요로 하는 딸에서 분리되어 진정한 자신이 되는 일이었고, 이후로는 그녀에게 좋은 일만 일어났다. 모린은 내 제안에 따라 자신의 핵심 신념을 치유하고 더욱 총체적인 방식으로 삶을 조명할 수 있도록 돕는 모임이나 단체를 알아보았다. 또한 건강하게 숨 쉬는 기술에 많은 초점을 두는 필라테스를 시작했다. 숨을 충분히 쉬는 방법을 배우게 됨으로써 모린은 몸을 이완했고, 제2의 천성과도 같았던 바짝 자신을 죄어놓는 습성을 내려놓을 수 있게 되었다.

몇 년 후, 모린은 의사의 권고에 따라 인슐린 투여량을 줄였다. 모린과 마지막으로 대화했을 때에는 더 이상 인슐린 주사를 맞지 않은 채 약만 복용하고 있었다. 그녀는 주사와 어머니로부터 자유로움을 느끼고 있었다. 자신의 가장 완벽한 상태로 복원하도록 하는 에너지 장의 온전한 틀template of perfection[38]이 우리 시야를 바로 넘어선 곳에 위치한다는 걸 알고 있었기에, 나는 그녀가 당뇨에서 완전히 자유로워지는 심상화visualization[39]를 계속 하도록 권유했다.

세 번째 에너지 센터가 틀어져 내면의 붕괴를 겪은 유명한 예로 베스트셀러 자서전인 《백만 개의 파편들A Million Little Pieces》의 작가 제임스 프레이James Frey[40]를 들 수 있다. 오프라 북클럽 Oprah's Book Club이 회고록 부문에서는 처음으로 그의 책을 추천했고, 프레이의 책은 즉시 〈뉴욕 타임스〉 베스트셀러 목록 상위권에 올랐다. '회고록'의 진실성에 대해 의심을 받기 전까지 그는 최고의 위치에 있었다. 그러나 '스모킹 건Smoking Gun'[41]이라는 웹사이트에서 프레이의 삶에 대한 상당 부분이 위조되었다는 것을 밝히자 그의 허울 좋은 명성에 금이 가기 시작했다. 초기 독불

---

38 데보라 킹의 에너지 치유 체계에서 사용하는 도구로, 아무런 문제가 없고 순수하며, 상처받지 않고 건강하여 온전한 에너지 장의 원형적 틀을 의미.
39 마음속으로 어떤 일이 일어난 것처럼 생생하게 상상하는 기법.
40 《백만 개의 파편들》이라는 제목의 자서전에서 자신의 약물, 알코올 중독 경험을 밝히면서 등단한 작가(1969~). 허구를 파헤치는 웹사이트인 '더 스모킹 건 닷컴'이 최근 프레이가 자서전에서 사실을 과장했을 뿐 아니라 거짓말까지 했다고 폭로함(교도소에서 몇 시간 지내놓고 3개월 있었다고 하고, 마취 없이 충치 치료를 받았다는 식).
41 범죄 또는 특정 행위나 현상에 대한 결정적인 증거라는 의미.

장군의 이미지를 가진 사람이 중독자로서 회복해가는 놀라운 모범적 사례로 유명하던 그의 명성은 단지 몇 달 만에 실추됐다. 프레이는 〈오프라 쇼〉에 나와서, 거짓을 활자화하고 오프라와 수백만 명의 독자들을 속인 데 대해 공개적인 질책을 받았다.

프레이는 자신이 강박적인 과잉성취자overachiever임을 스스로 인정했다. 강박적인 과잉성취자는 대부분 균형이 맞지 않는 사람들이다. 자기 내면의 진정성에 위배될지라도 이기기 위해서는 그 어떤 수단과 방법을 가리지 않는 특성은 세 번째 차크라가 정합되지 않은 사람들에게서 공통적으로 찾아볼 수 있다. 제임스 프레이의 경우, 인정과 성공만을 바라보며 달리게 만드는 만족을 모르는 탐욕이 진실을 지키려는 자신의 의지를 꺾어 버렸다.


## 간 독성

세 번째 차크라 부분에 위치한 가장 큰 장기는 간이다. 미국질병통제센터United States Center for Disease Control and Prevention[42]에서는 간 독성liver toxicity[43]을 10대 주요 사망요인 목록에 올리지 않았지만, 나는 올려야 한다고 생각한다. 동양의학에서는 독성 간이 모든 질병의 주요 원인이라고 본다.

우리 사회에서 **무기력한 간**stagnant liver은 놀랄 만큼 보편적인 일이고, 그 어떤 문제의 징후가 보이기 훨씬 전부터 간 기능이 손상되었을 수 있다. 우리가 몸에 넣는 모든 것은 간에서 처리하고 거른다. 특히 현대사회에서 독성물질이 증가하는 상황을 보면, 간이 제대로 기능 하는 것은 매우 중요하다. 간이 무기력해질수록 독성이 증가하고, 이러한 독성은 몸의 어느 곳에서도 나타날 수 있다. 그리고 여러 다양한 질병이나 발병 직전의 상태로 나타난다. 스트레스 받은 간의 징후로는 치질, 정맥류성 정맥, 황달, 피부 발진, 복부 팽창 등이 있다.

에너지 의학의 측면에서 간에 영향을 미치는 것은, 지속적으로 억눌린 분노이다. 사람들의 에너지 장을 살펴보면, 스트레스 받은 간은 끓고 있는 뜨거운 가마솥처럼 보인다. 활활 타는 뜨거운 빨강에 노란 방울이 보인다. 종종 화는 내면으로 들어가 그 대상을 살아있는 채로 집어 삼킨다. 간 독성을 앓는 사람들은 가슴 속 열망과 단절되고 자신에게 진실되지 않았을 가능성이 높다. 피해

---

42 미국의 연방 정부기관인 미국 보건복지부의 산하기관 중 하나. 양질의 건강 정보를 제공하고 주 정부의 보건부서 및 여타 기관들과 연계함으로써 공중보건 및 안전을 개선하기 위해, 질병 예방 및 통제 수준을 개선하고 동시에 환경보건, 산업안전보건, 건강증진, 상해예방 및 건강교육 등 다양한 분야의 정책을 담당.
43 화학적 원인에 인한 간의 손상을 의미.

를 당한 것처럼 느끼고, 과거 자신에게 피해를 입혔던 가해자에 대한 이야기만 반복하며, 자신의 생각이나 행동을 바꾸지 않으려 한다. 그들은 고집스럽게 화가 난 상태를 유지하고, 그럼으로써 무의식적으로 자신을 파괴한다. 자신의 행동에 대해 책임을 져야 한다는 필요성을 자각하는 경우는 거의 없다.

로저는 수년간 성공적인 법정 변호사로 일하다가 간경변 진단을 받은 후 내 사무실에 왔다. 간 이식자 명단에 이름을 올려놓은 상태에서 시간을 좀 벌어 보려고 나를 찾아온 것이다. 로저는 왜소한 사람이었지만, 자신을 크게 보이려는 망상이 있었다. 말을 많이 하였고, 자신에 대해 모든 걸 말해주고 싶어 했다. 자신의 좌우명이 "화내지 말고 복수하라"라며 자랑스럽게 말했다. 속눈썹이 길었고, 선이 고왔다. 그는 어릴 적에 '너무 예쁘게' 생겨서 놀림과 학대를 받았다고 했다. 그의 아버지는 몹시 정력적이고 술을 많이 마시는 사람으로, 세계 곳곳을 돌며 댐과 다리를 건설하느라 자주 집을 비웠다. 그의 어머니는 아버지의 부재에 대해 화가 나 자신의 불만을 로저에게 퍼부었다.

일곱 살 때 로저의 어머니는 그를 기숙학교로 보냈다. 그곳에서, 로저는 상급생들에게서 성적 학대를 당했다. 자신을 방어할 수 없었던 데다가 누군가 알아낼 것이 두려워 그는 자신의 분노를 그저 삼켰다. 그는 항상 옆에 있는 그 누구보다 **더욱 남성적이**라는 걸 증명하려고 노력했고, 아버지처럼 비즈니스에서도 능력 있는 사람이 되고자 했다. 그가 그 동안 했던 모든 것은 아버지의 인정을 받으려 노력한 것이었지만, 그가 원한 인정을 한 번도 받지 못했다.

로저는 양쪽 부모 모두에게 거부당했다는 느낌을 받았고, 이와 같은 양상을 자신을 챙겨 주는 여성을 거부하면서 반복했다. 자신은 한 번도 오랜 기간 동안 누구와도 성공적으로 관계를 지속해 본 적이 없다고 고백했다. 지속적으로 자신을 얼마나 사랑하는지 시험해보려고 자기 여자 친구들에게 무례하게 대했다. 그는 화를 술로 가리고 오랜 분노를 숨겼으며, 자기 자신이나 다른 사람들을 용서하지 못했다. 실수를 할 때는 자기 자신을 너무나 엄하게 대했다. 재판 중에는 법정을 완전히 장악하는 사람이면서도, 그는 자신감이 결여되어 있었다.

로저는 내가 제안한 분노 해소 작업을 하고 싶어하지 않았다. 그는 "신에게 맹세컨대, **그들**이 나에게 더 이상 그러지 못하게 하겠다"고 말했다. 그러나 아이러니하게도, 자신이 두려워한 파멸의 원인은 바로 **그 자신**이었다. 다른 사람들과 '이 세상'을 탓하는 것은 세 번째 차크라가 제대로 기능을 하지 않는 이들의 주요 특징이다. 로저는 속도위반으로 딱지를 떼는 경찰에게 화를 내는 성향의 사람이었다.

간에서 암세포가 발견되어 로저는 간 이식을 받을 수 없게 되었다. 그는 이것이 세상이 항상 그를 거부한다고 믿는 그의 신념을 확인해 주는 일이라 했고, 안타깝게도 몇 달 후 그는 세상을 떠났다.

로저는 외적으로 밀어붙이는 비대해진 세 번째 차크라의 사례를 잘 보여준다. 그는 무의식적인 불안정감을 상쇄하기 위해 자신을 더욱 크게 보이려고 노력했다. 자신의 신념 체계를 바꾸길 거부하였으며, 그의 오랜 분노와 자기 병의 상관관계를 인식하지 못했다. 그는 끈질기게 잘 버티는 듯 보였지만, 그의 공격성은 결국 자신에게 되돌아왔고, 그의 간이 그 대가를 치렀다.

단순히 삶의 방식을 변화시키는 것만으로도 간의 상태를 향상시킬 수 있다. 지방이 많은 음식을 줄이고, 약물, 술, 의약품의 복용을 제한하고, 무농약 유기농 식품을 섭취하고(살충제는 간 질환의 주원인이다), 화학물질에 노출되지 않도록 하고, 남을 탓하거나 공격하지 않도록 한다.

## 외형 지향적인 추구

우리는 성공하려는 강한 열망이 두드러지는 외형 지향적인 문화에서 살고 있다. 더욱 많이, 더욱 빨리, 더욱 잘 하도록 보조하는 기술의 홍수에 놓여있다. 휴대전화, 컴퓨터, 팩스, PDA, 원하는 걸 골라 보는 TV와 문자메시지는 우리의 삶을 지배하고 있다. 우리는 매일 한계를 넘어서도록 압력을 받는다.

문화적인 차원에서, 외형 지향적인 추구는 여러 가지 상태의 기형을 야기한다. 우리는 진실과 정의를 요구한다고 말하지만, '오락entertainment'이라는 이름으로 미디어에서 공급하는 과장, 루머, 빈정거림, 완전한 거짓말까지 그대로 받아들인다. 진실과 허구의 경계는 늘 다소 주관적이었지만, 문화적인 트렌드로 자리 잡은 리얼리티 TV와 같은 매체로 인해 눈과 귀만을 믿었다가는 무엇이 진실인지 가늠하여 전달하기 더욱 힘들게 되었다.

도널드 트럼프Donald Trump Sr.[44]는 외형 지향적인 사람의 전형이다. 리얼리티 TV 쇼 〈어프렌티스The Apprentice〉에서 그가 "당신, 해고야!"라고 외치며 보여주는 손짓은 '극한까지 밀어붙이는'

---

[44] 미국의 부동산 거물이자 TV 쇼 《어프렌티스》의 진행자(1946~). 2016년 미국 대선 공화당 경선 주자로 출마해 극단적이고 계층 차별적인 언행으로 지명도를 높임.

그의 공격적인 작업 방식을 그대로 드러낸다. 만지기만 하면 모든 것이 금으로 바뀌는 미다스의 손처럼 트럼프를 거치면 무엇이든 가장 커지거나 최고가 된다. 그의 프로젝트가 대규모의 부동산 개발이든 아니면 개인적인 주거 공간을 디자인 하는 것이든, 트럼프 터치Trump Touch라는 말은 '정도가 지나친over-the-top'이라는 의미이다. 그의 취향은 호화롭고, 성격상의 특성은 지배적인데다 심지어 고압적이기까지 하다는 데 그가 제일 먼저 동의할 것이다. 노골적으로 말하기로 유명하고, 자신을 최고로 성공한 기업인으로 여겨 시계에서부터 호텔까지, 카지노에서 골프 코스에까지 자신의 이름을 붙인다.

세 번째 에너지 센터가 왜곡된 외형 지향적인 사람들은 힘을 얻기 위해 다른 사람을 추월하고 압도한다. 비대해진 태양신경총은 흔히 'A유형 성격type A personality'이라고 부르는, 공격적이고 밀어붙이며 참을성이 없는 특성을 드러낸다. 극단적인 경우에는, 다른 사람을 등쳐먹는 학대의 가해자가 된다. 종종 시간 자체도 '밀어붙이려' 한다.

어릴 적에 힘을 잃었던 많은 사람들처럼, 나도 젊은 시절엔 다른 사람을 통제할 때 안전하다는 느낌이 든다는 걸 알게 됐다. 그렇게 하기 위해 사람들을 유혹하고 조종했다. 젊었을 때는 내 일을 가장 우선시 하는 공격적인 사람이었지만, 그 어떤 문제나 사람을 직접적으로 대면하지는 못했다.

나는 치밀한 계획 하에 살았고 항상 **밀어붙였다.** 내가 참석한 어떤 회의에서 히말라야에 등정하는 여성 등반 팀이 다음의 표어를 인쇄한 티셔츠를 팔고 있는 것을 보았다. "여성의 자리는 꼭대기에 있다A WOMAN'S PLACE IS ON TOP." 나는 그 티셔츠 여러 장을 사서 낡을 때까지 입었다. 당시에는 그 말이 실제로 이루어져야 한다고 생각하는 나의 욕구를 알아차리지도 못했다. 나는 조용히 다가와서 재빨리 공격하는 독사같이 내 힘을 은밀한 방식으로 사용했다. 나는 변호사로서 힘과 아드레날린에 중독되었고, 무엇이 와서 치는지조차 알지 못하도록 은밀하게 상대편을 죽이는 데 많은 쾌감을 느꼈다. 내 태양신경총의 에너지는 뒤에서 뻗어 나와 상대방을 휘감아버렸고, 그렇게 나는 순식간에 승자가 되었다.

## 시간을 밀어붙이다

당신은 짧은 시간 안에 불가능한 것을 이루기 위해 밀어붙이는가? 물론 하루의 시간을 늘린다는 건 불가능한 일이지만, 그래도 여전히 시도를 하는 사람들이 있다. 늘 시간이 부족하다고 느낀다면, 힘을 빼고… 숨을 크게 쉬어 보자. 이미 달성한 일을 떠올리며 자신을 사랑하자.

전혀 건강하거나 균형이 잡혀있지 않았던 나는 누구와도 협력을 할 줄 몰랐다. 솔직히 말하자면 나는 힘을 훔쳤다.

나는 남성의 세상에서 일했다. 여성과 친하게 지내본 적은 거의 없다. 그들은 모두 어머니를 떠올리게 했으므로 나는 여성을 두려워했다. 남성들은 내게 게임과 같았고, 나는 항상 그들을 이겼다. 무엇이든 잘하는 건 내게서 힘을 가져간 부모님에 대한 내 반응이었다. 더 이상 그런 일이 일어나지 않게 할 작정이었다. 그러나 내 자신을 향한, 부모님을 향한, 세상을 향한 오래되고 깊은 분노를 망각하고 있었다.

외형 지향적인 사람이 가진 분노는 매우 치명적이다. 그것은 자신을 갉아먹는 힘이다. 제인은 위궤양을 호소하며 내 사무실로 왔다. 그녀는 매우 화가 난 상태였지만, 내가 나의 분노에서 단절되었던 것처럼 그녀도 그녀의 분노와 단절되어 있었다. 20대에 치질을 겪었고, 30대에 고통스런 하지정맥류를 앓았는데, 내 사무실에 왔을 때는 그 고통이 위까지 번져 있었다.

제인은 남편이 가정을 버리고 새 여자 친구와 살고 있어서 감정적인 고통마저 겪고 있는 상태였다. 15년 동안의 결혼 기간 중에 그녀는 영업 사원으로 남편은 은행 지점장으로 일을 하였다. 그녀는 남편보다 월등하게 가장의 역할을 하였고, 그런 면에서 종종 남편의 체면을 구겼다. 그에게는 전 부인이 낳은 아이가 둘 있었는데, 그녀는 아이들을 품어주지 않은 채 불필요한 골칫거리로 대했다. 그녀는 남편을 독차지하고 싶어 했다. 남편은 그녀를 매우 사랑했지만, 그녀를 겪으면 겪을수록 더는 함께 살기 힘들다고 느꼈다. 그녀가 아이들에게 차갑게 굴고 아이들을 돌보지 않자, 그는 깊은 상처를 받았다. 그는 그녀가 자신을 사랑하고 자신의 아이들도 사랑해주길 바랐다. 그러나 아이들은 제인과 안전한 관계를 형성하지 못했고, 실은 시간이 흐를수록 점점 더 그녀에게서 거부당했다는 느낌을 받았다.

어느 날 밤, 제인이 성관계를 원했을 때 남편은 거절했다. 그녀는 분노가 치밀었다. "당신이 어떻게 감히 나를 거부해!"라고 엄포를 놓으며 집에서 쫓아내겠다고 위협했다. 그녀의 예상과는 달리 그는 당장 집을 나와 트레일러에서 살기 시작했다. 제인은 낙심했다. 그가 꼬리 내리고 돌아오리라 확신했지만, 남편은 비난을 일삼는 차가운 그녀에게 다시 돌아갈 마음이 없었다. 그는 한 달 만에 새 여자 친구를 사귀었다. 2년 후, 제인은 여전히 쓰디쓴 분노와 질투의 화신이 되어 남편을 되찾는 데 열중하고 있었다.

제인이 위궤양, 하지정맥류, 치질과 자신의 분노가 연결된 지점을 찾는 데는 오랜 시간이 걸렸다. 함께 치유 작업을 하면서, 그녀는 자신의 깊은 분노를 알게 되었다. 그 분노의 뿌리는 남편에 대해 화가 나기 훨씬 전에 이미 생성되어 있었다. 제인이 어린 아이였을 때, 아버지는 남자아이가 아니라는 이유로 그녀를 거부했다. 그녀가 무슨 일을 하든, 얼마나 열심히 노력하든, 아버지의 눈에는 충분하지 않았다. 그의 거부에 깊은 상처를 받은 제인은 아버지와의 관계 패턴을 남편과 아이들에게 그대로 되풀이했다. 이제는 그녀가 '거부하는 부모'가 되었고, 남편이 거부당했다는 느낌을 받을 때까지 그의 아이들에게 퇴짜를 놓았다. 그런 행동은 남편이 그녀와의 관계에서 느꼈던 특별한 감정들을 무너뜨리고 말았다.

나는 제인에게 남편의 아이들을 사랑하는 건 지금도 늦지 않았다고 조언했다. 그녀는 몇 번이나 주저한 끝에 의붓아들을 찾아가 손자도 만나고 그들과 여러 번 주말을 함께 보냈다. 그녀는 자신이 그토록 원했던 사랑을 얻기 위해서는 먼저 사랑을 주는 방법을 배워야 한다는 걸 알아차리기 시작했다.


## 균형 잡힌 세 번째 차크라

세 번째 에너지 센터가 건강하고 잘 작동될 때 우리는 무언가 해 볼 수 있겠다는 느낌이 든다. 우리의 의도는 분명해진다. 세 번째 에너지 센터가 활기차 보이는 사람들은 자신의 힘을 보유하고 그 힘 속에 서 있다. 그들은 다른 사람으로부터 힘을 요구하거나 무자비하게 힘을 빼앗을 필요가 없다. 어떤 게 자신의 모습인지, 또 어떤 게 자신의 모습이 아닌지 알기에 그들에게는 힘이 있다. 이들은 세상에서 많은 것을 이뤄 낼 수 있다.

정합된 세 번째 에너지 센터를 보여주는 모범적 인물은 핼리 베리Halle Maria Berry이다. 그녀는 영화 〈몬스터 볼Monster's Ball〉로, 흑인 여성으로는 처음으로 아카데미 여우주연상을 수상하였다. 핼리 베리는 백인 어머니와 흑인 아버지 사이에서 태어난 수줍음 많은 소녀였다. 그녀의 아버지는 만취한 상태로 어머니를 학대하였고, 그녀가 네 살 때에는 집을 나가버렸다. 학교에서 혼혈아라고 놀림을 받았으나, 그녀는 미인 대회에 나가 수상하였고, 패션모델이 되었고, 마침내 배우까지 되었다. 어느 날 TV 쇼를 촬영하던 중, 그녀는 당뇨로 쓰러져 일주일 동안 혼수상태에 빠졌다. 의식을 회복하고 나자, 그녀는 건강한 식생활을 유지하고 운동을 하기 시작했다. 이제는 당뇨가 오히려 선물이었던 것 같다고 말한다. "아무리 불편하거나 고통스럽더라도 현실을 직시해야 했기에, 나는 기운을 내어 강해질 수 있었다."

그녀가 말하는 고통에는 자신의 첫 번째 결혼이 실패로 끝나 자살을 시도했던 일도 포함된다. 그런 그녀를 멈추게 한 것은 어머니가 자신을 찾아 헤매는 환영이었다. 〈퍼레이드Parade〉[45]지에서 그녀는 이렇게 말했다. "내가 생각하는 내 가치가 매우 낮았다. 내 안의 좋은 점을 보기 위해 나 자신을 다시 프로그래밍 해야 했다. 왜냐하면 누군가가 나를 사랑하지 않는 것이 내가 사랑스럽지 않다는 의미는 아니기 때문이다. 다시는 겁쟁이가 되지 않겠다고 다짐했다." 핼리 베리는 극심한 결핍 상태에 빠졌을지언정, 자신의 의지와 근성으로 세 번째 차크라의 왜곡을 극복할 수 있었다. 이제 그녀는 다른 사람의 생각에 따라 살아가는 태도를 버리고 진실한 삶을 살아가고 있다. 임신 검사에서 서른다섯 번이나 음성 판정을 받았으면서도, 그토록 원하는 아이를 갖기 위해 당뇨를 극복하기 위한 노력을 계속하며, 그녀는 자신의 열망을 어떻게 실현하는지 깨닫게 되었다. 〈헬로Hello〉[46]지와 한 인터뷰에서 그녀는 "지금보다 신체적 정신적으로 더 건강해 본 적이 없다. 내 개인적인 삶도 행복하다. 아주 이상적이다."라고 했다.

균형 있는 세 번째 차크라를 얻기 위해 고려해야 할 점은 다음과 같다.

---

[45] 매주 일요일에 발행되는 미국의 잡지.
[46] 1998년 창간된 영국의 주간 잡지.

- 다른 사람이 어떻게 생각하는지 크게 개의치 않고 진실되게 산다.
- 자신의 말과 행동에 책임을 진다.
- 자신에게는 선택의 여지가 있다는 사실, 그리고 바라는 바를 실현할 능력이 있다는 사실을 인정한다.

세 번째 에너지 센터의 불균형을 알아보기 위한
# Checklist

다음의 질문에 답해보자.

1  107쪽에 나열된 증상이 있는가? ☐

2  다른 사람을 탓하거나 말로 공격하지 않으면서,
   화와 분노의 감정을 인정하고 헤쳐 나갈 수 있는가? ☐

3  질투가 내 안에서 큰 영향을 끼치는가? ☐

4  다른 사람과 팀원으로 서로 협력할 수 있다고 느끼는가,
   혹은 늘 인기를 독차지해야 할 필요를 느끼는가? ☐

5  끊임없이 나와 다른 이를 밀어붙이며 일을 끝내는가?
   시간 자체를 촉박하게 '밀어붙이려' 하는가? ☐

6  다른 사람이나 사건을 통제하려고 하는가? ☐

7  태양신경총을 보호하기 위해 허리 위쪽 배에 두 팔을 두르고 서는
   버릇이 있는가? ☐

8  같이 있는 사람으로부터 힘이 제압당하는 느낌을 종종 받는가? ☐

9  이기는 게 그렇게 중요한가? ☐

10  내 자신이 괜찮은 사람이라는 느낌을
    다른 외부의 승인으로 얻는가? ☐

에너지와 생명력을 끌어올리고 자아와의 연결을 향상시키기 위해 하루 중 일정 시간 동안, 특히 이른 아침이나 해지기 바로 전의 햇빛을 받도록 권유한다. (그러나 자주 화가 나거나 성미가 급한 사람은 너무 뜨거워지지 않도록 주의한다.) 아침에 신체적인 활동을 하면, 몸이 깨어나고 재충전된다. 가능하면 야외에서 태극권, 요가, 필라테스 동작을 해보는 것도 좋다. 정신없이 빠르게 움직이는 일상에서 텃밭 가꾸기는 또 다른 훌륭한 해독제가 된다. 일상의 속도를 늦추어, 내가 누구인지 내가 어떻게 느끼는지 알 수 있는 방법이라면 무엇이든 도움이 될 것이다.

# 4장

# 사랑받기 위해선
# 무엇이 필요한가

가슴을 열고
잘 느껴보자
무엇을 막고 있는가?

가슴 차크라
HEART

어느 맑은 여름날, 밝은 색종이 조각 같은 들꽃 다발을 손에 들고 집으로 뛰어갔다. 특별히 어머니를 위해서 꽃을 하나하나 땄다. 어머니는 내 손에서 흘러넘치는 꽃들을 내려다보며 대충 잡고는 경멸하는 눈으로 옆으로 던져놓는다. 어머니를 보았다. 나한테 너무 많이 화가 난 듯해서 당황스러웠다. 꽃이 그녀를 웃을 수 있게 할 거라고 생각했다. 그녀의 눈은, 마치 불과 같이, 부드럽고 연약한 내 심장의 조직을 불태웠다. 나는 어머니에게서 주눅이 든 채로 떨어졌다. 그녀는 오빠 쪽으로 고개를 돌렸고 웃었다. 오빠를 향한 어머니의 사랑은 백만 개의 금빛 후광처럼 반짝거렸다.

어머니의 관심은 모래 폭풍 같았다. 메마르고 타는 듯 했다. 그녀 곁에서는 한 번도 숨을 크게 쉴 수 없었다. 내가 뭘 잘못 했기에 이렇게 숨 막히고, 없어져 버릴 것 같은 느낌을 받는 것인가? 내가 태어나기 전부터 어머니는 나를 향한 사랑을 거두어, 돌로 만든 봉투에 넣어 봉합하고는, 절대로 보내주지 않겠다고 마음먹었다. 내가 할 수 있는 건 아무것도 없었다.

일곱 살이 되었을 때, 나는 가슴 주위에 강철로 된 방패를 만들어 얼음 날처럼 차가운 그녀의 눈빛으로부터 나 자신을 보호하려 했다. 그녀의 분노는 명백했으나 받아들이기에는 너무나 고통스러웠다. 어머니가 나를 사랑하지 않는다는 사실을 인정한다면 내 영혼은 완전히 부서질 것 같았다. 대신 나는 내 자신과 모종의 협약을 맺고 내 가슴에게 은밀히 약속했다. **고통이 내 안으로 들어오지 못하게 할 거야. 고통이 내 안으로 들어오지 못하게 할 거야.** 그 나이에는 진실을 알고는 견뎌내지 못했을 것이다. 어머니는 **언제나** 자기 자식들을 사랑한다. 그렇지 않은가? 이는 위배할 수 없는 기본적인 자연의 법칙이다. 나는 그렇게 믿으려고 하였다. 우리 어머니도 당연히 나를 사랑한다고.

그러나 시간이 흐르면서, 나는 그냥 어머니를 지워버렸다. 어머니가 나를 사랑한다는 믿음을 버렸다. 오랜 세월이 흐르고 막대한 양의 내면 작업 후에야 나는 삶을 형성하는 그 중요한 관계에 대한 진실을 완전히 받아들일 수 있었다. 어머니는 정말로 나에게 아무 관심이 없었다. 서른 살이 넘어서야 상상할 수도 없는 이 사실을 인정하기 시작했다. 결국 나는 실연을 당한 사람처럼 실의에 빠졌었다는 걸 이해하게 되었다. 이미 수년간 마음이 닫힌 후였다.

오랜 세월이 지났지만, 나는 여전히 첫 번째 실연으로부터 치유하고 있다. 어머니의 사랑은 근본적인 사랑이고 말 그대로 우리의 심장박동을 결정한다. 우리 삶과의 최초의 연결은 온전히 엄마에게서 시작된다. 어머니가 생존에 대한 확신을 주거나 주지 않게 된다. 어머니는 가장 기본적인 사랑을 받을 권리와 사랑을 줄 권리를 느낄 수 있도록 사랑을 주거나 주지 않거나 한다.

나는 항상 여성보다는 남성과의 관계에서 더욱 성공적이었다. 어머니와의 관계를 거울삼아 여자들은 나를 좋아 하지 않는다고 생각했다. 마침내 다른 여성에게 내 마음을 열 수 있게 되자, 나는 여러 방면에서 나를 믿어주는 여성들과 우정을 맺는 완전히 새로운 영역으로 들어섰다. 그들과 교우하면서 나는 어머니가 나를 사랑할 능력이 없었기에 사랑을 주지 못했다는 사실을 깨달았다. 어머니는 자기 자신을 사랑하고, 인정하고, 감사할 수 있는 정도까지만 나를 사랑하고, 인정하고, 감사할 수 있었다. 그녀는 자신의 여성적인 부분을 사랑하지 않았기에 사랑을 줄 수 없었다.

나는 아직 '다 좋아졌다'고 할 순 없다. 그러나 진실로 치유는 하나의 과정이다. 어떤 상처는 빠르게 치유되지만, 어떤 상처는 훨씬 오래 걸리기도 한다.


## 네 번째 에너지 센터: 가슴 차크라

가슴 중앙에 위치한 네 번째 차크라는 폐, 심장, 심막, 가슴샘 등을 포함하여 등 위쪽과 늑골, 팔과 손을 관장한다. 가슴은 땅으로 연결해주는 하부 세 개의 차크라와 무한으로 연결하는 상위 세 개의 차크라를 연결해 주는 다리이다. 이곳에서 육체적인 것과 육체적이지 않은 것과의 연결 고리를 형성하고, 자신과 다른 사람과의 유대감을 형성한다. 심장은 몸이 필요한 것을 공급해주는 삶의 중앙 기관이라 할 수 있다. 네 번째 센터의 주요 테마는 주고받기, 무조건적인 사랑, 감사, 연약한 부분까지도 마음을 열려는 마음가짐이다. 가슴 센터가 균형을 맞추면 만족감을 느끼고 평화로워진다. 남을 돌보고, 연민을 갖게 되고, 용서하게 된다.

왜곡된 네 번째 에너지 센터의 증상은 다음과 같다.

- 울혈성 심부전증[47], 심근경색[48], 승모판막탈출증[49], 가슴 통증
- 동맥경화증, 말초혈관부전
- 천식, 숨 가쁨
- 알레르기
- 폐암, 폐렴, 기관지염, 폐기종肺氣腫
- 유방암 및 유방염이나 낭포 같은 유방 질환
- 면역 체계 결핍
- 순환 이상
- 견갑골 사이의 긴장 혹은 통증
- 팔목터널증후군과 같은 어깨, 팔, 손 이상

가슴 센터가 균형을 잃게 되면 이런 증상을 느낄 수 있다. 불균형은 자신의 가슴과 연결이 단절되는 비통함에서 시작하게 된다. 절절한 슬픔은 우리 모두가 느끼는 감정이다. 한 번도 큰 슬픔을

---

**47** 여러 원인으로 인해 심장이 신체 조직이나 기관에서 필요한 혈액과 산소를 공급할 수 없는 병태생리학적 상태.
**48** 심장의 근육에 혈액을 공급하는 관상동맥이 여러 가지 원인에 의해 갑자기 막혀서 심근에 괴사(썩음)가 일어나는 질환.
**49** 승모판 판막이 좌심실을 완전히 밀봉하지 못하는 증상. 혈액 일부가 심방으로 다시 흘러가는 역류가 발생하게 되고, 역류로 인해 심장이 급격하게 빨리 뛰게 되면 판막의 추가 손상을 불러와 심부전에 걸릴 위험이 크게 높아짐.

겪어보지 않은 사람이 있겠는가? 어린 시절에는 부모님, 친구, 선생님, 그리고 '첫사랑'의 거절 혹은 배반으로 상처를 받기도 한다. 이후에도 사랑은 수백 가지 다른 방법으로 우리 마음을 아프게 한다. 누군가가 우리를 떠나거나 죽을 수도 있고, 우리가 깊게 믿고 있는 누군가 또는 무엇인가에 대한 신뢰를 잃어버리게 되기도 한다.

상처받은 느낌을 어떻게 다루는가가 중요하다. 많은 이들은 어린 시절에 부모님이 해 준 조언을 듣고 그에 따라 반응하게 된다. 부모님은 친한 친구가 이사를 가도 울지 말라고 하거나, 혹은 학교에서 내가 좋아하는 아이가 내 마음을 몰라줄 때 '눈물 닦고 의젓하게 굴어라'고 말한다. 좀 더 커서는, 우리가 원하는 수영 팀에 들어가지 못하거나, 댄스파티의 데이트 신청을 받지 못하거나, 가고 싶은 대학에 못 가게 되었을 때 '기운 내고 잊어버려'라고 한다.

고통을 감당할 수 없을 때 마음을 닫는 건 일반적인 반응이다. 그러나 느끼고 싶지 않은 부정적인 감정들로부터 마음의 문을 닫으면, 우리가 가장 느끼고 싶어 하는 사랑과 같은 긍정적인 감정들도 마음에 들어올 수 없게 된다. 마음을 닫으면 사랑을 주고받는 능력이 줄어들 뿐 아니라 건강을 유지하는 역량도 함께 감소한다.

# 닫히고 상처받은 마음

심장은 몸의 중앙 기관으로 생명을 제공한다. 고통을 최소화하려고 닫아버린 마음은 질병을 일으킬 수 있다. 내게 찾아오는 많은 사람들이 자기도 모르게 스스로를 보호하기 위해 마음을 닫아 협심증狹心症[50]이나 동맥경화증動脈硬化症[51] 혹은 네 번째 차크라와 관련한 다른 증상을 겪고 있었다. 언제 어떻게 문을 닫았는지 기억할 수는 없겠지만, 그로 인해 치러야 하는 대가는 컸다.

동성연애자들은 종종 어렸을 때 마음의 문을 닫아 자신의 성정체성에 반대하는 가족이나 친구들로부터 거부당하는 느낌을 멀리하려 한다. 후천성면역결핍증은 면역력 결핍 장애로, 가슴 위쪽 흉골 사이에 위치한 가슴샘(흉선)과 관련 있다. 가슴샘은 원활한 면역 체계의 기능을 위해 필수적인 T세포의 생성을 촉진하는 호르몬을 분비시켜, 몸이 질병과 싸우도록 돕는다.

우리 내면에서 싸움이 일어나면 가슴샘은 병들게 된다. 자기애나 자기수용의 결여로 지금의 내가 사랑스럽지 않다는 느낌 혹은

---

[50] 심근에 산소를 공급하는 관상동맥이 좁아져 갑작스럽게 통증을 느끼는 상태.
[51] 동맥의 탄력이 떨어지고 동맥에 혈전 등이 생기거나 하는 등 기타의 이유로 동맥이 좁아지는 질병.

지금의 내 모습 그대로 사랑받으려면 싸워야 한다는 느낌이 드는 경우엔 건강을 해치는 신체적 환경을 만들게 된다. 몸의 에너지 흐름을 막거나 저해하면 병이 난다. 화나 수치심과 같은 억눌린 감정은 면역 체계를 약화시킨다. 감정을 억누르면, 그로 인해 **죽을 수도 있다.**

네 번째 차크라 문제로 나타나는 일반적인 질병은 폐암이다. 모두에게 '슈퍼맨'으로 기억되는 고故 크리스토퍼 리브Christopher Reeve[52]의 아내 데이나 리브의 사망 원인도 폐암이었다. 남편의 죽음 직후 그녀는 폐암 진단을 받았다. 담배를 피우지 않았던 데이나는 남편이 사망한 지 오래지 않아 열세 살인 아들을 두고 세상을 떠났다. 아마도 남편이 말에서 떨어지는 사고로 하반신 마비가 되었을 때의 비통한 감정이 오랜 시간 동안 폐에 억눌려 있다가 남편이 사망하자 흘러나오게 되었던 듯하다.

비통한 감정은 고통스럽고 골치 아프다. 대개 우리는 그 비통함을 분노로 둔갑시킨다. 어떤 사람들은 슬픔에 젖어 들면 그 안에 갇혀 결코 회복할 수 없을까봐 두려워한다. 그러나 죽음이나 어떤 상실을 겪은 경우, 슬픔을 느끼는 과정은 꼭 필요하다. 비통

---

52 영화 〈슈퍼맨〉의 주연으로 유명한 미국의 영화배우(1952~2004). 1995년에 낙마사고를 당해 전신이 마비되어 얼굴을 제외한 모든 부분을 움직일 수 없었음.

함을 느낀다는 건 슬픔이 함께 하도록, 슬픔을 느끼도록, 그 감정이 엄습하도록 허용하는 것이다. 슬퍼하지 않고 감정을 그대로 눌러두면, 나중에 병으로 나타나게 마련이다.

유방암은 명백히 가슴 차크라와 관련 있다. 음반 멀티 플래티넘을 기록한 록 가수이며 작곡가이자 음악가인 멜리사 에서리지 Melissa Etheridge[53]는 항암 화학요법을 받은 후 민머리로 2005년 그래미 수상식에 참가하여 유방암의 대표 인사가 되었다. 그녀는 그날 재니스 조플린Janis Joplin[54]의 〈내 마음의 조각Piece of My Heart〉을 불러 그 무대를 시상식의 하이라이트로 만들었다. 그녀는 빌 클린턴 대통령의 첫 번째 취임식이 열린 1993년 트라이앵글 볼Triangle Ball에서 자신이 레즈비언이란 걸 밝힌 용감한 여성이었다.

그녀에게는 가슴 아픈 과거가 있었다. 그녀의 자서전 《진실은… 사랑과 음악 안의 나의 삶The Truth Is... My Life in Love and Music》에서 에서리지는 암울한 어린 시절의 비밀을 밝혔다. 그녀는 여섯 살 때부터 5년간 언니에게서 성희롱을 당했다. 책에서

---

53 미국 출신의 작곡가 겸 가수이자 기타리스트(1961~). 동성애자 운동가로 결혼과 출산 등의 화제를 뿌리며 동성애에 대한 편견을 없애는데 많은 공헌을 함.
54 미국의 작곡가 겸 가수(1943~1970). 헤로인 과용으로 사망.

그녀는 자신이 자라면서 겪은 고통, 어린 시절의 고독과 우울증에 대해 말했다. 자신이 받았던 학대와 자신의 두 아이(록의 전설인 데이비드 크로스비David Crosby의 정자 기증으로 낳음)의 어머니인 줄리 사이퍼Julie Cypher와 헤어진 후 겪은 실연에 대해 써내려가면서 자신의 삶을 극복해 나갈 수 있었다. 이후 그녀는 2006년 자신의 쌍둥이 아이를 낳은 여배우 태미 린 마이클스Tammy Lynn Michaels와 파트너 서약식을 올렸다.

CNN과의 인터뷰에서 "말로는 할 수 없었던 내 슬픔이나 분노에 대한 진실을, 글로는 풀어 내려갈 수 있다는 걸 일찌감치 알게되었다"고 했다. 초기 그녀의 노래는 슬픔, 버림에 대한 두려움, 사랑을 향한 고통스런 절규로 가득했지만, 최근 노래는 낙관적이며 어렵게 얻은 마음의 평화를 반영한다.


## 자신의 상태를 자각하라

사랑하는 능력을 거의 빼앗아갔던 내 어린 시절로부터 치유되면서, 나는 새로운 역량을 개발해야 한다는 걸 알게 되었다. 내삶에서 일어나는 변화와 성장에 그대로 마음을 노출하여 내 마음의 힘의 세기가 어느 정도인지 알아보기 시작했다. 정기적으로 가슴 차크라의 '상태를 확인'하여 사랑을 주고받을 수 있도록 의식적으로 마음을 열어 두려고 노력했다.

자신의 삶에 사랑을 끌어 들이지 못하고 있다면, 마음이 진정으로 사랑에 대해 열려 있는지 혹은 오래된 상처를 안고 그 상처를 키우고 있지는 않은지 자신에게 물어볼 필요가 있다. 자신의 상태를 자각하는 것은 마음이 열려있는지 혹은 닫혀있는지를 알아 볼 수 있는 강력한 방법이다.

가만히 앉아서 자신에게 물어 본다.

- 나는 무엇을 느끼는가?
- 어디에 상처를 입었는가?
- 사랑을 주길 주저하고 있는가?
- 왜 사랑을 주지 않고 있는가?
- 다른 사람과 나 자신을 좀 더 사랑할 수 있는가?
- 사랑을 받기 위해서는 완벽해져야 한다고 생각하는가?
- 있는 그대로의 나 자신을 사랑하려면 어떻게 해야 할까?
- 자신을 받아들인다는 것이 어떻게 느껴지는가?
- 다른 사람으로부터 자신을 고립시켰는가?
- 공감을 덜 하는 편인가? 혹은 친밀함을 두려워하는가?
- 다른 사람의 인정과 사랑이 필요해서, 그들에게 지나칠 정도로 빠져

있는가?

- 타인의 욕구에 지나치게 신경을 쓰는 나머지, 나 자신의 욕구에는 불성실하지 않은가?
- 나는 지금 충분한가? 그렇지 않다면, 언제쯤 충분해지겠는가?

위의 질문은 네 번째 에너지 센터의 불균형을 가늠해 볼 수 있게 한다. 자기 자신을 더욱 잘 알게 될수록, 위의 질문들에 답하는 것은 언제, 어디서, 어떻게 우리의 가슴이 치유를 필요로 하는지를 더 잘 알 수 있도록 돕는다.

진정한 사랑이란 진실된 감정이다. 사랑은 우리가 겪은 모든 상처를 치유하는 힘을 갖고 있다. 그 사랑의 힘이 흐르도록 허용한다면 말이다.

내 삶은 남편의 등장으로 축복받았다. 내가 에릭을 만났을 때 어머니는 본능적으로 내가 진정한 사랑을 찾았다는 걸 알게 된 것 같았다. 이를 달가워하지 않았던 어머니는 에릭이 파티에서 우리가 약혼했다는 걸 밝히자 이를 갈며 경고했다. "저 프랑스 등산가와 결혼하지 마!" 그러나 나는 그와 결혼했다. 그는 다정하고 사랑스런 남자로, 우리 아버지의 좋은 특성만을 지니고 있었다.

나는 에릭의 사랑을 알아보는 지혜가 있었고, 그의 사랑을 받아들일 마음의 준비가 되어있었다. 물론 에릭과는 어려운 시절도 있었다. 그러나 그는 놀랍도록 강인해서 내 삶의 가장 고통스러운 시절을 줄곧 사랑으로 보듬어주었다. 내가 조울증을 앓고 있었을 때, 20대 때 여러 남자들과 성적인 일들로 물의를 일으켰을 때, 술에 취해 일반적으로 통제 불가능한 삶을 살았던 순간들 내내 그는 내 곁에 있었다. 결국, 나는 그의 사랑을 믿고 신뢰할 수 있게 되었다.


## 용서


어린 시절 어머니로부터 나를 보호하기 위해 마음을 닫았을 때, 이로 인한 도미노 효과를 상쇄하는 데 많은 세월이 필요했다. 가슴 앞쪽을 보호하기 위해 어깨는 앞으로 굽었고, 흉곽rib cage 안쪽으로 가슴이 주저앉았다. 나는 가슴 앞쪽의 문을 닫았는데, 사랑하는 것이 안전하지 않았기 때문이다. 나는 사랑을 직접 표현하지 못했고, 내 느낌과 내 열망을 표현할 줄 몰랐다.

이런 생존 패턴은 마음에 상처를 입은 사람들에게 흔히 나타난다. 배우자의 부정을 경험한 사람들에게서도 자주 관찰할 수 있다. 배우자가 외도를 하자 본능적으로 마음을 닫은 것이다. 그들의 가슴은 무력감으로 오그라들어서 자신을 힘 없는 희생자로 만들기도 하고, 부풀려져서는 자신을 더 완강하고 까다로운 사람으로 만들기도 한다.

베키는 쉰 살의 여성으로 동맥경화증 진단을 받고 내 사무실에 찾아왔다. 10년 전, 베키의 남편은 바람을 피웠다. 그의 부정을 알게 되었을 때, 그녀는 마음의 문을 닫고 자신에게 "절대로 그를 용서하지 않을 거야"라고 다짐했다. 이런 마음을 몇 년 동안이나 유지하면서, 그녀는 냉소적이고 비정한 사람이 되었다. 그녀는 자신의 이러한 태도를 선뜻 그리고 때로는 자랑스럽게 인정했지만, 이로 인해 몸이 입은 엄청난 손상이나 자신의 아이들이 겪는 고통은 의식하지 못했다.

### 확인하기

지금 느낌이 어떤가? 자신에게 물어보자. 무엇이(누가) 이런 느낌을 일으켰나? 언제(어디서, 왜) 이런 느낌이 일어나는가? 이런 느낌을 부인하거나 판단분별 하지 않고 그대로 느끼며 함께 있을 수 있는가?

남편을 용서하지 않겠다는 마음은 베키의 심장 주변에 돌벽을 쌓아올렸다. 이에 대한 대가로, 생명과 혈액의 통로인 그녀의 동맥은 분노로 인해 딱딱하고 걸쭉해졌다. 그녀의 마음을 움직이기는 어려워 보였다. 그녀는 화가 난 채로 있는 상태가 행복하지는 않았지만, 그런 자신의 입장에 고착되어 있었고, 자신이 옳다고 믿었다. 만일 그녀가 화를 좀 누그러뜨리지 않고, 남편을 용서하기 시작하지 않는다면, 지속적으로 심장 발작이 일어날 거란 걸 알 수 있었다.

경화라는 건 말 그대로 에너지의 수축을 의미한다. 몸 안의 에너지 흐름이, 특히 심장으로 가는 흐름이 제한된다. 우리에게 흐르고 다른 사람에게 흘러나가는 사랑의 에너지의 양 또한 제한된다. 에너지를 딱딱하게 하고, 사랑을 주지 않는 당사자도 기분이 좋지 않고 그 주위에 있는 사람들도 좋은 느낌을 받지 못한다.

초기에 베키는 마음을 움직이지 않았다. 그녀는 내가 '그녀를 고쳐주기'를 원했지만, 내가 제안하는 그 어떤 것도 하고 싶어 하지 않았다. 그녀는 자신이 무언가 할 수 있다는 말을 듣고 싶어 하지 않았다. 특히 남편에 대한 마음을 바꾸는 것과 관련해서는 더욱 그랬다. 그 분노가 결국 건강을 해칠 수 있다고 말하자, 그녀는 "화낼 만한 일이잖아요"라고 대꾸했다. 나는 가능한 한 조심스럽게, 오직 건강을 회복하기 위해서 남편을 용서할 수 있다는 가능성에 대해 고려해 볼 수 없겠냐고 물었다. 천천히 그러나 분명히, 베키는 병이 시작된 시점이 '절대 용서하지 않겠다고 마음먹은 순간'이었다는 사실을 인식하기 시작했다.

그녀의 어린 시절에 대해 이야기하는 동안 그녀는 확실히 깨닫게 되었다. 열 살 때 아버지가 문밖으로 나가 다시는 돌아오지 않았을 때, 자신이 똑같은 맹세를 했다는 걸 기억해냈다. 우연의 일치는 흥미로웠다. 아버지가 떠났을 때 그녀는 열 살이었고, 결혼한 지 10년째에 남편이 바람을 피웠다. 그녀의 에너지 장을 살펴보니 어떤 장면이 보였기에, 그녀에게 알려주었다. 그녀의 아버지가 떠난 이유를 전부 알 수는 없을 거라고도 말해주었다. 그런 가능성에 대해 저항하면서, 그녀는 그 모든 이유를 알고 싶어 했다. 나는 만일 당신이 남편과 싸우거나 논쟁이 있었을 때 모든 사실과 이유를 아이들에게 다 말해주겠느냐고 물었다.

"**아니요**"라고 그녀도 인정했다. 그 모든 사실을 아이들에게 말하진 않을 것이다. 그녀의 어머니 또한 그녀에게 다 말할 수 없었던 것이 아니었겠냐고 물었다. 마침내 그녀가 시인했다. "네, 그랬겠네요."

아버지를 본 마지막 날을 머릿속에 그려보라고 하고 그 당시 그녀가 부인하던 감정을 다시 느껴보도록 했다. 그녀는 오래 묵은 눈물을 쏟아내었고, 감정들을 몸에서 깨끗이 씻어냈다. 세션이 끝날 즈음 베키는 치유의 물꼬를 트는 연결 고리를 찾았다. "아버지가 떠난 후 울어본 적이 없어요. 어머니가 늘 말했듯이 다

큰 숙녀처럼 의젓하게 행동하면, 아빠가 돌아올 거라 생각했어요. 그는 다시 돌아오지 않았고, 전화조차 안 했어요. 아버지를 용서한 적은 없지만, 다른 사람들에게 나는 괜찮다고 했어요. 누군가가 나를 정말 사랑할 거라고 믿어본 적이 없어요. 아마도 남편이 나를 상처주리라 예상하고 있었던 것 같아요."

베키는 부드러워지면서, 자신이 아버지에 대한 분노를 남편에게 투사하고 있었다는 걸 깨닫게 되었다. 조금 더 사랑을 느끼기 시작하자 그녀는 남편을 용서할 수 있게 되었다. 처음부터 남편이 결국 떠날 거라고 믿고 있었다는 걸 인정했다. 아버지처럼 떠날까 봐 마음 졸이며 기다리고 있었던 것이다. 베키는 자신이 어머니가 하던 그대로 행동하고 있었다는 사실도 알게 되었다. 누그러지지 않는 분노와 불신으로 남편을 밀어내고 있었다.

신뢰를 회복하고 용서하기 시작하자, 베키의 동맥 상태는 개선되었다. 자신이 냉소적이지 않도록 더욱 의식하게 되면서 건강은 더 좋아지고 있다.


## 연결 고리 만들기

질병의 에너지 패턴은 때때로 어떤 위기나 트라우마로 인해 단단한 속박에서 풀려나오게 된다. 대부분의 사람들은 표현되지 않은 감정이 질병으로 이어질 수 있다는 걸 믿기 어려워하지만, 자신의 이야기와 질병의 연결 고리를 찾는 경험을 하게 되면 내적 인식의 불이 켜지게 된다. 클라우디아의 경우가 그랬다.

클라우디아는 신혼이었고 마음속으로는 아이를 원하지 않았다. 남편은 아이를 원했고, 그녀에게 일을 하면서 가족을 만들 수 있다고 말했다. 그러나 클라우디아는 자신과 같은 분야에서 일하는 여성들이 두 가지 역할을 위해 고군분투하는 걸 보았고, 이는 불가능한 일이라고 믿게 되었다. 방송기자의 삶은 예측불허였고, 그녀는 어머니 역할을 위해 자신의 기동력과 독립성을 희생할 의향이 없었다. 게다가 현재 남편과 누리고 있는 스키 여행이나 열대지방으로 떠나는 휴가, 여러 곳에 있는 집들과 바쁜 사회생활의 라이프 스타일을 조정하는 걸 상상할 수 없었다. 아이를 돌봐주는 사람을 고용할 능력도 있었지만, 클라우디아는 세계를 돌며 여가 생활을 하는 자신의 제트셋jet-set족 생활을 즐기고 있었고, 아이 때문에 그 생활을 방해 받고 싶지 않았다. 그러나 한편으로는 남편을 잃을 수도 있는 위험을 감수하기도 싫었다.

클라우디아는 마흔 살에 남편의 소원대로 임신을 했다. 시간제 근무로 일을 줄였고, 아이가 태어난 후에는 아예 그만두었다. 클라우디아는 고통스러운 유방염에 걸려 신생아에게 모유수유를 할 수 없었다. 나에게 찾아왔을 때, 그녀의 딸은 유치원에 다니고 있었지만 클라우디아는 다시 일을 하진 않았다. 만성적인 유방염으로 몇 년간 고생하면서 자포자기 상태였다. 일하는 여성이 아니라 집에만 있는 엄마가 되었다는 생각에 부정적인 느낌이 생길 수 있다고 했더니, 더 방어적인 태도를 보였다. 자신이 후회나 분노를 담고 있었을 가능성에 대해 고려조차 해보려 하지 않았고, 이와 같은 느낌이 유방염으로 연결되었을 수 있다는 것도 생각해 보려 하지 않았다. 클라우디아는 자기 계발을 위해 노력하고 있었지만, 이 부분만은 그녀의 맹점이었다.

종종 감정적인 맹점은 생존 문제에 '깊게 연결'되어 있는 경우가 많다. 클라우디아의 경우, 자신의 결혼 생활을 유지하기 위해서는 아이가 있어야 한다고 믿었고, 자신이 아이를 원하지 않는다는 진실을 드러낸다면 결혼생활이 파괴될 수도 있다고 느꼈다.

여성은 자주 어머니 역할과 직업 사이에서 자신과 전쟁을 벌이고 있다. 모든 걸 다 해야 한다고 생각한다. 일을 하고, 가족을 돌보고, 남편 곁에 있어주어야 하고, 모든 걸 잘 꾸리고, 아름다워야 한다고 생각한다. 이는 불가능한 환상이다. 모든 걸 다 할 수는 없다. 모든 걸 다 할 수 있다고 믿는 여성들은 터지기 직전의 폭탄과 같다. 특히 클라우디아는 자신이 진실로 어떻게 느끼고 있는지를 인정할 수 없게 되면서 시한폭탄이 되었다.

두 번째로 온 날 클라우디아의 인식이 열리기 시작했다. 딸이 이제 좀 컸으니, 시간제로 일을 해보는 건 어떻겠느냐고 내가 제 안하자 버럭 화를 내며 쏘아붙였다. "내가 사랑하는 삶을 살면 서… 그럼 아이는요?" 그녀는 자기가 하는 말에 스스로 말문이 막혔다. 놀란 눈으로 나를 보면서 침묵했다. "딸을 위해 내 일을 포기한 데 대해 내가 화를 내고 있다고 생각하는 건가요? 맹세컨 대 우리 어머니처럼 찬장 문을 쾅 닫으면서 자신의 삶이 지루한 이유가 나 때문이라고 말하는 일은 절대 없을 거예요."

자신의 고통과 어머니 역할 사이의 연결점을 찾는 게 클라우디 아에게는 매우 중요했다. 그녀는 무의식적으로 '딸 때문에 일을 잃었다'고 탓하고 있었다는 걸 알아차리면서, 자신의 핵심 신념 을 재고해보고 우선순위를 재설정할 수 있었다.

클라우디아의 유방 주위에 남아있는 오랜 감정의 잔해를 깨끗 이 하는 세션을 여러 번 거친 후에 그녀의 염증은 줄어들기 시작 했다. 지금은 다시 일을 하고 있으며 자신의 일을 즐기고 있다. 클라우디아가 일을 할 때, 그녀의 딸은 방과 후 댄스 수업을 듣는 다. 어머니, 딸, 남편 모두가 행복해졌다. 클라우디아가 알게 된 것처럼, 자신에게 거짓말을 할 수는 없다. 그 거짓은 우리 몸에 나타나거나, 우리 인간관계에 영향을 미친다. 감추려고 노력하는 건 우리를 다치게 할 수 있다. 진실이 우리를 치유한다.


## 심장마비

심장마비는 애정 결핍이 극단적으로 발현되는 경우이다. 에너지 의학의 관점에서 보면, 심장 질환은 사랑의 결여나 손실에 대한 육체의 표현이다. 나는 빌 클린턴 전 대통령의 경우가 마음의 상처가 육체적 차원에서 질병으로 나타난 대표적인 예라고 본다. 클린턴은 백악관 인턴 직원이던 모니카 르윈스키와의 무분별한 성적 행동과 그에 따른 공개 조사로 인해 형언할 수 없을 만큼의 수모를 겪고, 미국 시민의 존경을 잃게 되었다. 그의 위신은 땅에 떨어졌고, 그로 인한 고통의 감정은 심장에 고스란히 타격을 주었다.

2004년, 클린턴이 가슴 통증으로 병원을 찾았을 때, 의사들은 세 개의 주요 동맥이 심하게 폐색된 것을 발견했다. 혈관 우회로 bypass 수술[55]을 받고 난 후의 그는 정서적으로 공허한 사람처럼

---

[55] 관상동맥이 좁아져서 혈액공급이 줄어들었거나 차단된 부위보다 아래쪽에, 추가로 혈액을 공급할 수 있는 우회혈관(우회도로)을 연결하는 수술.

보였는데, 아마 실제로도 그랬을 것이다. 자신의 결혼 생활에 대한 정절을 위배하고, 집권 당시 자신의 영혼을 강하게 고양시켰던 세상의 존경과 찬사와 사랑을 잃게 되면서 그는 심장에 커다란 타격을 받았다. 클린턴이 자신의 심장 문제는 대통령 시절 패스트푸드를 너무 많이 먹어서라고 말했지만, 감정적인 원인이 있었다는 점은 분명하다.

그 어떤 질병도, 심지어 심장마비까지도, 경우에 따라서는 질병으로 가장한 선물이 되기도 한다. 병으로 인해 마음이 열리고 부드러워질 수 있다. 죽음이 가까이 오면 사랑하는 사람에게 감사하는 마음이 생기고, 좀 더 가까워지고 싶은 열망이 생긴다. 자신이 죽어가고 있다는 걸 알게 되거나 임사체험臨死體驗을 하게 된 많은 사람들이 사랑하는 사람에게 달려가 "사랑해, 사랑해, 사랑해"라고 말한다. 사랑은 지구에서 가장 강력한 힘이다. 마음의 사랑을 깨우게 되면 치유가 가능해진다.

질병을 계기로 긍정적인 변화가 야기될 수 있는 가능성은 언제나 존재한다. 내 어머니에게도 이런 변화가 일어났다. 어느 날 나는 어머니가 몸이 좋지 않다는 느낌을 받았다. 그래서 원래 나는 가족 모임에 거의 참석하지 않지만, 그해 추수감사절을 가족과 함께 보내기로 했다. 어머니는 그림에나 나올법한 완벽한 추수감사절 저녁을 차리는 재주가 있었다. 저녁 식사 후 어머니는 팬 찾아 보였다. 나는 혼자서 내 직감이 틀렸을 수 있다고 생각했다. 그러나 내가 떠나고 얼마 되지 않아 곧 급한 전화를 받았다. 어머니가 심장마비로 급하게 병원에 실려 갔다고 했다. 회복 후에는 어머니가 한결 부드러워졌다고, 가족들은 저마다 한마디씩 했다. 마치 심장 발작이 그녀의 심장을 녹인 것 같았다. 놀랄만한 변화를 통해 그녀는 모든 사람들에게 훨씬 다정하고 사랑스럽게 대했다. 나에게까지도 말이다. 나는 처음으로 그녀의 보살핌과 부드러운 모습을 경험하게 되었다.

### 월요일을 감사히 맞이하자

심장마비는 월요일 아침에 자주 일어난다. 연구 결과에 따르면 한 주의 업무가 시작되는 월요일 아침 8시에서 9시 사이에 많은 사람들이 심장마비를 일으킨다고 한다. 자기가 사랑하는 일을 하면, 월요일 아침을 진심으로 기쁘게 맞이할 수 있다.

우리 안에는 어두움과 밝음이 공존하고 있다. 우리가 어두움을 나타내는 사람인가 밝음을 나타내는 사람인가는 변화할 수 있는 요인이 존재하고 있을 때라면 언제든 달라질 수 있다. 어머니의 경우, 심장마비가 그 계기가 되었다. 많은 사람들이 죽음과 직접적으로 만나게 되면 '스위치를 켜고' 밝게 빛을 발한다. 수많은 상을 받은 토크쇼 진행자인 래리 킹Larry King[56]은 심장마비를 겪은 후로 삶을 변화시킨 대표적인 예이다. 처음 그에게 영향을 끼친 일은 아버지의 심장마비였다. 킹이 아홉 살 때, 아버지가 심장마비로 44세에 세상을 떠났다. 그의 어머니는 생활 보호 대상자가 되었고, 그가 고등학교를 졸업한 후에는 어머니를 부양해야 했기에 대학에 갈 수 없었다.

아마도 이런 고통스런 과거가 그의 부인하는 성향에 영향을 준 듯하다. 그는 하루에 담배 세 갑을 피우면서도 자신은 죽지 않는다고 믿었다. 그가 공중위생국 장관인 에버렛 쿠프 박사Dr. C. Everett Koop를 인터뷰 했을 때였다. 쿠프가 그에게 몸은 괜찮으냐고 묻자, 킹은 "물론이죠"라고 대답했다. 그러자 쿠프는 "괜찮아 보이지 않아서요"라고 했다. 그날 밤 킹은 오른쪽 팔과 어깨에 참기 힘든 통증으로 잠에서 깼다. 병원 응급실에서 한 시간 정도 기다리는 동안 통증이 완화되어 그는 병원을 나왔다. 그러나 그의 운전사는 건물을 한 바퀴 돌더니 다시 병원으로 돌아갔다. 응급실 담당의사는 그를 다시 입원하게 했다. 그는 세 번에 걸친 혈관

---

**56** 본명은 로렌스 하비 자이거Lawrence Harvey Zeiger(1933~). 미국의 텔레비전과 라디오 진행자이며, 세계에서 가장 유명한 방송인이자 인터뷰어 중 하나.

우회로 수술을 받았고, 그날로 담배를 끊었다.

그날 이후로 킹은 래리 킹 심장재단Larry King Cardiac Foundation 을 설립하는 등 심장 질환과 관련해 인도주의적 자선사업을 펼치고 있다. 그는 심장 질환을 안고 사는 삶에 대해 두 권의 책을 집필하였고, 심장마비와 혈관 우회로 수술이 어떻게 그의 삶을 바꿨는지를 책에 담았다. 그는 또한 조지워싱턴대학교 신문방송학과에 형편이 어려운 학생을 위한 백만 달러의 장학금을 기부하기도 하였다.


## 균형 잡힌 네 번째 차크라

어둡기만 하거나 밝기만 한 사람은 없다. 그리고 어떤 상황으로 인해 우리의 감춰진 얼굴이 앞으로 나올 수 있도록 한다면 기적 같은 변화가 일어날 수 있다. 평생 자신을 괴롭히던 고통이 누군가를 온전히 용서하는 한 순간 사라지기도 하는 놀라운 치유가 일어나게 된다. 무조건적인 사랑과 용서, 더 큰 힘이 해결할 수 있도록 (자연의 흐름이나 신에게) 맡기는 결단력은 가슴 차크라가 완전한 균형을 이루었을 때 나타나는 주요 특징이다. 이와 같은 능력은 분노나 두려움과 같은 반응이 생기는 경우에는 쉽게 얻지 못한다.

우리 중에 누군가가 화를 내는 게 훨씬 쉬울 수 있는 경우에 연민과 용서를 보낸다면 모든 사람들의 상태가 함께 높이 올라간다. 자신의 딸을 살해한 사람을 용서한 아미쉬Amish파[57] 부모의 경우가 이를 잘 보여준다. 2006년 10월, 정신적으로 불안한 우유 트럭 운전사가 펜실베이니아 주 니켈마인스의 학교 건물에 무단 침입하여 열 명의 소녀를 총으로 쏘아 다섯 명이 사망한 사건이 있었다. 이 사고로 아이를 잃은 아미쉬파 가족들이 살인범과 그의 가족을 용서하고, 일부 가족들은 살인범의 매장식에도 참석하자 세상은 이를 경이롭게 지켜보았다.

비극적인 참사가 일어난 지 일 년 뒤, 아미쉬 공동체는 살인범의 부인과 세 명의 어린 자녀들에게 기부금을 전달했다. 그렇다고 해서 아미쉬 가족들이 고통을 겪지 않았다는 건 아니다. 그 사건에 관련된 많은 사람들이 치료를 받았고, 어떤 아이들은 '정신적 불안정 상태'에 있으며, 사건이 있기 전에 학교에서 나온 남자 아이들은 아직까지도 생존자의 죄의식과 악몽에 시달리고 있다.

---

[57] 현대 기술 문명을 거부하고 소박한 농경 생활을 하는 미국의 종교 공동체. 주로 17세기 이후 스위스와 독일 남부에서 종교 박해를 피해 미국으로 이주한 개신교 재세례파 복음주의자들의 후손들.

그래도 그런 일들조차 다른 사람을 용서하고 도우려는 아미쉬 공동체의 헌신적인 태도를 바꾸지는 못했다.

무조건적인 사랑은 열린 가슴open heart의 행위이며, 우리의 혈관을 통해 흐르는 신성의 움직임이다. 평범한 사람이라도 이를 보여줄 수가 있다.

많은 사람들이 개인적으로뿐만 아니라 공적으로, 더 나아가 전 세계적으로 광범위한 사랑을 풍성하게 베풀며 최대한 남을 배려한 삶을 산다. 잘 정합된 가슴 차크라의 좋은 예는 몬텔 윌리엄스 Montel Williams이다. 그는 미국 전 지역으로 방송되는 프로그램인 〈몬텔 윌리엄스 쇼The Montel Williams Show〉의 진행자로, 그의 프로그램은 주로 마약, 인종차별, 배우자의 외도와 같은 다양한 상황으로 인해 뿔뿔이 흩어진 가족을 다시 만나도록 한다. 그는 마음에 두려움이 없고, 깊게 느끼며, 있는 그대로 보여주는 사람이다. 마음과 마음이 만나도록 프로그램에 출연하는 사람들을 진심으로 대하고, 프로그램 내용 또한 자기 삶의 경험에 근간하여 선정한다.

볼티모어 빈민촌에서 태어난 윌리엄스는 22년 동안 해군에 몸담으며 훈장까지 받은 해군 정보부 장교이다. 그는 또한 동기부여 연설가이자 남을 돕는 데 초점을 맞춘 많은 책을 집필한 저자이며 헌신적인 자선가이다. 17년간 방송된 후 2008년 5월에 종영한 그의 TV 쇼에서 윌리엄스가 선원과 해병대를 꾸준히 지원하고 인정한 공로로 해군은 그에게 우수 공공 서비스 상Superior Public Service Award을 수여하였다.

윌리엄스는 1999년에 다발성 경화증多發性硬化症[58] 진단을 받았는데, 치료 방법이 없다는 사실을 알게 되었다. 이 상황에서 자신에게 선택권이 있다는 사실을 깨달았다. 그저 끔찍한 질병의 희생자로 남을 것인가, 아니면 같은 다발성 경화증을 앓는 수백만 사람들의 삶을 개선하는 데 일조할 것인가? 그는 자신의 마음이 향하는 길을 선택했고, 현재 몬텔 윌리엄스 다발성 경화증 재단Montel Williams MS Foundation을 이끌며 다발성 경화증 관련 치료법 연구와 의약품 보급 사업을 펼치고 있다. 그는 또한 자격이 되는 일부 환자들에게는 마리화나를 합법적으로 허용해야 한다고 믿는 의료용 마리화나 옹호자가 되었다. 그 자신이 마리화나를 통해 통증 완화에 큰 도움을 받았기 때문이다.

우리 마음을 치유하고 네 번째 에너지 센터를 치유하는 데는

---

58 Multiple sclerosis(MS), 뇌와 척수의 축삭 주변의 지방성 말이집을 감싸는 부분이 손상을 입어서 탈수질환과 흉터형성으로 이어지는 염증 질환. 보통 20~40세의 성인에게 발생하며, 특히 여성에게 일반적이다.

의식적인 노력이 필요하다. 자기 치유를 위해서 시간을 낼 필요가 있다. 명상을 하고 일기를 쓰는 방법은 의식적인 치유 작업에 매우 효과적이다. 위대한 다이빙 선수로 인정받는 올림픽 2연패 금메달 수상자 그레그 루가니스Gregory "Greg" Efthimios Louganis[59]는 1988년 서울 올림픽을 위해 훈련하던 중 후천성면역결핍증 양성 판정을 받았다. 양성 판정에 대해 밝히지 말라는 조언을 들은 그는, 올림픽 경기 도중 다이빙대에 머리를 부딪쳐 살짝 피가 났는데, 이 때문에 다른 선수들이 혹시 감염되지나 않았을까(그렇게 되진 않았지만) 하는 걱정에 휩싸였다. 그는 자신의 마음 상태를 적어 내려가는 일기를 통해 어려운 시기를 잘 이겨낼 수 있었다.

그는 자신의 글에 대해 이렇게 말했다. "매우 슬픈 내용이었다. 그러나 나는 그곳에서 빠져나와야 했다. 그때는 사람들이 슬픔에 빠져 죽을 수도 있다는 사실에 공감할 수 있었다. 자살한다기보다는 슬픔이 그들을 죽이는 것이다. 내가 감당해야 했던 슬픔은 그런 것이었다." 이후 그는 심리치료와 항우울제의 도움으로, 그

---

59 미국의 은퇴한 다이빙 선수(1960~). 올림픽 다이빙 사상 최초의 2관왕 2연패를 달성하여 다이빙계의 스타가 됨. 1988년 올림픽 다이빙 스프링보드 경기 당시 그는 뒤로 2회전 돌기를 하다가 스프링보드에 머리를 부딪쳐 피를 흘리는 부상을 당했지만, 남은 경기를 포기하지 않고 투혼을 발휘한 결과 금메달을 획득하여 더 많은 존경을 받음.

리고 1995년 출간한 자서전《표면을 가르며Breaking the Surface》에서 자신의 투병 사실, 동성 파트너가 가했던 가정 폭력과 강간에 대해 밝히면서(이 일로 스피도Speedo를 제외한 기업 스폰서를 모두 잃었다) 상태가 호전되었다. 그는 우울증, 난독증, 후천성면역결핍증을 앓는 어려움에 대해 공개적으로 말할 수 있게 되었고, 지금은 다른 많은 사람들을 도와주고 있다.

147~148쪽에 있는 질문과 함께 다음의 체크리스트를 확인해 보면, 내 가슴의 상태가 어떠한지를 정확하고 명확하게 가늠해볼 수 있다.

네 번째 에너지 센터의 상태를 살펴보기 위한
# Checklist

다음의 질문에 귀 기울여보자.

1   141쪽에서 열거한 증상이 있는가? ☐

2   사랑하는 상대로부터 배반당한 느낌을 받은 적이 있는가? ☐
    그 결과 어떻게 행동 했는가?

3   심장 관련 문제나 폐 질환을 진단받은 적이 있는가? ☐

4   손이나 팔이 쑤시는가? ☐

5   폐기종이나 되풀이하며 발생하는 폐렴을 겪는가? ☐

6   가족이나 친구로부터 거부당했다는 느낌을 받은 적이 있는가? ☐
    아픈 마음을 어떻게 하였는가?

7   사랑이 두려운가? 아니면 사랑을 쉽게 주고받고 있는가? ☐

8   사람을 비판하고 평가한다는 말을 들은 적이 있는가? ☐

9   과거 잘못된 행동에 대해 자신이나 다른 사람을 용서하였는가? ☐
    혹은 여전히 분노를 삭이고 있는가?

10  이타주의, 사랑, 연민, 용서, 희망, 신뢰, 화합, 후원 중 ☐
    어떠한 성품을 더욱 계발할 수 있겠는가?

===================================== 사랑하고 사랑받는 건 우리의 권리이다. 건강과 활력은 에너지 시스템이 균형 잡히면 자연스럽게 나타나는 결과이다. 풍성하고 균형 잡힌 관계는 주고받는 흐름 속에서 그 기능을 한다.

불균형의 상태라면, 우선 몸과 마음과 가슴의 소리를 듣고, 효과가 있는 모든 방법을 적용해 보도록 한다. 자신이 사랑하는 일을 하면 그에 상응하는 보상이 주어진다. 자신과 다른 사람을 더욱 사랑할 수 있도록 마음을 열어두자. 심장 주위에 세워 두었던 단단한 벽을 부드럽게 할 수 있는 방안을 찾아보자. 진정한 사랑을 경험할 수 없다고 생각하여 사랑에 대한 희망을 묻어두었다면, 의식의 뿌리를 따라 들어가 꺼내보자. 닫힌 마음을 여는 좋은 방법은 동물과 사랑을 주고받아 보는 것이다. 강아지, 고양이, 말, 새 등 동물들은 과거의 상처를 보듬어주고, 다시 사랑할 수 있는 방법을 가르쳐준다. 동물은 무조건적으로 사랑을 주고, 다시 안전하게 사랑을 배울 수 있도록 도와준다.

5장°

# 진실만을 말하라

있는 그대로
자신에게 솔직하면
길이 열린다

목 차크라
THROAT

일곱 살 때, 교회의 시원한 실내에 앉아 피츠제럴드 신부님이 혹시 내 목소리를 알아채지 않으실까 마음 졸이며 첫 번째 고해성사를 기다리고 있었다. 나는 독실하고 순종적인 아이였고, 신부님에게 친숙한 얼굴이었다. "은총을 내려주세요, 신부님. 죄를 지었습니다." 고해실에 들어서자 알려준 대로 시작하였다. "이번이 첫 번째 고해입니다." 이름도 모르는 죄를 어떻게 고백해야 할까? 노력할 만큼 했는데도 어머니를 웃게 하지 못한다는 걸 어떻게 설명하지? 나는 단순한 '가벼운' 죄부터 시작했다. "오빠를 놀렸어요. 강아지를 쫓아다녔어요."

피츠제럴드 신부님은 "부모님에게 순종하였니?"라고 물었다. 나는 노력해보았지만 아무리 착하게 행동해도 어머니는 항상 나에 대해 불만이시라고 작게 속삭였다. "감히 부모님을 비난하다니!" 칸막이 너머에서 호통이 떨어졌다. "너는 너의 어머니와 아버지를 공경하라는 제4계명을 거역했구나." 신부님은 내게 세 번의 성모송[60] 속죄를 내리고, 고해실에서 내보냈다. 그는 한숨을 쉬며 "저렇게 못된 여자아이를 위해 특별 속죄법을 만들어야겠어" 하고 말하기도 했다.

나는 겁을 집어먹은 채 고해실에서 나왔다. 어머니가 기다리고 있었지만 무슨 일이 있었는지 말할 엄두가 나질 않았다. 나쁜 아이가 된 죄의식에 빠져 교회 의자로 기어가 속죄를 했다.

우리는 완벽한 가족이었다. 풀을 먹이고, 다림질을 하고, 반짝반짝 할 때까지 광택을 냈다. 하지만 모든 게 다 거짓이었다. 나쁜 아빠는 정기적으로 내 방을 급습했다. 수 년 후 성폭행에 대해 어머니에게 직접 말하자, 그녀는 "우리 집안에서는 그런 말을 하지 않는다."라고 했다. 어머니는 마치 '부인deny & 가식pretend'

---

60 성모송聖母頌 또는 성모 기도. 성모 마리아에게 바치는 거룩한 기도로, 가톨릭에서 '주主의 기도' 다음으로 많이 사용하는 기도문.

이라는 비싼 상표가 달린 옷을 입고 있는 것 같았다. 우리 집 현관 앞에는 "절대로 진실을 말하지 말라"고 쓰여 있기라도 한 듯했다.

거짓으로 살면 미치게 된다. 실제 느끼는 것과는 다르게 느끼는 척한다. 무언가를 경험해도 그것이 일어나지 않은 일인 것처럼 행동한다. 나는 이렇게 분열된 채로 살아가는 데 선수였고 내 감정을 봉하고 있었다. 나는 내가 진실을 억누르고 있었다는 사실을 의식하지 못했다. 단지 나를 괴롭게 하는 일을 말하면 안 된다는 걸 알고 있었고, 그래서 모든 아이들이 그렇듯이 '문제'는 나라고 여겼다.

어머니는 어떤 형태의 분노도 용납하지 않으셨다. 만일 내가 무언가 화난 일에 대해 얘기하면, 내 입을 비누로 싹싹 닦아내었다. 눈물은 절대 금지였다. 심혈을 기울여 그린 완벽한 삶의 그림에 그 어떤 얼룩도 떨어져서는 안 되었다.

내가 진정으로 원하거나 내가 누구인지 표현해 본 기억이 한 번도 없다. 나는 어머니의 기분을 상하게 하는 걸 매우 두려워했다. 다섯 살 즈음 명령에 복종 하는 법을 배웠다. 어머니는 내가 어떤 사람이 되어야 한다고 반복적으로 말했고, 진실을 부인하라고 강압적으로 강요했다. 아버지가 강제로 내 입을 벌려 추행하던 때를 제외하고는, 나는 항상 입을 다물고 있어야 했다. 내가 살았던 거짓은 내가 세상에 보내는 거짓이 되었다.

아버지의 경우, 집이라고 부르던 우리 집안 문화는 수많은 밤, 저녁 식탁에서 어머니가 아버지를 조롱하고 모욕을 주는 일을 포함하였다. 그는 좋은 군인처럼 온순하게 견뎌냈다. 그녀는 그가 무얼 먹을지, 무슨 옷을 입을지, 그가 버는 돈 한 푼까지도 어떻게 쓰는지를 통제했다. 아주 드물게, 아마 일 년에 한번쯤, 아버지가 어머니의 쉼 없는 타박을 견딜 수 없을 때, 머리끝까지 화가 터지곤 했다. 그가 버럭 하는 날에는 우리 모두 종종걸음으로 사라졌다. 그렇지 않을 때에는 그는 모멸감을 꾹 삼키고는 그가 어린 시절 한 번도 자신의 진실을 말한 적 없었듯이 자신의 진실을 말하지 않았다.

잘못한 일에 대해 입 다물고 있어야 하는 경우에는, 침묵밖에는 어떤 선택권도 없다는 걸 알게 된다. 표현하지 않는다면 진실은 어디로 가게 될까? 생존을 위해 거짓을 말하겠지만, 몸은 버틸 수 없다. 몸은 절대로 거짓말을 하지 않는다. 안으로 숨겼던 어린 시절 나의 거짓은 다섯 살, 여섯 살에 만성 편도선염으로, 일곱 살에 이빨을 가는 습관으로, 아홉 살에 '나무에서 떨어지는 사고'로, 열두 살, 열세 살에는 일그러지고 상처 입은 소화기관과 여성 생식 기관으로 표현되었다. 그런 후에 거짓은 성적 문란함, 조울증, 알코올, 약물남용, 심장부정맥, 소화이상, 그리고 암이 되었다. 분노와 비애는 후두를 조여, 종종 실제로 '목에 통증'을 느낄 정도로 긴장을 만들어냈다. 내 몸은 말할 수 없고 다른 방식으로 표현할 수 없었던, 말 그대로 나의 고통을 표현하는 장이 되었다.

## 거짓된 삶

잘못된 일에 침묵하면, 잘한 일에도 침묵하게 된다. 오랜 시간이 지나고 심각한 질병을 거친 후에야, 나는 마침내 내가 경험한 진실과 나의 창조적인 자아의 진정한 면을 표현하기 시작했다. 내 의지를 애써서 내서 세상을 살고, 다른 이도 힘들게 의지를 써서 내 삶을 강요하도록 배웠다. 신이 선물한 흐름대로 창조적으로 표현하며 인생을 살 수 있다는 사실은 상상조차 하지 못했다.

열다섯 살에 나의 반항적인 면인 신디가 나서서 모든 지옥을 풀어놓기 전까지 나의 진정한 목소리는 땅속에 파묻혀 있었다. 그때 신디가 품고 있었던 억눌리고 왜곡된 진실은 단단하게 싸인 작은 포장을 뚫고 나와 유혹적인 방법으로 목소리를 내게 되었다. 그러나 그러한 표현이 솔직한 진실은 아니었다. 신디는 단지 고통을 표현할 뿐이었다. 조증인 상태에서는 동네를 휘젓고 다니며 매우 성적이고 기분 나쁜 방법으로 마치 통증은 그것이 아는 유일한 언어로만 말하듯이 마구 행동하였다. 그런 나의 일부는 입을 가지고 있었고, 충격을 주기 위해 나왔다. 왜냐하면, 내가 충격 속에서 살고 있었기에 또 다른 선택의 여지가 없었다. 너무나 많은 고통이 오랜 기간 동안 억눌리게 되면, 그것이 드러날 때에는 독침을 품은 채 악취를 풍긴다. 어린 시절과 그 이후로도 상당한 시간 동안, 나는 느끼거나 표현하는 능력이 없는 연약한 면을 지니고 있었다. 진정한 나인 부드럽고, 두려움에 놀라고, 호기심 많고, 계속해서 발견해 나가는, 다정하고, 불확실한, 나의 자신감 없는 부분을 어느 곳에서도 찾을 수가 없었다.

오랜 기간 동안 나의 목소리는 분명히 질식하고 있었다. 내 개인적인 자아의 여러 모습을 감추기 위해 완벽한 외장으로 도배하고, 행복하지 않을 때도 행복한 것처럼 보이도록 노력했다. 수많은 감정을 느끼고 있음에도 불구하고 감정이 없는 사람처럼 행동했고, 항상 확실하고 완벽한 이미지를 투사했다.

열여덟 살에 커다란 야망을 품고, 부모님께 세라로렌스대학교 Sarah Lawrence College에 들어가 예술을 배우고 싶다고 했다. 글을 쓰고, 음악을 하고, 춤을 추는 게 내가 진정 누구인지를 푸는 열쇠가 되는 듯 여겨졌다. 그러나 어머니는 그 어떤 말도 듣지 못한 듯 했다. 나는 어머니가 계속 통제할 수 있도록, 집에서 가까운 예수회 대학교에 들어가야 했다. 대학을 졸업한 후에는 바로 로스쿨로 갔다. 로스쿨 첫날, 나는 계단식 원형 강당으로 들어가 누군가 나를 볼까 두려워 맨 뒷자리에 앉았다.

나는 두렵고, 수치스럽고, 창피한 감정을 달고 다녔다. 필수적으로 공석에서 말해야 하는 직업을 갖고 있으면서도, 나는 말하는 것에 대해 감당할 수 없는 두려움에 휩싸였다. 로스쿨을 졸업하고 처음으로 재판에서 의뢰인을 변호하는 날이었다. 동료와 함께 점심을 하러 갔는데, 그가 나의 불안한 마음을 알아채고 "한잔하고 좀 진정해." 하고 말했다. 아, 그래 맞아! 그리고는 조금 진정하려던 것이 완전히 풀어지게 되었다. 내 기만적인 모습이 발각될까 두려워 나는 술과 신경안정제의 사용량을 더욱 늘렸다. 나는 평생 내 삶을 속였다. 내가 두렵고, 화나고, 상처받고, 낙담했을 때조차 행복한 척하며 살았다.

일할 때는, 하루를 잘 보내도록 도와주는 유혹적인 일상적 방법을 활용했다. 법률 업무에서는 성공가도를 달리고 잘 해내고 있었다. 의뢰인의 진실에 대해서는 엄격했지만, 내 자신에 대해서는 거짓을 뱉어내고 있었다. 나는 과하게 술을 마시고, 과하게 몰아붙이며, 성적으로 자유롭게 거짓된 삶을 사는 젊은 여성이었다. 나는 모든 의미에서 해방감을 누리며 살았다. 다양한 성적 파트너를 만나고, 재무 투자를 관리하고, 유리 천장glass ceiling[61]이 없는 법조계에서 경력을 쌓았다. 남자로 둘러싸인 방에서 진행되는 그 어떤 회의에서도 나는 성적 유혹으로 모두를 이끌었다. 진주목걸이의 가지런한 진주알처럼 늘어서 있는 남자들을 하나씩 정복하였다. 아빠에게 인정받았던 방식으로 다른 남자들에게 인정받으려는 마음이 있었던 것이다.

아이러니하게도, 나는 자신의 마음을 알고 그에 대해 말하길 두려워하지 않는 사람처럼 보였지만, 실제로는 진실에서 한없이 멀어진 상태였다. 나의 공적인 페르소나persona는 취약하고 길 잃은, 발각될까봐 전전긍긍하는, 기대에 부응하지 못하는, 거부당할까봐 두려워하는 소녀와 모순되어 있었다. 나는 술을 마시거나 약물을 복용하였고, 극한적인 스포츠를 즐겼다. 우선 나로부터 그리고는 세상으로부터, 나는 부적절한 자아를 숨기기 위해 모든 노력을 기울였다.

술을 마시게 되면 기억이 끊길 때까지 마셨다. 전날 무슨 일이 있었는지도, 어떻게 이곳에 오게 되었는지도 기억하지 못한 채 낯선 이의 침대에서 잠을 깨곤 했다. 알코올 중독자에게 진실은 저주와 같다. 에릭이 내 이름과 알코올 중독을 한 문장에 같이 넣

---

61 여성과 소수민족 출신자들의 고위직 승진을 막는 조직 내의 보이지 않는 장벽.

어 말했을 때, 내가 어떻게 느끼고 내가 누구인지에 관한 진실이 조금씩 수면위로 떠오르기 시작했다. 거짓이 끝나는 순간이었다.

다음날 아침, 눈에 띄는 화려한 옷을 입고 1,800달러짜리 카우보이 부츠를 신고서 처음으로 알코올 중독자 협회에 참석했다. '새로 참석하는 사람'이 이런 모임에 처음 올 때엔, 겉으로는 다 갖춘 듯 보이더라도 한 꺼풀 아래엔 난장판인 어수선한 삶과 함께 온다는 사실을 그때는 몰랐다. 알코올 중독자 협회 모임은 매우 인상적이었다. 그곳에 있는 사람들은 **놀라울 만큼 솔직했다.** 그들은 어떠한 기교도 부리지 않고 진정한 진실을 펼쳐내고 있었다. 나는 그 동안 살면서 한 번도 진실을 말해본 적이 없다. **절대로.** 그리고 목으로 더 많은 술을 들이부을 때마다, 입에서 나

### 내 목소리를 찾고, 내 선택을 말하라

배를 흔들고 싶지 않아서 흐름을 그대로 따라가는 데 익숙하다면, 진정으로 원하는 게 무엇이고, 어떻게 느끼는지 말해본 적이 없다면, 이제는 진실을 말하기 시작해 보도록 한다. 무언가 질문을 받게 되면, 멈추고 자신에게 물어본다.

**'내가 진정 원하는 게 무엇인가?'**

진실한 대답을 하면, 자신을 존중하게 되고 다른 사람들도 스스로 존중할 수 있도록 허용하게 된다.

오는 거짓에 대해서 걱정을 덜하게 되었다. 진실을 말하기 시작한 것은 그 이후로도 많은 해가 지났을 때였다. 술을 끊는 게 거짓말을 끊는 것보다 훨씬 쉬웠다.


## 다섯 번째 에너지 센터 : 목 차크라

다섯 번째 에너지 센터는 목에 자리하고 있고, 창의적인 표현과 주로 관련된다. 주요 테마는 말을 사용하거나 혹은 말이 아닌 다른 소통 방법을 통해 자신이 누구이고, 무엇을 느끼고, 신념이 무엇인지를 표현하며 진실을 말하는 것이다. 목구멍을 통해 나오는 소리는, 말하고 노래 부르는 등의 표현을 가능하게 한다. 다섯 번째 에너지 센터의 '메신저'는 목소리voice 와 선택choice 이다. 어떻게 살고, 무엇을 입고, 무엇을 먹고, 우리의 꿈이 무엇인지까지도 목소리를 냄으로써 발현될 수 있다. 선택은 우리 갈망에 목소리를 실어 주고, 또 목소리는 우리의 선택을 표현한다.

다섯 번째 차크라는 인후, 목, 어깨, 입, 턱, 이빨, 부비동[62]을 비

---

62 코 주위의 얼굴뼈 속 빈 공간으로, 이 공간들은 콧속과 작은 구멍으로 통해있어 환기와 분비물의 배설이 이루어짐.

롯하여 성대, 기관, 부갑상선, 식도, 목뼈, 귀와 연결되어 있다. 자율신경계를 관장하는 갑상선, 부갑상선과 시상하부도 여기에 해당한다.

이 부위가 균형을 잃으면, 다음의 증상이 나타난다.

- 턱관절 장애
- 인후 내분비샘의 부종, 인후두암
- 목 이상
- 소아 만성 편도선염
- 갑상선 기능 저하증 및 갑상선 기능 항진증, 갑상선염, 갑상선암, 하시모토병[63], 그레이브병[64]
- 만성 비염
- 인후, 발성, 입, 치아 혹은 잇몸의 이상 증세

갑상선 증상은 대개 신체적 혹은 감정적인 위기 이후에 일어난다. 나비처럼 생긴 갑상선은 목 앞쪽에 자리하고 있으며 몸

---

**63** 자가면역이 원인으로 갑상선에 염증이 발생하여 갑상선 기능 저하증이 나타나는 질환.
**64** 갑상선 호르몬이 과잉 분비되는 질환, 즉 갑상선 기능 항진증을 일으키는 대표적인 질환.

의 신진대사를 조절한다. 갑상선 기능 저하시 대증요법allopathic medicine[65]이 의존하는 주요 해결책인 합성 갑상선 호르몬 Synthetic thyroid은 미국에서 가장 자주 처방되는 3대 의약품 중 하나이다. 그러나 이와 같이 '반창고'만 붙이는 방식은 기저 안에 있는 원인까지 다루지는 못한다. 여성을 억압하는 문화에서 여자가 남자보다 다섯 배 정도 더 많이 갑상선 증세를 겪고 있는 건 우연이 아니다.

목은 말이나 소리를 냄으로써 과다한 에너지를 방출하고, 이를 통해 지속적으로 정화되도록 설계되어 있다. 때로는 이 에너지 센터를 깨끗하게 하기 위해 조금 수위를 높여 소리를 지르거나 고함을 칠 필요가 있다. 목 차크라는 우리가 내보내는 것과 받아들이는 것을 조절하고 통제하는 기능을 한다. 또한 미세한 지침을 받는 자리이기도 하다. 매 순간 모든 상황에서 길잡이가 되는 내면의 조용한 목소리를 전한다. 이 소리는 들으려고 해야만 들을 수 있다. 안타깝게도 머리와 가슴 사이에 분열이 일게 되면 내면의 '여전히 작은 목소리'가 문을 닫게 된다. 우리는 내면의 안내나 주위의 가르침에 귀를 기울이려고 하지 않을 수 있다. 이렇게 되면 목 센터는 정상적인 작용을 중단하게 된다.

---

65 병의 원인을 제거하기 보다는 직접적인 증상을 완화하기 위한 치료법.

목 주위에 기능 이상이 생기면 문제가 생길 수 있다. 의사전달을 효과적으로 할 수 없다든가, 도움이 될 만한 지침을 듣지 않고 그에 따르려 하지 않거나, 삶의 리듬을 잃은 듯한 상태가 된다. 다른 증상으로는 타인이 주는 걸 받을 수 없다거나, 자신이 겪은 일에 대해 남을 탓한다거나, 일을 마구잡이로 밀어붙이게 되는 특성이 있다. 이 부위에 균형이 맞지 않을 경우 너무 많이 말을 한다든가, 적절하지 않은 방식으로 말을 하게 된다. 남들에 대해 뒷말을 하기도 하고, 말을 더듬기도 하고, 침묵을 지키는 데 어려움을 느끼기도 한다. 때로는 너무나 시끄럽다. 말을 한데 묶어 말하는 게 어렵게 느껴지거나, 말하는 일에 공포심이 생기거나, 비밀스러워 지거나, 과도하게 수줍어하거나, 귀가 먹기도 한다.

여러 세대에 걸쳐 나타나듯이 여성은 결혼하게 되면 지속적으로 정체성을 잃고, 자신의 진실대로 살아갈 수 없게 된다. 남성과 여성 모두 직장 생활을 위해서는 자신의 진실을 부인하며 살았다. 록 허드슨Rock Hudson[66]은 사망하기 바로 직전까지 자신이 동

---

[66] 1950~1960년대 최고의 인기를 누렸던 미국의 영화배우(1925~1985). 에이즈에 걸렸다는 사실을 공개적으로 밝힌 최초의 유명인사. 뛰어난 남성미로 유명했지만 사실 동성애자였으며, 심장병 수술 때의 수혈 때문에 에이즈에 감염되었다고 전해진다. 1984년 병에 걸린 수척한 모습을 공개해 세계적으로 에이즈에 대한 경각심을 일깨웠다.

성연애자이며 에이즈에 걸렸다는 사실을 부인했다. 할리우드의 스타 시스템은 1950년대 초반, 키 크고 까무잡잡한 피부에 잘생긴 허드슨이 데뷔하면서 시작되었다고 할 수 있다. 그는 도리스 데이Doris Day[67]와 함께 달콤한 로맨틱 코미디의 스타로 활동했고, 매력만점인 화려한 플레이보이의 표상이었지만, 사실상 자신의 진정한 자아를 인정하도록 허용하지 않는 시스템에 속박된 포로였다. 그러나 파리에서 치료를 받게 되면서 그를 따라다니던 에이즈에 대한 루머가 사실로 확인되었다. 사진을 보면 예전에는 활기 넘쳤던 사람이 수척해진 모습이 되어 얼굴을 알아보기 힘들 정도였다. 1985년 그가 사망하자 세상은 에이즈 바이러스에 관심을 가지기 시작했다. 그는 '에이즈의 얼굴'이 되었고, 쉬쉬하던 주제가 밖으로 드러나는 계기를 만들었다. 사망하기 바로 전, 마침내 진실이 알려지자 허드슨은 이렇게 말했다. "아프니 행복하지 않네요. AIDS에 걸리니 행복하지 않습니다. 그러나 이런 사실이 다른 이들에게 도움이 된다면, 적어도 제 불행은 긍정적인 가치가 있었다고 할 수 있겠죠."

그의 이야기는 진실을 말하지 못하고, 진정으로 필요한 게 무

---

**67** 밝고 건전한 이미지의 미국 가수이자 영화배우(1922~). 록 허드슨과 친했지만 그가 동성애자라는 사실을 전혀 몰랐다고 함.

엇인지 자문하지 않고, 실제로든 상상이든 다른 이가 원하는 대로 사는 대가가 어떤 것인지를 제대로 보여준다. 결국 우리의 행복을 빼앗기고, 자신과 연결되는 느낌을 잃고, 사랑하는 사람들과의 관계가 소원해지며, 건강과 멀어지거나 때로는 삶과 단절되게 된다.


## 진실과 함께하는 삶

미국에서는 언론의 자유가 있음을 자랑스러워하고, 표현의 자유를 억압하는 문화를 종종 비판하기도 한다. 그러나 정작 우리 자신이 표현의 자유를 누릴 권리를 짓누르고 있다면 어떻게 될까? 자신이 스스로에 대해 폭군이고 교도관이라면?

켈리는 전이된 갑상선 암으로 내 사무실에 왔다. 그녀는 한 해 전에 갑상선 제거 수술을 받았으나, 근처 경추에 암이 재발하였다. 켈리의 에너지 장을 깊이 들여다보니 다섯 번째 차크라의 왜곡이 보였다. 살기 위해 스스로 강요했던 거짓으로 인한 뒤틀림이었다. 켈리는 오랜 동안 레즈비언 관계를 가지고 있었지만, 이에 대해 '밖으로' 알리지 않았다. 동성애자가 아닌 고객과 있을 때는 자신도 동성애자가 아닌 척했다. 재능 있는 조경 디자이너

였지만, 그녀와 그녀의 여자 친구는 함께 설립한 조경 사업에서 큰돈을 벌지는 못했다. 삶은 힘들었고, 켈리는 가난이 지겨웠다. 성공한 젊은 변호사가 그녀를 고용하여 자신의 땅에 정원을 설계해 달라고 요청했다. 그가 켈리와 사랑에 빠져 청혼을 하자, 그녀는 그의 청혼을 받아들이고 레즈비언 연인을 떠났다. 켈리의 결정은 마음의 선택이라기보다는 의지의 선택이었다. 남편이 된 그는 재밌고, 따뜻하고, 사랑스러운 사람이었다. 그녀는 자신의 레즈비언 성향이 단지 지나가는 단계였을 뿐이라고 굳게 믿었다.

아주 아프게 되었을 때에도, 켈리는 정직해질 준비가 되어 있지 않았다. 여성을 사랑한 자신을 수치스럽게 여겼고, 이와 같은 사랑이 자신이 참으로 누구인지를 진정으로 표현한다는 걸 인정하려 하지 않았다. 그녀의 일부분은 절박하게 도움을 바라고 있었지만, 또 다른 부분은 자신의 외관을 유지하길 고집함으로써 자신의 질병을 그대로 유지하도록 만들었다. 그녀의 어머니가 종종 말한 대로, 켈리는 자신이 "침대를 잘 정돈하고, 거기서만 거짓을 말해야 했다"고 느꼈다.

자기 자신에게 진실하지 않다면 풍요롭게 살 수가 없다. 우리를 살찌우지 않는 관계를 유지하면 감정적으로, 신체적으로, 심지어 재정적으로 번영할 수 있는 능력이 떨어지게 된다. 켈리는 단지 일이 있을 때만 과거 연인과 연락을 했고, 자신은 남편과 매우 행복하다고 주장했다. 그녀는 자신의 동성연애 경험은 젊은 시절의 호기심 그 이상은 아니었다고 일축했다. 켈리를 마지막으로 만났을 때 또 다른 수술 일정이 잡혀있었지만, 의사는 별 희망을 걸지 않았다.

진실을 밝히고 난 후 몰아칠 후폭풍에 대한 두려움으로 얼어버리면, 점점 더 거짓을 조장하는 삶을 연장하게 된다. 거짓을 보호하고, 더욱 키우며, 개인의 진실성을 희생하는 대가는 무시한다. 진실과 직면하면 우리의 소명대로 살아가게 된다.


## 분명하게 말하기

쉬운 관계는 없다. 좋은 관계에는 진실을 표현하려는 노력과 의지가 필요하다. 짐은 50대 초반에 심각한 턱관절 장애로 인한 턱 수술을 피할 수 있을까 하는 희망을 안고 내게 왔다. 턱관절 이상은 흔한 증상으로, 턱과 턱 주변 조직의 극심한 통증을 유발한다. 내가 처음 관찰한 모습은 놀라웠다. 즉각적으로 그의 턱 이상은 아내와의 관계에서 영향을 받았음을 알 수 있었다. 곧바로 그는 극도로 민감한 자신의 아내가 자기를 오해하고 있다고 털어놨다. 그는 스스로 '말도 안 되는 말을 생각 없이' 하고 상황에 맞지 않는 말을 한다는 사실을 인정하는 한편, 아내가 자신을 이해하지 못한다고 굳게 믿고 있었으며 그녀가 자신을 정말 사랑하는지조차 의심스럽다고 했다. 아내의 관점에서, 짐은 소통에 문제가 많으며 사랑을 주고받을 수 있는 사람이 아니었다. 아내는 최근 들어 더욱 더 많이 화를 내고 있었는데, 짐은 이를 '망할 휴대전화' 때문이라고 했다. 그의 수중에는 전화기가 없었지만, 전화가 울리는 소리만 나면 짐은 종종 다른 데로 주의가 흩어졌다. 그는 '속박된' 듯한 느낌이 싫다고 했지만, 그의 아내는 자신이 원할 때면 그가 어디 있는지 알고 통화를 해야 한다고 고집했다. 그들 사이에서 이 문제는 종종 싸움으로 커졌다.

통제 문제에 관해 깊이 들어가게 되자, 짐은 아버지가 음악을 하고 싶어 하는 자기 마음의 염원을 비웃었다고 말했다. 그는 고등학교 때 차고 밴드garage band에서 리드 싱어로 활동했고, 음악학교에도 합격했다. 그러나 그의 아버지는 음악으로 경력을 쌓아봤자 결국 동네 호텔 라운지에서 노래를 부르는 일밖에 하지 못할 거라고 말했다. 짐의 아버지는 제너럴 모터스 공장에서 일을 했고, 관리자 직급까지 올라갔다. 좋은 수입을 올렸고, 그의 아들도 똑같은 일을 하길 원했다. 짐은 고등학교 때 만난 여자 친구가임신을 하자, 자신의 운명이 결정되었다고 느꼈다. 다른 선택권이 없다고 생각해 결혼을 했고 제너럴 모터스에서 아버지와 함께 일하게 되었다. 그는 결국 아버지가 이룬 성공 이상으로 올라가 고위 간부 자리까지 차지했다.

짐의 어린 아들이 음악적 재능을 보이기 시작하면서 짐과 아내 사이에 큰 문제가 일어났다. 그의 아내는 아들의 음악적 재능을 키워주고자 짐에게 주말에 노래 수업을 받을 수 있도록 데리고 가 달라고 했다. 짐은 대부분 시간을 낼 수 없었고, 시간이 있을 때도 그 일을 하고 싶어 하지 않았다. 그는 빈번히 늦게 오거나 제대로 그 이유를 설명하지 못했으므로, 아내는 점점 더 남편을 믿을 수 없게 되었다.

짐의 치유 작업을 시작하면서, 소리를 사용한 여러 에너지 기술을 활용하여 그의 다섯 번째 에너지 센터를 정화했다. 그러고는 그의 아들과 노래 수업을 함께 들어 목구멍을 열고 활력을 유지할 필요가 있다고 조언했다. 처음에 그는 내 조언이 말도 안 된다고 생각했지만, 시간이 지나면서 호의적이 되었다. 함께 수업을 받으면 아들과의 관계도 좋아지고, 자신이 스스로 억압했던 음악에 대한 흥미를 쏟아낼 분출구도 마련할 수 있다는 걸 깨달았다. 또한, 자신의 진실을 일기에 적어 내려가도록 권유했고 아내에게 자신을 더욱 직접적으로 표현하도록 했다. 그는 내게 "아내에게 함께 일하는 동료 몇 명과 함께 차고 밴드를 시작해 보고 싶다고 말할 수 있을까요?" 하고 물었다. 그는 아내와의 소통을 시도했고, 그 다음 주에는 좋은 결과를 안고 기뻐하며 다시 찾아왔다. 그의 아내는 그게 그를 행복하게 하는 일이라면 돕겠다고 말했다 한다.

함께 치유 작업을 하면서, 짐의 다섯 번째 차크라가 열렸고, 더욱 균형을 찾아갔다. 그는 자기 자신은 물론 아내에게도 진실을 숨기고 있었다는 사실, 그리고 삶의 자연스러운 리듬의 흐름에 몸을 맡기기보다는 사랑하는 사람들이 강요하는 삶을 살았다는 사실을 알아차리기 시작했다. 짐와 그의 아내는 서로 더욱 잘 소통하기 위해 함께 상담을 받기 시작했다. 새로운 방법을 도입한 지 일 년도 채 되지 않아 짐의 담당의사는 그의 고통스러웠던 턱 상태가 호전되어 수술이 더 이상 필요 없다고 확인해 주었다.


## 균형 잡힌 다섯 번째 차크라

에너지 관점에서 목은 진실하게 살아가도록 하는 힘의 센터이다. 균형이 잡히고 건강하면 꿈과 비전, 더욱 커다란 목표를 향해 살게 되고, 자신의 진실성과 자신의 모습 그대로를 사랑하는 상태가 되고, 또한 삶의 축복에 감사하며 살게 된다.

울림이 있는 충만한 목소리, 원활한 소통, 창의적이고 유창한

언변은 다섯 번째 차크라가 균형을 이루고 있음을 나타낸다. 아마도 잘 정합된 다섯 번째 차크라를 보여주는 모범적 인물은 마틴 루터 킹Dr. Martin Luther King, Jr.[68] 박사일 것이다. 그는 자신의 목소리를 사용하여 세상을 바꿨다. 침례교회 목사이자 정치 운동가인 킹 박사는 미국 시민 평등권 운동을 주도하였다. 모든 사람들이 말하기를 두려워하는 시대에 그는 연설의 힘을 총동원해 시민권의 쟁점에 대한 지지를 호소했다. 그는 1968년 암살되기 전 공로를 인정받아 노벨 평화상을 수상했으며, 오늘날까지도 그의 유명한 연설인 '나는 꿈이 있습니다I Have a Dream'를 경청할 때면, 그의 목소리가 우리 내면에 깊게 울려온다.

또 다른 건강하고 균형 잡힌 다섯 번째 에네지 센터의 예는 여배우이자 운동가인 제인 폰다Jane Fonda[69]이다. 그녀는 내면의 힘이 있고 거침없이 말하는 여성이지만, 과거에는 침묵으로 시간을 보내기도 했고, 자신의 삶에서 남성이 자신의 목소리를 죽일 수 있도록 허용하기도 하였다. 60대인 폰다는 이제 자신의 마음을

---

68 흑인해방운동으로 유명한 미국 침례교회 목사(1929~1968). 1968년 암살당하기까지 비폭력주의에 입각한 '공민권 운동'의 지도자로 활약.
69 미국의 영화배우, 작가, 반전운동가(1937~). 1960년대 영화 〈바바렐라〉에 출연하여 인기를 얻었던 당대의 섹스 심볼. 많은 정치적 활동을 벌인 것으로도 유명한데, 특히 베트남전쟁 동안 적극적 반전운동 펼쳐 '하노이 제인'이라는 별명을 얻음. 현재도 여전히 전쟁과 여성에 대한 폭력에 반대하는 활동을 이어가고 있음.

자랑스럽게 그리고 크게 말한다. 폰다는 자서전《지금까지 나의 삶My Life So Far》에서 테드 터너Ted Turner[70]와의 결혼 생활을 끝냈던 것은 "가부장적 사회와 이혼"하는 것이자 "아버지의 집을 떠난다는 것을 상징"한다고 서술했다. 가부장적이고 구속적인 패러다임은 가정에서 여성이 남자 밑에서 부차적인 자리를 차지하도록 하였고, 그건 더 이상 그녀에게 적용될 수 없었다.

또 다른 건강한 다섯 번째 에너지 센터를 보여주는 유명인사는 영화배우이자 영화제작자이고, 환경운동가이자 유타 주 파크시티의 〈선댄스 영화제Sundance Film Festival〉를 설립한 로버트 레드포드Charles Robert Redford Jr.[71]이다. 그는 '기름을 사용하는 습관을 버리자'는 캠페인을 통해 대체 에너지 연료에 대한 메시지를 전달했다. 캠페인에서 그는 미국 대중을 초대해 정치인들에게 진정한 리더십을 요구하기도 했다. 레드포드는 자신이 누구인지를 명확히 아는 사람인 것처럼 보인다. 그는 여기저기를 자유롭게 누비며 자신의 일을 해나간다. 계획을 행동으로 옮기는 그

---

**70** CNN을 설립한 언론 재벌이자 자선사업가(1938~). 미국의 3대 방송사(NBC, ABC, CBS)가 정해놓은 시간에만 뉴스를 볼 수 있었던 시대에 '모든 사람이 자기가 원하는 시간에 마음대로 뉴스를 볼 수 있도록' 1980년 세계 최초 24시간 뉴스 채널 CNN을 설립.

**71** 미국의 배우(1936~). 선댄스 영화제의 설립자. 1969년 출연한 〈내일을 향해 쏴라〉로 명성을 얻기 시작했으며, 1973년작 〈스팅〉으로 오스카상 수상.

의 능력은 선댄스 영화제에서도 잘 드러난다. 그는 영화제를 통해 독립영화 제작자들에게 목소리를 낼 수 있도록 했다. '**진실을 말하고, 그 진실을 폭넓게 멀리 전할 수 있는 발판을 마련하자**'는 게 레드포드의 만트라mantra[72]인 듯하다. 이는 우리 모두가 따라야 할 좋은 모범을 보여주는 예이다.

목소리를 내어 말하는 건 또한 큰 슬픔을 극복하는 방법이 되기도 한다. 케이티 커릭Katie Couric[73]은 1998년 남편이 대장암으로 사망한 후 텔레비전을 통해, 보통은 받아들이기 쉽지 않은 주제인 대장암에 대해 많은 시청자들의 주의를 환기시켰다. NBC 〈투데이〉쇼의 공동 사회자이며, 주중 저녁 3대 뉴스 방송 중 하나인 〈CBS 이브닝 뉴스〉의 첫 여성 단독 앵커이자 편집국장인 커릭은 국내외 특종 긴급 뉴스를 담당했다. 그녀는 남편을 대장암으로 잃은 개인적 아픔을 겪고, 2000년 대장내시경 검사에 대한 내용을 방영했다. 그 결과 전국적으로 대장내시경 검사율이 20퍼센트나 상승했으며, 이를 두고 '커릭 효과'라고 불렀다.

커릭은 수많은 상을 수상했다. NBC 뉴스의 〈대장암에 대항하

---

**72** 특별한 힘이나 진동을 가진 말 또는 주문.

**73** 미국의 뉴스 캐스터, 언론인(1957~). 현재 미국에서 가장 권위 있는 뉴스 캐스터 중 하나이며, 〈타임〉지 선정 세계에서 가장 영향력 있는 사람 100인에 오른 여성 5인 중 한 명.

여〈Confronting Colon Cancer〉 시리즈로 2000년 3월 저명한 피보디
상Peabody Awards[74]을 수상한 일도 그중의 하나이다. 그녀는 미국
에서 암 사망률 2위인 대장암을 예방하고 조기발견하기 위해 교
육적인 프로그램을 개최하고, 의학 조사의 재원지원을 위해 전미
대장암 연구 연합National Colorectal Cancer Research Alliance을 발
족시켰다. 그녀는 매우 성공적인 후원을 받아 대장 및 다른 위장
암 치료를 위해 약 3천만 달러가량을 모금했다.


## 신성한 계획에 모든 걸 맡기자

다섯 번째 차크라는, 전통적으로 여성적 가치를 상징하는 '가
슴'과 보통 남성적 성향을 표현한다고 여겨지는 '머리'를 연결하
는 다리이다. 선택을 주관하는 센터로, 다섯 번째 차크라는 개인
의 내면과 외면 세계를 연결하는 다리이기도 하다. 역동적인 에
너지 센터로 고차원적 에너지와 순수한 창의성을 관장하는 자리
이다.

---

**74** 우수한 라디오·텔레비전 방송에 수여하는 국제상. 미국방송협회NAB와 조지아대학
교 이사회가 주최하며 방송계의 퓰리처상으로 불림.

건강하고, 균형 잡힌 다섯 번째 에너지 시스템은 신성한 의지를 한 몸처럼 그대로 느낀다. 신성한 의지는 고차원에서 전해지는 강력한 정신적 에너지로 새로운 의식을 깨우고, 심오한 깨달음을 불러일으키고, 개인의 의지를 강화한다. 개인의 의도를 영혼과 나란히 합일하여 우리의 목표와 목적을 이행할 수 있도록 한다. 왜곡되고 균형이 깨진 다섯 번째 차크라는 큰 흐름에 저항하며 자신의 방식대로 일을 이루려고 한다. 우주와 협상을 하려하는 것이다. 누구나 그런 경험이 있을 것이다. 모두들 '내 방식이 아니면 안 된다'고 생각한 적이 있지 않은가? 고요하고, 속삭이는 소리보다도 더 작은 내면의 목소리를 무시해 본 적이 있지 않은가?

## 더 나은 방법이 있다

단순히 의지의 힘 하나만으로 무언가 해보려고 노력을 했지만 성과가 없다면, 길에서 벗어났다고 생각해도 된다. 무언가가 잘 안될 때에는, 대부분 그렇게 일이 풀리려는 게 아니었던 것이다. 주위를 둘러보자. 더 나은 방법이 있을 수도 있다.

내가 음주와 문란한 성행위, 허위, 부정, 질병의 시절을 보내는 동안, 잠들기 직전이나 잠에서 막 깨어날 때 그 작은 소리를 들었다. 그 목소리가 내 안의 깊은 곳에서 하는 말을 들었고, 나는 조용히 **"언젠가 나는 자유로워질 거야"** 하고 대답했다. 어릴 적 수년 동안 밤마다 이렇게 말하며 잠을 청했다. 어머니가 해주는 입맞춤이나 따뜻한 포옹의 안락함 없이, 내 목소리로 나를 위로하면서.

진실을 밝혀내는 오랜 작업은 20년 이상 걸렸고, 많은 작업이 필요했다. 그러나 이제는 매우 친밀하게 느껴지는 내 자아self를 만나게 되었고, 다시는 더 이상 숨기고 싶지 않다. 진실을 찾기 위해서는 날마다 내 자아와 만나 확인하고, 나 자신과 대화하고, 자연스럽고 확실하게 나의 진실을 말하는 과정을 밟아야 한다. 이는 자신이 더 높은 의지higher will와 나란히 놓여 있는지를 확인하는 한 방법이기도 하다.

내게 오는 사람들은 때로, 자신의 힘으로 어쩔 수 없다고 해서 일을 그대로 놓아두기만 하면 실패를 인정하는 것일 뿐이라고 말한다. 그러나 많은 경우 상황은 그 반대이다. 고차원의 힘에게 겸손하게 맡긴다거나 혹은 단순히 우리보다 더욱 큰 힘에게 도움을 청하는 것은 우주에서 통용되는 방법이자 또한 내면에 힘을 실어주는 방법이다. 내맡기고, 자기가 원하는 방식으로만 되어야 한다고 생각하는 아집을 버리며, 다른 방법이나 가능성이 나타날 수 있도록 허용하고, 성공을 이루어 받아들일 수 있도록 우리 자신을 열어두라.

바라는 바를 말하고, 행동을 취하고, 일어나야 할 일이 일어나도록 말과 행동의 균형을 잡는 것이 중요하다. 그만 밀어붙이고 힘을 빼자. 허용하고 모든 걸 맡기자.

다음의 질문을 해보자.

- 과도하게 지휘하고 조직하는 경향이 있는가?
- 나의 근본적인 두려움은 무엇인가?
- 지금 내 상황에서 바로 이완하고 내맡긴다면let go 무슨 일이 일어날까?

위의 질문에 진실하게, 어떤 가식도 없이 대답한다면 그 자체로 치유의 과정이 될 수 있다. 그대로 맡긴다는 건 그저 하나의 단어나 생각을 나타내는 개념이 아니다. 나의 상태를 의미한다. 자신이나 자기 주변 사람들을 과도하게 통제하는 경향이 있다면, 새로운 만트라를 만들어보자. "내 삶, 건강, 관계, 재무 상황, 그리고 모든 작은 것까지도 그 흐름을 우주의 힘에게 맡기도록 선택합니다." 그러면 훨씬 안정감을 느끼게 되고, 혼자라는 느낌이 들지 않게 된다.

모든 것을 맡기는 길이라고 잘 알려진 단계는 다음과 같다.

- 판단하지 않는다.
- 기대를 하지 않는다.
- 이유를 알아야 한다는 마음을 버린다.
- 계획하지 않았던 사건과 상황은, 나아갈 방향을 제시하는 신호라고 믿는다.

알코올 중독자 협회와 그 분파 기관의 회원들은 '평정의 기도 Serenity Prayer'라고 불리는, 모든 걸 겸손하게 맡기는 다음과 같은 만트라를 외운다. "신이여, 내가 바꿀 수 없는 것들을 받아들일 수 있는 평온한 마음을 주시고, 내가 바꿀 수 있는 것들은 바꿀 용기를 주시고, 그 둘의 차이를 알 수 있는 지혜를 주십시오."

## 자기표현

진실을 말한다는 건 각 개인의 개별적 진실을 말한다는 의미이다. 그러므로 각자에게 진실은 모두 다를 수 있다는 점을 이해해야 한다. 회의나 강연에 참여하여 연설자의 연설을 듣고는 함께 있었던 사람들과 노트에 적은 내용을 비교해 본 적이 있는가? 말한 내용은 같은데 들은 사람은 모두 다르게 받아 적었을 것이다. 우리 모두는 자신만의 관점을 통해 들어오는 말과 생각을 걸러서 받아들인다. 그렇기에 다른 '진실'을 듣는다.

진보 성향의 사람이 보수 성향의 토크쇼를 듣는다면, '죄다 거짓말이야!' 하고 생각할 수 있다. 반대로 보수 성향의 사람이 진보 성향 정치인의 말을 듣는다면 물론 똑같이 생각할 것이 분명하다. 진실은 어디에 있을까? 개인적인 편견은 우리가 보고, 맛보고, 냄새 맡고, 느끼는 모든 것에 존재한다. 나는 블루베리를 좋아하지만, 당신은 싫어할 수 있다. 내가 블루베리가 맛있다고 말한다면, 그 말이 당신에게도 진실인가? 나는 어머니에게서 증오심과 거부감을 느꼈지만, 그녀는 다른 감정을 느꼈을 수도 있다. 그러므로 우리가 할 수 있는 건 '우리의 진실'을 말하는 것뿐이다. 물리적, 정신적, 감정적, 영적 경험에 대한 정직한 느낌을 진실하게 말하는 것이다.

자기표현이 어렵다면, 혼자만의 문제는 아니다. 우리 모두 어떤 방식으로든 우리의 생각과 감정을 억눌러왔기 때문이다. 우리 대부분은 자신이 누구인지조차 잘 모른다. 진실을 표현하는 방법을 좀 더 배우고 싶다면 일기를 써보자. 내면을 향한 탐사에 든든한 길잡이가 되어 줄 것이다. 돈도 거의 들지 않는다. 편안한 의자, 펜, 종이 혹은 컴퓨터만 있으면 시작할 수 있다.

일기를 쓸 때에는 완전하게 진실해야 한다. 있는 그대로 적는다. 화가 나 있다면, 화가 났다고 적는다. 적은 내용은 검열하지 않는다. 자기 자신을 있는 그대로 받아들이자. 겉으로는 화려하고 모든 게 잘 잡힌 듯 보이는 상황일지라도, 안으로는 두려움에 떠는 아이가 있다고 느낄지 모른다. 그걸 그대로 적는다. 아내의 가족을 만나러 갔는데, 그들이 내가 바보 같고 굴욕적이라고 느끼게 만들었다면, 그 감정을 그대로 적는다. 진실을 쓰고, 쓰고, 또 쓴다.

여기서 중요한 건 진정성이다. 자신의 일기 한 장 한 장에 진실할 수 있다고 믿는다면, 이 세상에서도 진실할 수 있다고 믿게 된다. 내가 진실을 표현할 때 내 몸 전체가 얼마나 편안해지는지 그저 느껴보자. 내가 나 자신이 되도록 허락하는 것이다. 내 마음을 표현하고, 내가 누구인지 말할 수 있는 진실의 목소리를 내어보자.

지금이 아니면, 언제 하는가?

다섯 번째 에너지 센터의 균형을 살펴보기 위한
# Checklist

다음의 질문에 답해보자.

1   181쪽에서 열거한 증상이 있는가?   ☐

2   만성적으로 목이 쉬어 있는가?   ☐

3   계속해서 목이 아프거나 비염 등의 문제가 있는가?   ☐

4   경추나 어깨에 자주 통증이 있는가?   ☐

5   너무 많이 말하거나 너무 크게 말하는가?
    말을 더듬거나 말을 잘 안 하려고 하는가? 잘 안 들리는가?   ☐

6   수줍어하는가?   ☐

7   자신 있게 생각을 말하는가, 아니면 늘 할 말을 편집하는가?   ☐

8   시간과 리듬의 흐름을 잘 타면서 창의적으로 살고 있는가?   ☐

9   나 자신에게 정직하고 개인적으로 필요한 욕구에
    책임을 다할 수 있는가?   ☐

10  내면의 지침을 듣고 행동에 옮길 수 있는가?   ☐

# 6장

# 누구를 위한 거짓인가

홀로 깨어서
내면의 메시지에
귀를 기울이라

제3의 눈 차크라
THIRD EYE

술을 끊고 나자 기억이 몰려왔다. 내가 항상 소중하게 여겼던 '우유와 쿠키' 같은 따뜻하고 포근한 기억은 아니었다. 어린 시절에 나는 신디와 정기적으로 만났다. 신디는 최근에 있었던 일을 알려줬다. 아빠가 (나 말고 신디에게) 저지른 그 모든 저속하고 수치스러운 일들을. 폭력적이고 비뚤어진 기억에 이르자, 왜 그랬는지는 잘 모르겠지만 신디가 그 기억을 미리 검열하여 잘라냈다는 사실을 알게 되었다. 그 검열은 내가 진실을 맞이할 준비가 되면 될수록 조금씩 조금씩 녹아 없어졌다.

공식적으로는 내가 아니고 신디가 문란한 아이였다. 신디와 나는 우리가 아는 최선의 방법으로 인정을 받으려고 했다. 슬픈 사실이지만 그건 아빠가 우리에게 가르쳐 준 바로 그 방법이었다. 과거에 내 앞에 줄 선 남자들을 되돌아보면, 이젠 그들 모두는 내 불확실한 자존감을 지탱해주기 위해 이용되었던 '정복된 남자들' 이라는 걸 알게 되었다. 이런 자각은 내가 남자들과 관계 맺는 방식을 개조하는 데 도움이 되었다. 시간이 흐르면서, 나는 유혹의 옷을 벗고, 긴 머리를 자르고, 처신을 바로 하기 시작했다.

이제는 남자들과 함께 있어도 긴장을 풀고 내 자신이 될 수 있다. 그들의 성적인 환상을 이용하거나 그들을 정복할 필요가 없어졌다. 입으로 하던 것도 이젠 그만. 다 끝이 났다.

다음의 격언을 누구나 들어본 적이 있을 것이다. '제자가 준비되면, 스승이 나타난다.' 마찬가지로 내가 준비되면, 내 역사의 한 부분(잃어버린 혹은 발견되지 않은 이야기)이 의식의 수면 위로 떠오른다. 이와 같은 이야기의 조각은 우리에게 '스승' 역할을 하여 진실을 향할 수 있도록 방향을 잡아주고 이끌어준다. 그 조각들은 꿈으로, 때로는 직감이나 놀라운 통찰력으로, 때로는 질병의 형태로 다가와 살살 찌르거나 삶을 위협하기도 한다. 어떠한 형태이든, 이 길을 잃은 조각들은 우리 무의식의 심연으로부터 떠올라 우리를 깨우고 우리가 더욱 온전해질 수 있도록 돕는다.

타호 호湖[75] 동쪽에 있는 산에 캠핑을 갔을 때, 어디로든 이끄는 데로 따르고 신뢰하는 법을 배웠다. 남편은 다음날 오기로 되어 있었고, 나는 캠프장으로 가는 길에 허브와 천연 약재를 파는 작은 동네 상점에 들렀다. 계산대에는 예순 살가량 되어 보이는 여인이 앉아 있었다. 그녀는 현대식 샤먼shaman처럼 보였고, 마침 나는 내 의료적인 문제를 도울 수 있는 사람을 찾고 있던 참이라 "혹시, 힐링 작업을 하시나요?" 하고 물었다.

자신의 능력을 잘 드러내지 않던 그녀는 흠칫 놀라며 어떻게 알았냐고 물었다.

"뭐, 그냥 느낌이 그랬어요."

그날 늦게 그녀가 나를 자신의 집으로 초대했다.

내가 도착하자 그녀는 점술 지팡이 같은 'V'자 모양의 긴 막대 두 개를 꺼내어 그 이상한 도구를 내게 갖다 대었다. '흠, 이건 좀 흔하지 않은 일인데.' 나는 생각했다. '이렇게 작업하는 사람은 본 적이 없어.' 나는 제멋대로였던 20대에서부터 정신을 차리게 된 30대를 가로지르며 수많은 힐러들에게 인도되었던 지라, 그래도

---

75 Lake Tahoe: 미국 캘리포니아주州와 네바다주 사이에 있는 세계에서 여덟 번째로 깊은 호수. 경치가 아름다워 피서지와 스키장 등으로 활용됨.

그 과정을 신뢰하였다. 그녀는 마사지 침대에 누우라고 하였다. 그런 후 내 주위를 돌아다니며, 내 몸 위에서 무언가 손짓을 하였다. 그러고는 앞으로 며칠 동안 정신을 차리고 내 자신에게 아주 조심스럽게 대하라고 조언했다.

그날 밤, 나는 캠핑장으로 돌아와 몸을 웅크리고 텐트에서 잠이 들었다. 깜깜한 밤중에 흠칫 놀라 잠에서 깼다. 주위를 둘러보다가, 내가 본 광경에 크게 놀랐다. 텐트 안에 내가 두 명이었다! 나는 곧 그게 신디라는 걸 알아차렸다. 신디는 "상자 안에 무엇이 들어있는지 알고 싶어?" 하고 내게 물었다.

내가 보지 못하는 어딘가에 비밀을 담은 상자가 숨겨져 있다고 하는 그녀의 말에도 나는 전혀 놀라지 않았다. "그래, 상자 안에 무엇이 들어있는지 보고 싶어."

신디는 상자 안에 무엇이 들어있는지 보여주었고, 나는 다시 잠이 들었다.

다음날 아침에 에릭이 오자 그에게 내가 겪은 일을 말해주었다. 그는 "상자 안을 봤어?"라고 물었고, 나는 "응"이라 대답했다.

"무얼 봤는데?"

"모두 성폭행에 대한 거였어."

"예전에 성폭행을 당했다는 생각이 들어?"

"나도 잘 모르겠어." 나는 거짓말을 했다.

나는 성폭행에 대해서 누구에게도 얘기해 본 적이 없다. 내가 열다섯 살 때부터 다닌 정신과 의사에게도 말하지 않았다. 신디와 함께한 일과 그 상자에 대해서 에릭에게 언급한 것만 해도 내게는 진실 함구령을 푸는 커다란 행보였다. 그러나 아직도 상자 안에 있었던 폭력적인 영상과 기억을 모두 밝힐 준비는 되어 있지 않았다. 어느 누구에게도, 남편에게조차도 말하기가 너무나 창피했다. 내가 받은 과거의 학대 경험을 다른 사람들에게 알릴 준비가 되기까지는 많은 시간이 필요했다. 이제는 다른 사람과 경험을 나누는 그 자체가 치유의 중요한 부분이라는 걸 안다.

그 상자는 나의 직관력이 열릴 준비를 하고 있다는 신호였다. 내가 알지 못했던 나의 일부를 만날 수 있게 되는 길이 열리려 하고 있었다. 내 의식이 아닌 신디의 의식 안에 있었던 부분과의 만남을 의미했다. 상자는 내 내면 안의 다루기 힘든 가족 구성원을 한 방에 모이게 하기 위해 고용된 중재자와 같았다. '성인 나'는 나의 막무가내 행동을 이해할 수 없었고, 그 상자는 내 정신이 내 주의를 끌기 위해 고안해 낸 똑똑한 방법이었다. 말 그대로 **'안을 들여다보라'**는 초대였다. 나는 이런 수수께끼를 사랑했고, 다음 몇 년간 억압된 기억이 조금씩 의식으로 올라오게 되면서, 꼬여 있었던 개인적인 미스터리를 풀게 되었다.

직관력은 특별한 소수에게만 주어지는 재능이라기보다는 숙련된 능력skill으로 이해하는 게 맞다. 우리 모두는 타고난 직관적인 능력이 있다. 많은 요소가 직관력 계발의 여부를 좌우한다. 내 어린 시절의 결핍은 신경계를 비상경계 태세로 돌입하도록 하여 비범한 직관적 능력을 개발하도록 만들었다. 살아남기 위해서 암시적인 속뜻을 읽을 수 있게 되었다고 할 수 있다. 이와 같은 능력은 모든 종류의 미묘한 신호를 읽을 수 있을 때까지 발전했다. 눈짓과 몸짓에서부터, 그에 대해 표현하기는커녕 아주 끔찍한 일을 경험한 사람들이 보여주는 미묘한 감정적인 변화까지도 읽을 수 있게 되었다. 나는 사람들을 깊게 느끼고, 그들의 숨겨진 동기를 감지하고, 깊은 공포와 어두운 악마를 감지하는 기술을 연마했다. 그들이 가장 알고 싶어 하지만 아직 들여다보지 못한 부분을 수면위로 올린다. 그런 부분은 때로는 치유가 시작될 수 있도록 의식의 세계로 불러 올 필요가 있다.

나의 직관은 비즈니스에서도 매우 효험이 있었다. 젊은 변호사와 호텔 개발자인 내 비즈니스 파트너들은 장래의 우리 비즈니스 관련자들과 그들의 개인적 성향에 대해 모든 걸 알아내는 놀라운 내 능력에 대해 종종 평을 했다. 긴장과 흥미를 동시에 갖고서 그들은 놀리듯이 "심령술사 맞네"라고 말하며 진행중인 소송 건이나 비즈니스 거래의 결과에 대한 나의 인상을 물었고, 나는 매우 이상하게도 정확한 예견을 하였다. 그러나 내 안의 감춰진 자아를 향해서는 이런 기본적인 직관적 통로가 닫혀 있었다. 질병이 발생하면, 종종 그 원인에 대한 직관적 느낌은 있었지만 말도 안된다며 무시하곤 했다. 내부의 징이 ˮ깨어나!ˮ라며 울려대고 있었지만, 나는 그대로 문을 닫고 있었다.


## 여섯 번째 에너지 센터: 제3의 눈 차크라

여섯 번째 차크라는 직관의 근원이다. 눈썹 혹은 '제3의 눈' 센터로 불리며 양 눈썹 사이에 자리하고 있다. 제3의 눈이 열리기 시작하면, 그 전에는 단순하게 완전한 우연이라고 여기던 일들 사이의 연관을 보고 감지할 수 있게 되는 신비로운 일치 현상이 일어난다. 이 에너지 센터가 활성화되면, 다른 차원에서 보고, 다른 차원에서 느끼고, 다른 차원에서 들을 수 있는, 오감의 일반적인 범위를 넘는 잠재력이 발달하게 된다.

여섯 번째 에너지 센터가 깨어나면 영감, 통찰력, 관점, 지혜, 비전을 불러올 수 있게 되고, 상상할 수 없는 황홀함의 경지로 들어서게 된다. 관건은 우리가 이와 같은 타고난 능력이 개발되도록 허용하는지 여부이다. 여섯 번째 에너지 센터(고차원적인 시각의 자리)가 닫히면, 직감으로부터 단절되었다고 느끼거나 우리가 보는 걸 신뢰할 수 없게 된다.

우리가 무의식적으로 우리의 시야를 어떻게 차단하는지를 보여주는 좋은 예는 레이 찰스Ray Charles Robinson[76]의 삶에서 발견할 수 있다. 레이 찰스는 다섯 살 때, 밖에 있는 욕조에서 남동생이 익사하는 걸 목격했다. 레이는 동생을 꺼내려고 노력했으나 살릴 수가 없었다. 이와 같은 충격적인 일이 있은 후, 그는 자신의 시력을 잃기 시작했고, 일곱 살 즈음에는 완전히 볼 수 없게 되었다. 레이 찰스는 음악가로서 놀라운 성공을 이루었지만, 그가 젊은 청년일 때에는 헤로인에 중독되기도 했다. 중독은 우리가 보고 싶지 않을 때 피하는 또 다른 방법이다. 레이 찰스가 자신의 고통을 음악으로 승화할 수 있었음에도, 그는 내면의 벽을 세워 고통스러운 일로부터 그의 시야를 차단했던 듯하다.

어린 시절 아버지가 나에게 저지른 끔찍한 만행은 나의 여섯 번째 에너지 센터에 커다란 타격을 가했다. **나는 아버지의 폭력을 보고 싶지 않았다.** 신디가 폭력 관리를 전담하도록 해두고, 내

---

76 미국의 맹인 가수(1930~2004). 작사가이자 피아니스트이며 소울, 블루스 등 흑인 음악의 대부로 불림.

가 일어난 일을 마주할 수 있을 때까지 내 공포를 옆으로 밀어놓아 두었다. '그 상자'를 처음으로 들여다 본 이후 수많은 시간이 소요된 내면의 작업을 거쳤다. 그리고 나는 마침내 나의 직관과 친구가 되었다. 그 직관이 내 삶과 연관되어 있었으므로. 시간이 흐르면서 나는 내 윤리적인 경계를 중시하게 되었고, 나의 통찰력을 인정하게 되었으며, 그에 따라 선택을 하게 되었다.

왜곡된 여섯 번째 차크라는 시력과 기억력, 집중력의 감퇴와 더불어 닫힌 마음, 악몽, 꿈을 기억하지 못하는 증상 등으로 나타난다. 이 에너지 센터와 연결된 몸의 부분은 뇌, 신경 체계, 뇌하수체와 송과샘, 눈과 코이다.

왜곡되거나 닫힌 여섯 번째 에너지 센터는 다음과 같은 신체적인 질병으로 나타난다.


- 두통
- 상단 혹은 전면 부비강 문제
- 신경계 이상
- 나쁜 시력, 녹내장, 백내장, 시력 감퇴, 실명
- 뇌졸중, 뇌출혈, 뇌종양


여섯 번째 에너지 센터는 식별하는 안목에 대한 센터이다. 여섯 번째와 일곱 번째 차크라 모두 유전자에서부터 중추신경계의 기능까지 몸의 생리학을 관장하는 내분비샘[77]과 긴밀하게 연결되어 있다. 모든 다른 내분비샘에 영향을 주어 종종 분비샘의 '마스터'라고 불리는 뇌하수체도 여섯 번째 에너지 센터와 관련 있다. 뇌하수체는 뇌와 면역 체계를 연결하고, 외상을 경험한 후 이를 뇌에 기록하는 방법에 영향을 미쳐, 향후 알레르기나 질병으로 이어지게 된다.

직관이나 '투시력'은 이성적인 마인드를 최고로 치는 문화에서는 종종 경시된다. 서구 문화적 전통은 지적 능력에 의존하고, 직관적 재능을 속임수라며 거부한다. 그러나 최근 들어 일반 대중은 보이지 않는 세계에 흥미를 보이고 있다. 〈미디엄Medium〉[78]과 〈심령 수사Psychic detectives〉[79] 같은 TV 드라마가 인기를 얻고 있다는 점이 이런 대중들의 관심을 잘 보여준다. 문화적으로, 직관은 우리에게 도움을 주는, 계발할 수 있는 실제 현상이라는

---

**77** 내분비샘 또는 내분비선內分泌腺, endocrine gland: 호르몬 등 각종 분비물을 만들어 혈액이나 림프액 속으로 직접 내보내는 뇌하수체·갑상선·부신·난소·정소 등의 기관.

**78** 타고난 영매이자 예지몽, 사이코메트리 등 다양한 능력을 가지고 있는 여주인공이 지방검사 사무실에서 일하면서 자신의 초능력으로 미궁에 빠진 사건을 해결하는 미국 드라마.

**79** 심령술을 가진 형사들이 범죄를 수사하여 해결하는 과정을 그린 미국 드라마.

생각이 더욱 익숙해지고 있다. 개개인 모두가 타고난 능력을 열고 계발하기로 선택한다면 직관의 형태로 심령 수사에 연결될 수 있다.

나의 치유 순례가 인식의 높은 차원으로 나를 인도하게 되자, 신디가 상자를 보여 준 시절로 되돌아가볼 수 있었다. 내 정신은 통합을 원하고 있었다. 신디가 상자에 보관하고 있었던 분리된 의식의 부분을 한데 묶어야 하는 시간이 다가왔던 것이다. 나는 아버지와 어머니의 좋고, 나쁘고, 추한 모든 그림을 볼 준비가 되어 있었다.

## 단일 의식

단일 의식unity consciousness의 관점에서, 우리는 모두 하나이다. 그리고 다른 사람에 대해 말하는 모든 건 우리에 관한 말이 될 수 있다. 세상의 폭군도 우리 모두의 안에 있는 폭군적인 면을 반영한다. 나와 너, 우리 편 아니면 다른 편 같은 이중성을 넘어서서 단일성의 깊은 진실을 보려고 노력하면, 우리가 각자 분리되어 있다는 잘못된 생각을 치유할 수 있다.

대중적인 나의 치유 강연에서, 한 여성이 개별적인 도움을 받고자 손을 들었다. 갓 서른이 된 로라는 강연장 앞쪽으로 나와서 낭포성섬유증囊胞性纖維症[80]을 앓고 있다고 밝혔다. 이 호흡기 질환으로 이미 그녀의 두 폐는 많이 손상되었다. 폐 이식 후, 그녀의 몸은 이식된 폐를 거부하기 시작했다. 많은 양의 스테로이드제를 투여하여 거부반응을 막고 있었지만, 별로 괜찮아 보이지 않았다. 그녀는 폐 이식 몇 달 후 뇌졸중을 겪었다고 한다.

로라의 몸과 마음 안으로 깊게 내려가 보니, 그녀의 무의식적인 생각에서는 이식된 폐를 "그녀의 것이 아니다"라고 말하고 있었다. 이런 생각이 무심코 거부반응을 일으켜 그녀를 죽이고 있었다. 그래서 나는 우리 모두는 분리되어 있지 않은 하나라는 점을 조심스럽게 깨우치며, 새로운 폐를 진정한 자신의 한 부분으로 여겨 환영하라고 로라에게 조언했다. 그녀가 그 생각을 받아들이자, 인식 안에 빛이 하나 켜졌다. 로라는 바로 긴장을 풀었다. 이식수술 후 거의 일 년이 다 되어가는 동안 공포를 느끼며 살았다고 고백했다. 공포에서 감사로의 전환은 자신만이 할 수 있다는 걸 그녀 자신이 알아차리자 강력한 진실이 돌아왔다. 그와 동

---

**80** 상염색체 열성 유전성 질환. 주로 허파에 큰 문제를 일으키며, 이자, 간, 창자에도 영향을 끼침. 상피 조직을 통해 염화 이온과 나트륨을 운반하는 데 이상이 생기게 되어 두껍고 끈적거리는 점막이 만들어짐.

시에, 폐를 거부하는 면역반응이 잠잠해져 나는 그녀의 치유를 더욱 가속화 할 수 있었다.


## 악을 보지 말라

마이크는 녹내장 진단을 받고 레이저 눈 수술 권유를 받은 후 나를 찾아왔다. 그는 시력을 잃을지 모른다고 걱정을 하던 차에 도움을 요청해 보기로 한 것이다. 사무실 문을 채 닫기도 전에 그의 이야기가 쏟아져 나왔다.

약 16년간, 마이크는 리조트 단지 내 작은 부티크 호텔의 매니저이자 공동 소유주로 일을 해왔다. 다른 지역에 살고 있는 그의 동업자가 호텔 구입 경비를 지원했고, 지분의 절반을 소유하였다. 3년 전, 마이크는 아름답고, 사랑스럽고, 다정한 에밀리라는 여성과 결혼했다. 아내는 그에게 잘해주었고, 에밀리가 호텔에서 일하고 싶어 하자 마이크는 아주 기뻐했다. 그녀는 사람들과 잘 어울렸고, 알고 보니 비즈니스에도 수완이 좋았다. 몇 달 만에, 마이크는 그녀를 안내데스크 매니저로 승진시켰다. 그러나 그녀가 안내데스크에서 일한 지 오래되지 않아 장부가 그날그날 항상 맞지 않는다는 걸 알게 되었다. 없어진 금액이 처음에는 적었지만 점차로 그 금액이 커졌다.

　마이크는 경험이 많은 매니저라 직감적으로 그 금액을 에밀리에게 추적해볼 수 있다는 걸 알았다. 그는 그런 직관이 두려워, 어느 직원이 횡령하였는지 확실히 알 수 없다고 자신을 설득했다. 그러나 마이크는 그 문제를 해결하려 하지 않는 게 동업자를 속이는 것은 아니라고는 스스로 설득하지 못했다. 내면의 갈등이 안에서 곪았다. 내가 그의 이 같은 갈등을 그의 눈 문제와 연결했을 때 마이크는 놀라지 않았다. 나는 그에게 **보지 않으려는** 엄청난 노력이 그의 시신경에 막대한 양의 압력을 가했다고 설명했다.

　마이크와 에밀리가 처음 데이트를 시작했을 때, 그녀는 그에게 꽤나 자랑스럽게 자신은 '창의적인 장부 기입자'라고 말했다. 대학생일 때는 차고에서 이웃을 위한 중고 바자회를 열어 생계를 유지했고 자신의 몫보다 많은 금액을 챙겼다. 나중에는 그녀가 관리하던 한 소매상점에서 약간의 돈을 훔치게 되었다. 그녀는 관리 의무를 다하고도 받지 못한 초과 근무 수당에 대한 적당한 보상이라며 자신의 행동을 정당화했다. 마이크는 그녀의 행동이 도둑질이며 에밀리가 스스로에게 정직하지 못하다고 생각했지만, 그녀에게는 그렇게 말하지 않았다.

　결혼을 하면 서로에게서 보이는 부분뿐 아니라 볼 수 없거나 보고 싶지 않은 부분까지 믿어버리게 된다. 마이크는 에밀리가 다른 사람의 돈을 어떻게 관리하는지 보고 문제를 감지했지만, 그에 대해 언급하지 않기로 했다. 그녀는 자신의 소액 도둑질이 별거 아니라고 생각했으며, "다른 사람들도 모두 그렇게 한다"고 주장했다. 그녀가 추궁하자 마이크는 자신도 그런 비슷한 일을 한 적이 있다고 인정했다. 에밀리는 죄의식이나 수치심이 없어보였고, 자신의 행동이 완전무결하다고 생각했다. 그녀가 생각하기에 사소한 화이트칼라 범죄white-collar crime[81]는 불공평한 체제를 타파하는 하나의 방법이었다.

## 악을 보지 말라?

'나쁜 것은 보지 말고, 말하지 말고, 듣지 말라'를 상징하는 세 마리 원숭이의 이미지는 우리의 문화적 의식에 새겨져 있다. 어떤 차원에서는 '진실을 보지 말고, 말하지 말고, 듣지 말라'는 것을 미덕으로 여기고 있기도 하다.

사실 우리의 감정적, 신체적, 정신적 건강을 지키려면 균형이 잘 맞아야 한다. 진실을 보고, 말하고, 들어라. '있는 그대로' 하라.

---

81 사회적으로 관리자·지도자 입장에 있는 사람이 직무상의 지위를 이용하여 행하는 범죄행위. 횡령, 사기, 문서위조, 탈세, 신용카드의 부정 이용, 증권 조작, 뇌물수수, 컴퓨터 범죄 등.

그러나 마이크가 보기에는 그녀가 '타파'하고 있는 체제는 오직 그녀 자신이었다. 그는 에밀리가 자신들 두 사람 모두에게 상처를 주고 있다고 생각했지만, 그녀에게는 그렇게 말할 수 없었다.

마이크의 에너지 장을 정화하고, 균형을 맞추고, 충전하고 난후에, 나는 그에게 만일 그가 그녀의 행동에 대해 어떻게 생각하는지 진실을 말하지 않는다면 시력은 더욱 악화될 거라고 말했다. 마이크는 그녀가 자신을 떠날까봐 두렵다고 고백했지만, 고민 끝에 자신의 시력과 진실성을 잃는 게 너무나 커다란 대가를 치르는 일이라는 사실을 깨닫게 되었다. 자신의 동업자가 이 일을 알게 되어 법적 소송을 벌이게 될지도 모른다는 사실 또한 염려스러웠다. 마침내 마이크는 이와 같은 걱정거리들을 다루지 않고서는 그의 결혼이 유지될 수 없다고 결론 내렸다.

마이크는 집으로 돌아가서 에밀리에게 그녀가 하는 역할이 사업적으로 볼 때 믿음이 가지 않는다고 하며 그녀에게 다른 일을 찾아보았으면 한다고 했다. 그녀가 몰래 돈을 은닉하고 있었다는 걸 알고 있었으며, 더 이상은 허용할 수 없다고 했다. 둘 사이에 커다란 싸움이 일어났다. 그래도 마이크는 자신의 입장을 고수했고, 에밀리는 이전에 하던 소매영업일로 돌아갔다. 상황이 좀 진정되자 에밀리는 마이크가 명확하게 선을 그은 것에 대해 감동받았다고 털어놓았다. 진실성을 주장하는 그의 모습은 둘의 관계에 예상치 못한 선물이 되었고, 에밀리는 자신의 행동을 재평가하기 시작했다. 그녀는 마이크에게 자신의 행동은 어머니에 대한 오래된 화에서 비롯되었다는 걸 알게 되었다고 실토했다. 그녀 삶의 첫 번째 권위자였던 어머니는 에밀리를 부당하게 대우했다. 어머니는 권력 있는 사람을 이용하고, 자신의 것이 아닌 걸 차지하는 방식을 통해 스스로 힘이 있다고 느끼는 사람이었다. 마이크의 행동은 그 자신의 치유를 도왔을 뿐 아니라, 에밀리의 새로운 인식의 눈을 깨웠다. 예상치 못했던 보너스였다.

몇 달 후, 마이크의 안과 의사는 안압이 줄어들었으니 수술은 더 이상 필요 없겠다고 말했다. 마이크는 아내의 횡령에 대해 직시하고 그에 대해 강경히 대응하기로 했던 자신의 의지야말로 상황이 좋아진 직접적인 이유라고 확신했다.

의식 아래에 숨겨놓거나 배우자에게 비밀로 남겨놓은 거짓말은 관계에 긴장감과 압박감을 형성한다. 진실을 받아들이고 피할 수 없는 결과를 인정하는 길에는 위험과 보상이 공존한다. 마이크의 경우, 긴장을 해소하는 결과 그의 증상이 호전되게 되었다. 진실은 치유한다.

## 창의적인 비전

진실을 억누르면 여섯 번째 차크라의 측면인 창의성에 영향을 미치게 된다. 성공한 시나리오 작가인 제임스는 액션·모험 영화로 큰돈을 벌었다. 그는 글을 쓸 내용이나 아이디어가 떠오르지 않아서 애를 먹고 있던 차에 내게로 왔다. 종전에 제임스는 기록적인 시간 내에 개념에서 아이디어를 얻어 창작을 해내는 뛰어난 능력을 보여주었다. 그러나 1년 전쯤부터 그 능력이 갑자기 고갈되었다. 모든 영감을 잃고 더 이상 프로젝트를 끝낼 수 없었다. 업계에서 그의 명성이 위태로워졌을 뿐 아니라, 그의 재정 상황 또한 매우 우려스러운 지경이었다. 그의 가족은 그의 성공으로 가능하던 생활수준에 익숙해 있었다. 그의 아내는 제임스가 긴장을 풀면 된다고 생각하여, 좀 더 정기적인 휴식과 짧은 여행 혹은 장기 휴가를 권유했다. 그러나 그 어떤 것도 그의 창의적인 우물을 재충전시키지 못하는 듯했다.

처음 내 사무실에 왔을 때, 제임스는 힐링 작업에 대해 회의적이고, 주저하였다. 그는 '손해 볼 건 없다'는 태도로 오긴 왔으나 내가 정말로 도움이 될지는 솔직히 의심이 된다고 고백했다. 나는 제임스의 여섯 번째 차크라가 완전히 닫힌 걸 보았다. 창작 과정에 언제부터 문제가 생겼는지 묻자, 그는 자신의 이야기를 들려주었다. 몇 년 전, 한 프로듀서가 제임스가 일을 막 시작한 시기에 구상했던 액션·모험 영화에 관심을 보였다. 제임스는 그 이야기에 대한 열정이 식었으나, 프로듀서는 그 프로젝트가 블록버스터가 될 거라며 꽤 많은 금액을 제시했다. 제임스는 가난하게 자랐고 어린 나이에 부를 이루었다는 사실을 항상 자랑스럽게 생각했다. 상당한 금액이 걸린 프로젝트는 거절하는 법이 거의 없었다. 그래서 그의 직관이 이건 아니라고 분명한 메시지를 전달하는데도, 그는 그 프로젝트를 맡기로 했다.

제임스는 대본을 완성했지만, 벌집을 쑤신 듯 끔찍하고 소란스러운 2년의 시간을 보내야 했다. 마치 자신의 삶과 아이디어를 양도하기로 서명한 것처럼 느껴졌고, 또한 돈과 성공을 보장한다는 말에 혹한 자신에게 화가 났다. 비록 작가로서 성공은 했으나, 그는 자신이 'A급'은 아니라고 생각했고 업계에서 그 위치에 있는 사람들을 부러워했다. 나는 그의 에너지 장이 영화라는 분야와 나란히 맞추어져 있지 않았음을 보았다. 그의 이야기는 착취적이었고 불필요한 폭력이 난무했다. 제임스는 오랫동안 젊은 시절의 화를 방치해 두었고, 그 화는 수년 전에 나온 그 이야기의 원천이 되었다. 나는 그에게 이 프로젝트 작업을 하면서 자신의 윤리관을 위배했다고 느끼는지 물었다. 그는 잠시 생각해보더니 혼란스럽다는 듯이 나를 바라보았다. 나는 좀 더 직접적으로, 자신의 이야기에 대해 **기분이 좋으냐**고 물었다. 처음에 그는 헛기침을 하고 우물거리다가, 마침내 그 줄거리가 더 이상 마음에 들지 않는다고 털어놓았다. 이제는 더 이상 폭력으로 문제를 해결할 수 있다고 생각하지 않으며, 그 영화는 무책임한 메시지를 담고 있는 것 같다고 말했다. 제임스가 그 프로젝트를 인정하지 않는 마음과 그의 신념을 돈과 유명세를 위해 저버렸다는 느낌과의 연결점을 찾자, 무언가 그의 내면에서 긴장을 푸는 듯 했다. 그는 자기 마음속에서 명예롭지 않은 선택을 한 자신을 용서할 수 있었다. 그는 마음에서 우러나오지 않는 프로젝트는 더 이상 할 수 없다는 걸 알게 되었고, 이제는 자신의 재능을 긍정적인 메시지를 전달하는 데 사용하고 싶었다. 그에게는 그의 아이들이 영감의 원천이었고, 더 이상 '싸구려'를 쓰거나 만들고 싶지 않았다.

여러 세션 후, 제임스는 컴퓨터 앞에 앉아 글을 쓰고 싶어졌다. 그의 뮤즈가 그 어떤 때보다 강하게 돌아왔다. 그는 이제 자기 내면에 파란불이 들어올 때에만 창작 프로젝트에 참여한다.

나는 음악가, 화가, 사진작가, 소설가, 안무가와 같은 예술가들에게서 종종 이런 경우를 보았다. 예술가들은 자신의 근원과 단절되고 진정한 목표에서 벗어나면 영감을 잃고 창의성을 발휘할 수 없게 된다. 진실한 마음으로 내면의 고요하고 조용한 소리를 경청하는 것은 의미 있고 즐거운 삶을 사는 데 필수적이다.

## 나 자신에게 귀 기울이라

자신의 직관에 귀 기울이고, 자신의 양심을 따르고,
자신의 도덕률과 일치하여 행동하면, 당당하게 걸을 수 있다.
그러지 않을 때, 우리는 괴롭다.
거짓말은 결국 자신을 갉아먹고, 건강을 해친다.
나 자신에게 진실하라.

## 균형 잡힌 여섯 번째 차크라

여섯 번째 차크라가 균형을 잡으면, 마음을 열게 되고 진실을 찾으려 노력한다. 인류가 서로 연결되었음을 감지하게 되고, 내면의 지침을 찾으려 하고, 초자연적인 경험에 주의를 기울일 수 있게 된다. 투시력의 중요성이 종종 과장되고, 과대평가 되는데, 투시력을 갖는 것은 단지 여섯 번째 센터의 한 측면에 지나지 않는다. 투시력 혹은 현상을 넘어 보게 되는 능력은 미묘한 감각 중에서 가장 신뢰도가 떨어진다. 그 대신 이상적인 여섯 번째 차크라는 자신이 원하는 대로 내면적, 외면적인 재량권을 가지고 상황을 판단할 수 있는 안목을 제공한다.

위대한 과학자인 알베르트 아인슈타인Albert Einstein은 미래를 보는 사람이었다. 그의 여섯 번째 차크라는 활짝 열려있었다. 우리는 그를 천재이자 새로운 기술, 과학, 패러다임, 신념, 철학을 발명하고 고안하는 데 직관적인 지침을 인식한 사람으로 기억한다. 아인슈타인은 "앞으로 내려야 할 가장 중요한 결정은 우주가 우호적인가 그렇지 않은가 여부이다"라고 말했다. 그는 인간이 가장 중요하게 개발해야 할 자질은 상상력이라고 믿었다. 그는 "상상력은 지식보다 위대하다"고 했다. 상상력과 직관력이 안내하는 힘이 없으면, 우리 세상은 정체되고 기력이 없어지게 된다. 우리 삶도 마찬가지라 할 수 있다. 상상력의 마법과 영감 없이는, 여섯 번째 에너지 센터가 완전히 열릴 때 밝혀지는 윤기나 광채가 우리 삶에 나지 않는다.

또 다른 예는 앨 고어Al Gore이다. 앨 고어 전 부통령은 2000년 대통령 선거가 뒤엎어지고 난 후 언론의 조명에서 멀어져 있었다. 그는 여러 대학의 객원교수가 되었고, 그의 오스카상 수상 다큐멘터리인 〈불편한 진실An Inconvenient Truth〉로 재조명을 받기 전에는 기업의 환경 조언가로 활동했다. 다큐멘터리는 고어의 강의와 환경 변화에 대한 과학적인 연구 자료를 제공하고, 시청자에게 지구온난화와 관련된 근거와 앞으로 다가올 충격적인 미래에 대해 예견한다. 그는 2007년에 '인간이 만들어낸 기후 변화에 대한 많은 지식을 확립하고 전달한 노력 및 이와 같은 변화방지에 필요한 조치'에 대한 공로로 노벨 평화상을 수상했다.

스티븐 스필버그Steven Spielberg는 세 번이나 아카데미상을 수상한 영화감독이자, 가장 돈을 많이 번 영화제작자이다. 그는 활짝 열린 여섯 번째 차크라의 또 다른 진정한 선지자이다. 그는 평균 C학점으로 인해 서던캘리포니아대학교University of Southern California, USC[82] 영화학과에 세 번이나 낙방했지만, 한 번도 영화를 만든다는 목표를 잃어 본 적이 없다. 블록버스터, 공포, 공상과학, 모험영화에서부터 홀로코스트, 노예, 테러 등의 심각한 역사적인 문제를 다루는 드라마에 이르기까지 다양한 분야를 다룬 그의 영화는 전 세계에서 80억 달러 이상의 흥행 수입을 올렸다. 그는 많은 작품에서 평범한 사람들이 비범한 존재나 상황과 접촉하는 내용을 다루었다. 또한 가족영화 부문에서 보면 스필버그는 아이와 같은 경이감으로 세상을 바라보는 듯하다. 그는 스타라이트 스타브라이트 어린이재단Starlight Starbright Children's Foundation을 통해 아픈 아이들에게 믿음과 긍정적인 생각을 갖도록 격려한다. 이 어린이재단은 첨단기술 교육 및 오락 프로그

---

82 미국 캘리포니아주 남부 로스앤젤레스LA에 있으며, 캘리포니아주에서 가장 오래된 연구 중심의 사립대학교.

램을 통해 만성 질환이나 난치병을 앓고 있는 어린이들의 삶의 질을 향상시키는 데 노력하고 있다.

여섯 번째 에너지 센터의 열림과 균형을 확인하는
# Checklist ================

내 삶의 모든 분야에서 평화로운지 스스로 물어보자.
다음의 질문이 도움이 될 것이다.

1   나의 내면의 안내를 잘 듣고 따르고 있는가?　　　　　　　□

2   213쪽에 제시된 증상이 있는가?　　　　　　　　　　　　□

3   꿈을 꾸고, 꾼 꿈을 기억할 수 있는가?　　　　　　　　　　□

4   질병이 있다면, 그 발병 시점이 내가 온전히 받아들이지 않은　□
    감정적인 사건이나 상실감을 느낀 시기와 일치하는가?

5   긍정적인 결과를 예상하는 편인가?　　　　　　　　　　　□
    아니면 부정적인 결과를 예상하는 편인가?

6   무엇이 진실인지를 거부하거나 무시하는 습관이 있는가?　　□

7   나 자신의 양심과 윤리, 도덕적인 의무를 중시하는가?　　　□

8   하나의 주제를 다룰 때, 한 가지 이상의 방식을 볼 수 있는가?　□


================ 목표, 꿈, 결과를 가시화하는 방법은 여
섯 번째 에너지 센터를 위한 매우 좋은 자기치유 기술이다. 정기적
으로 눈을 감고 일에서건, 집에서건, 골프경기에서건 어디서든 자

신이 갈망하는 정확한 결과를 마음속에 그려본다. 여섯 번째 에너지 센터에 자신을 연다는 것은 자기본연의 고차원적 자아의 지혜에 다가간다는 뜻이자, 자신의 더욱 정제된 내면의 지도체계에 다가간다는 뜻이다. 내면의 가르침을 듣기를 희망한다는 확언을 해보자.

우리가 누구인지, 무엇을 원하는지를 진실하게 표현하는 일이 평화롭고 건강한 삶의 주요 핵심이다. 자신의 목소리를 듣고 진정으로 느끼는 바가 무엇인지 인정하면, 지금 하고 있지만 별 효과가 없는 방법을 바꿀 수 있게 되고, 더욱 의미 있고 목적 있는 삶을 살게 된다. 자신의 진실을 듣고 보려고 하지 않는다면, 우리가 해야 할 질문은, **'이건 누구를 위한 거짓인가?'** 이다.

나는 종종 워크숍에 온 참석자들에게, 자신의 고차원 지혜에게 자신이 바른 길을 가고 있는지를 알려달라는 지침과 징표를 달라고 요청하도록 한다. 자신의 목표와 방향에 대한 내면의 메시지에 귀를 기울이도록 하고, 긍정적이거나 평화로운 결과를 심상화 해보도록 권유한다. 이를 위해서는 아마도 자신만의 이해관계는 조금 밀어두고, 그대신 모든 사람을 위한 더욱 위대한 선(善)을 받아들여야 할 것이다.

# 7장

# 모든 건 신뢰에 달려있다

삶을 믿으라
내맡기고
감사하라

정수리 차크라
CROWN

다섯 살에 천직vocation이란 단어의 의미를 이해하는 게 흔하진 않지만, 나는 나의 천직에 대한 확신이 있었다. 수녀가 되는 것이었다. 침대 시트를 수녀복처럼 걸치고, 커다란 묵주를 허리에 두르고는 이리저리 돌아다녔다. 신발 안에는 조약돌을 넣고, 참회를 위해 울이 굵은 삼베옷을 입었다. 사제의 미사 집전을 돕는 복사들이 라틴어를 배우는 게 부러워서 그들이 수업을 받을 때면 성가대 석에 숨어 미사 때 쓰는 말들을 몰래 배웠다.

내가 여덟 살이었던 어느 비 오는 날, 점심 먹고 쉬는 시간에 내가 자주 가던 성가대 석으로 갔다. 내 앞에 성모 마리아를 그리며 눈을 감고 기도를 했다. 계단에서 피츠제럴드 신부님의 발소리를 들고는, 큰일 났다 싶었다.

"얘야, 여기서 뭘 하고 있는 거니?" 하고 신부님은 물었다. 나는 계단을 향해 빠르게 뛰었지만, 그는 내 머리꼬리를 잡았다. 석고 같은 손을 내 팔에 각각 올려놓으며, 나를 꼼짝 못하게 하였다. 그에게서 감자튀김 냄새가 났다. 그의 검고 긴 사제복은 바닥까지 촘촘하게 단추가 채워져 있었고, 검은 신발은 그의 기름진 머리처럼 윤기가 흘렀다. "작은 요부 같으니." 그는 속삭였다. "네가 아버지를 어떻게 홀리는지 알겠다. 그의 영혼에 가호가 있기를. 너의 버릇을 고쳐주어야겠구나." 그는 사제복을 걷어 올리고 나를 아래로 밀어 무릎을 굽히게 했다.

성모 마리아가 내 앞에 나타났다. 가까이 다가오자 그녀의 옷자락이 파도치듯 펄럭였다. 밝은 푸른빛이 그녀 주위를 밝게 비추었다. 시간이 좀 지나자, 그녀는 사라졌다. 나는 다시 혼자였다.

나는 가톨릭의 영향을 받아 평생 기적적인 현상에 매료되었다. 아마도 집에서 받는 고통에서 벗어나려는 노력으로, 예수와 성모를 비롯한 다른 성인들의 이야기에 깊게 빠져 그들의 동상이 살아나게 해 달라고 열렬히 기도했다. 그들은 때로 정말 살아나기도 했다.

정신spirit과 교감하는 것이 나의 구원이었으므로 나는 언제 어디서나 무릎을 꿇고 기도했다. 아버지가 자신의 죄를 고해한 걸로 추정되는 교구 사제가 내 무릎을 꿇게 했을 때, 모든 것을 이해하기엔 나는 너무 어렸다. 그때는 나쁜 행동으로 처벌을 받는다고 짐작했고, 나는 더욱 비굴해졌다.

그러나 열다섯 살이 되었을 때, 나는 화가 나서 영적인 건 무엇이든 거부하며 교회에 반항했다. 정신의 목소리는 내 의식에서 매우 멀어져 있었다. 정신은 내 직관을 통해 여러 번 목소리를 내려고 하였지만, 나는 거의 듣지 않았다.

지금은 그때 거대한 마스터플랜이 작용하고 있었음을 알고 있다. 그러나 20대 시절에는 힐러가 되고, 에너지 지도자가 되는 것이 내 운명이라는 사실을 상상조차 할 수 없었다. 만일 누군가가 그런 말을 했더라면, 그냥 웃어넘겼을 것이다. 내가요? 농담하시는 거죠?

모든 일은 에릭과 내가 결혼한 뒤 어느 여름날 시작되었다. 나는 등 아래쪽의 지독한 통증으로 고통 받고 있었다. 치료를 위해 침, 마사지, 척추지압 등 모든 걸 시도해 보았으나, 별 효과가 없었다. 내 침구사가 샌타바버라 위쪽 산에 살고 있는 힐러에게 가보라고 권유했을 때, 나는 에릭에게 '한번 가보자'고 눈짓했다. 에릭은 침을 맞는 침대에서 나를 들어 올려서 우리 차 뒷자리에 나를 편평하게 눕혔다. 그리고는 그 힐러를 찾으러 달렸다.

어딘지도 모르는 곳에 위치한 작은 시골집에 도착했을 때, 힐러라기 보다는 서퍼surfer에 더 가까운 젊고 잘생긴 남자가 우리를 맞이했다. 나는 피터의 밝은 눈빛에 놀랐다. 그는 나를 보고 물었다. "무슨 일로 오셨나요?"

등이 너무 아파서 왔다고 말하려고 했는데, 내 입에선 다른 말이 튀어나왔다. "신 의식God consciousness을 알고 싶어서 왔어요."

그는 잠시도 지체하지 않고 대답했다. "잘 찾아 오셨네요. 이미 출산이 시작되었어요. 제가 산파가 되어 드리겠습니다."

내가 눕자 피터는 내 몸 위에서 손을 움직였다. 나는 온갖 색깔과 형태와 물결무늬를 보았고, 나선형으로 계속 올라가는 느낌이 들었다. 그는 내게 호흡을 따라 하라고 했다. 호흡이 빨라지자 내가 몸을 떠나는 듯한 느낌이 들었다. 내 마음의 눈에는 한 남자가 다가오는 모습이 보였다. 나는 '**누구지?**' 하고 생각했다.

그가 가까이 다가오자 머리 위에 후광이 보였다. '**난 저 사람을 알아.**' 그 형체가 나를 향해 똑바로 걸어오는 모습을 보며 마음속으로 생각했다. 누구인지 알아보았을 때, 숨이 잠시 헉 하고 막히는 소리가 들렸다. 예수님이었다. 오랫동안 이 순간을 그려왔다. 그를 만나고 그와 대화를 나누는 순간을. 그런 그가 바로 내 앞에 나타났다.

내 존재의 중심에서 무언가가 열리고 쏟아져 나오자 나는 눈물을 흘렸다. 영화에서 보면 사람들이 죽기 바로 직전 눈앞에 펼쳐지는 자신의 삶을 보듯이, 내가 저지른 모든 죄가 내 앞에서 스쳐갔다. 내가 관여했던 모든 일들, 스스로를 치욕스럽게 만들었던 모든 방법들이.

자기 비난과 공포에 휩싸여 나는 울며 외쳤다. "죄송해요, 정말로 죄송해요. 지금까지 정말 잘못 살았습니다. 제발 나를 용서해주세요."

나의 삶은 더 이상 전과 같을 수 없었다. 그 작은 시골집을 떠날 때는 모든 것이 다르게 보였다. 하늘은 더욱 밝았고, 나무는 더욱 초록이 무성하고, 나뭇가지가 굽어져서 나에게 인사하는 듯했다. 모든 것이 일렁이고, 빛이 나고, 미소 지었다.

우리 목장을 향해 집으로 돌아오면서, 에릭에게 마구간에 데려다 달라고 했다. 오랫동안 내 말을 보지 못했기에 가서 인사라도 하고 싶었다. 목장에 도착해 차를 세우고, 나는 외양간을 관리하는 여인과 대화를 시작했다. 그녀는 내게 최근 소식을 들었느냐며 말을 시작했고, 우리는 바로 그 속에 빠져들어 두 여인이 험담밖에 다른 할 일이 없는 사람들처럼 수다를 떨었다. 그러다 나는 곧 알아차렸다. '이런 세상에, 내 예전 습관으로 너무 빨리 돌아오

네. 생각했던 것보다 훨씬 힘들겠는걸!'

## 삶을 믿고, 신을 믿자

지금 이 순간, 삶을 믿고 있는가? 자신이 사랑 받고, 보호받고, 든든한 지원을 받는다고 믿고 있는가? 모든 일이 자신의 더 높은 차원의 선을 위해서 일어나고 있다고 믿는가? 그렇지 않다면, 더 많이 신뢰할 수 있게 해 달라고 기원해보자. 이렇게 말해보자. "어떻게 하면 더욱 신뢰할 수 있는지 보여주세요!" 그리고 자신의 삶(과 신)이 듣고 있다고 보내는 표시를 찾아보자.

우리가 신성divine이 시작되는 발사대에 놓일 수는 있으나, 그 신성을 세상에 투사하는 건 우리에게 달려있다. 과거와 같은 몸과 오랜 습관 속에 있을 수 있으나, 흠 잡을 데 없이 살아가는 일은 우리의 몫이다. 기적적인 정신과의 교류의 문이 열린 지 채 몇 분도 지나지 않아, 나는 인간으로서 흠 없이 존재하기란 쉽지 않은 일임을 알게 되었다.

그날 집으로 돌아와서 나는 아무것도 하지 않았다. 일도 하지 않았다. 그 다음 날도 다음 날도 또 그 다음 날도 아무것도 하지 않았다. 그런 후 6개월간 아무것도 하지 않고 단지 매일 매일 우주의 의식을 흡수하며 떠돌았다. 커다란 오래된 나무에 앉아, 하늘을 바라보고, 자연과 교감을 나누었다. 하루에 여덟에서 열 시간씩 명상을 하고 기도했다. 달과 연결되었음을 느꼈고, 때로는 별 아래 침대를 만들어 잠을 잤다. 예수와 성모와 다른 신성한 여성성을 대표하는 성인들을 보았고 대화를 나누었다. 마치 정신의 대학에 입학하여 하루 24시간 동안 가르침을 받는 것처럼 느껴졌다. 내 삶에서 가장 아름다운 경험이었다. 에릭이 저녁에 일을 끝내고 돌아와 정원에 내가 앉아 있는 곳으로 걸어오며, "아침에 헤어진 그곳에 그대로 앉아있네" 하고 말했다. 나는 근원Source 과 내가 오랫동안 찾아오던 신 의식과 완전하게 연결되어 있었다. 신 의식은 과거, 현재, 그리고 미래에 존재하는 모든 것과 하나 되는 느낌이다.

어쩔 수 없이 일상으로 돌아왔을 때에는 길고 긴 시험기간이 시작되었다. 변호사와 호텔 개발업자로 돌아오자 정신세계와 나의 연결이 희미해지기 시작했다. 두 세계를 함께 연결하는 건 좋은 순간에도 매우 깨어지기 쉬운 어려운 과정이었다. 나는 종종 고요하게 몰두하며 배운 몇 달간의 가르침을 잊곤 했다. 많은 경우 내가 설정한 이상에 부합하지 못했고, 내가 얻었던 빛나는 통찰력을 잃어버리기도 했다. 이후에도 추가적인 시험과 도전이 있었는데, 나의 실수로 발생한 고통을 통해 신성과의 더욱 깊은 연결을 이룰 수밖에 없도록 했다.

# 일곱 번째 에너지 센터: 정수리 차크라

머리 정수리에 위치한 일곱 번째 에너지 센터는 '정수리 차크라crown chakra'라고 한다. 이곳은 우리의 정신, 고차원의 힘, 우주가 연결되는 지점이다. 뇌 안의 뇌하수체와 송과선을 깊게 연결하고 시상하부와 중추신경계와 연관된다. 정수리 차크라는 마음과 감정뿐만 아니라 면역체계와도 연결되어 있다. 이곳은 인간과 신성의 합일이 일어나는 곳이자, 때로 초의식superconscious이라 불리는, 시공간을 초월한 예지가 깃드는 곳이다. 일곱 번째 에너지 센터는 밖으로, 또 위로 열린다. 위에서부터 빛 에너지를 끌어들여 초월의 경험으로 충만하게 한다. 일곱 번째 에너지 센터가 깨어나면, 우리는 더 이상 단순한 인간이 아니다. 어마어마한 힘이 우리의 의식을 환히 밝힌다.

일곱 번째 에너지 센터가 뒤틀리면 우리의 에고는 학습 장애, 경직된 신념 체계, 영적인 중독, 냉소주의, 무관심, 혼란, 지성의 과잉, 에고에 대한 지나친 동일시 같은 현상을 겪게 된다. 교조화된 종교 집단은 일곱 번째 차크라의 불균형에서 시작되며, 또한 불균형을 조장하기도 한다. 이런 집단은 신도들에게 신념 체계를 강제로 주입시켜 거짓과 잘못된 정보를 계속 믿고 따르도록 만든다. 그룹 내의, 그룹 외의, 우리 아니면 그들 하는 식으로 기준을 나누는 사고방식을 이용하여 심리적으로, 감정적으로, 정신적으로, 성적으로까지도 '종교'라는 미명하에 신도들을 조종하고, 학대한다. 이러한 종교 집단은 여성, 순진한 젊은이들, 아이들을 착취하기로 악명 높다. 광신도 집단의 교주들을 보면, 그들 자신부터가 통제적이고 폭군적인 가장 밑에서 정신적 충격을 받고 잘못 인도된 경우가 다반사이다. 일부 모르몬교 근본주의자들 사이에서는 14세 소녀가 이미 많은 부인을 거느린 50세 남자와 강제로 결혼하기도 하는데, 이는 '종교적 신념'이라는 위장 하에 집단에서 남용되는 착취적 관행의 좋은 사례이다.

환각제 또한 일곱 번째 차크라의 불균형을 초래한다. 어떤 이는 LSD[83], 환각 버섯, 아야와스카ayahuasca[84] 같은 환각제가 평화롭고, 사랑이 충만하고, 하나됨을 느끼고, 모든 걸 극복한 상태인 초월성에 다다를 수 있게 해준다고 생각한다. 그러나 인도의 위대한 현자도 말했듯이, "LSD는 그리스도Christ를 창문 너머로 바라볼 수 있게는 해주지만, 그를 직접 만나게 해 주지는 않는다." 약물은 결국에는 단절된 느낌을 경험하게 한다. 약물은 차크라를 강제적으로 열고 확장시켜, 보통의 감각 범위를 넘은 영역을 감

---

83 시각, 촉각, 청각 등 감각을 왜곡시키는 강력한 환각제의 하나.
84 남미 아마존의 원주민들이 널리 이용하고 있는 덩굴식물의 침출액으로 만든 환각제.

지할 수 있게 한다. 그러나 불행하게도 약효가 점차 빠지게 되면, 차크라는 이전보다 더욱 수축되고 단단하게 닫히게 된다. 기도, 명상, 음악, 자연이야말로 신성과의 진정한 연결을 이루는 데 더욱 강력한 도구가 된다.

균형을 잃거나 뒤틀린 일곱 번째 에너지 센터가 유발하는 질병이나 이상 증상은 다음과 같다.

- 불안증 및 우울증

- 조울증

- 혼수상태 혹은 기억상실

- 뇌졸중

- 뇌종양

- 간질

- 다발성 경화증

- 파킨슨병[85]

- 주의력 결핍 장애ADD 및 난독증

- 인지적 망상

---

85 뇌의 신경세포 손상으로 손과 팔에 경련이 일어나고, 다리는 보행이 어려워지는 손상을 입는 질병.

- 근위축성 측색 경화증(루게릭병)[86]
- 정신질환, 정신분열증, 다중 인격 장애
- 치매 혹은 알츠하이머병[87]

데비 레이놀즈Debbie Reynolds[88]와 에디 피셔Eddie Fisher[89]의 딸인 캐리 피셔Carrie Fisher[90]는 뒤틀린 일곱 번째 차크라로 고생을 한 좋은 사례이다. 10대 초기에 조울증 진단을 받았는데, 그녀의 증세는 아마도 조울증이었던 어머니로부터 물려받았을 것이다. 아버지는 약물, 도박, 여성에게 중독되어 있었고, 이를 물려받아 그녀는 중독 증상도 겪었다. 문제를 다루는 방식에 대한 습관은 유전자와 마찬가지로 대물림 된다. 캐리는 코카인과 알코올 중독으로 결국 재활 시설에 들어갔고, 이 경험을 바탕으로 베스트셀러가 된 소설《벼랑 끝에서 온 엽서Postcards From the Edge》를 썼다.

---

**86** 근육이 위축되는 질환. 근위축성 측색 경화증 진단을 받고 2년 후 사망한 미국의 야구선수 루 게릭의 사례에서 병명 유래.

**87** 신경세포가 손상되어 발생하는 뇌 질환으로 치매의 주요 원인 가운데 하나.

**88** 뮤지컬 영화 〈사랑은 비를 타고〉로 주목을 받은 미국의 배우(1932~).

**89** 미국의 배우이자 가수(1928~2010). 캐리가 두 살 때, 데비 레이놀즈를 떠나 엘리자베스 테일러와 결혼함.

**90** 영화 〈스타워즈〉 시리즈의 레이아Leia 공주 역으로 유명한 미국의 배우이자 작가 (1956~).

조울증 처방약과 치과 임플란트 시술 후 처방 받은 진통제의 혼합 복용으로 인한 중독 증상의 조기 징후를 발견하고 피셔는 다시 치료에 들어갔다. 오리지널 〈스타워즈Star Wars〉 3부작의 레이아 공주로서의 위상을 뒤로 하고, 피셔는 자신이 근래에 겪은 어려움(폴 사이먼Paul Simon과의 결혼과 자신이 동성애자라는 걸 깜빡하고 말하지 않은 남자와의 아이)을 소재로 작가로서 상당한 역량을 발휘하여, 그녀 혼자서 진행하는 쇼 〈희망찬 음주Wishful Drinking〉로 만들어냈다.

조울증 증상을 겪고 있었을 때, 나는 정신과 의사를 찾아가 조울증 치료에 아주 효과적인 방법을 찾았다고 말했다. 그건 바로 술이라고! 그러자 의사는 "아마도 그게 그렇게 효과가 좋지는 않을 거라는 사실을 말씀드려야겠군요" 하고 답했다.

배우 로레인 브라코Lorraine Bracco에게는 테라피가 큰 도움이 되었다. 그녀는 아이러니하게도 HBO의 유명한 드라마인 〈소프라노스The Sopranos〉에서 토니 소프라노의 우울증을 치료하는 정신과 의사 역을 맡았다. 그녀의 우울증은 이혼, 또 하나의 실패한 관계, 자녀 부양 소송, 아픈 아이, 막대한 부채 등의 어려움이 쌓여 생겼다. 브라코는 결국 테라피와 약물치료의 도움을 받고, 우울증과 관련한 오명을 벗고 싶어 이를 대중에게 알렸다.

## 신비로운 뇌의 작용

　일곱 번째 차크라와 관련된 질병인 치매, 뇌종양, 뇌졸중 등을 앓는 사람들은 대부분 일곱 번째 에너지 센터가 뒤틀려 있다. 나는 공개 강연에서 만난 한 남성은 자기 아내의 알츠하이머병을 치유하려는 절박한 마음을 가지고 있었다. 그의 아내는 예순다섯 살쯤 되어 보이는 사랑스러운 여인으로, 행복하고 평화로운 얼굴을 하고 있었다. 알츠하이머는 서서히 그녀를 현실에서 완전히 멀어지도록 하였다. 그녀의 남편은 화가 나고 두려운 것처럼 보였으며, 나는 그런 그에게 연민을 느꼈다. 그는 내 도움을 바라는 한편, 그 어떤 것도 소용이 없을 것이라고 반복해서 말하기도 했다. 다른 참석자들이 이 남성의 상태를 불편하게 느꼈으나, 그는 자신이 주위에 어떤 영향을 끼치고 있는지 인식하지 못하는 듯했다. 그의 아내는 두 살 아이의 상태였다. 그녀는 내가 하는 작업을 통해 자신이 보살핌을 받고 사랑받고 있다고 느꼈다. 그녀는 치유의 빛이 자신을 통과하는 걸 느꼈지만, 현실로 돌아오고 싶어 하지 않았다. 그녀는 지금 그녀가 있는 곳에서 행복했던 것이다.

　나는 종종 알츠하이머를 겪는 사람들이 현실을 감당하기 어려워하는 사람들이라는 사실을 알게 된다. 그들은 날마다 조금씩 자신의 의식에서 빠져 나오기 시작한다. 투시해 보면, 그들의 뇌는 스위스 치즈같이 보인다. 알츠하이머 환자들은 이유야 어떻든 감당할 수 없는 현실에서 빠져 나갈 구멍을 찾는다. 완전히 빠져나가면 다시는 돌아오는 길을 찾지 못한다.

알츠하이머로 멍한 상태가 되면, 평소에는 자신이 통제하면서 부인하던 부분을 드러내기도 한다. 친척 중에 아주 고상한 척하면서 성적인 표현을 혹평하던 사람이 있었다. 그랬던 그녀가 알츠하이머를 앓게 되자 남성들에게 극도로 추파를 던지고, 매우 선정적으로 스커트를 올리고, 과도하게 성적인 행동을 보이는 등 이전에 자기가 통제하던 모습과는 전혀 다른 양상을 보였다.

뇌는 참으로 신비롭다. 일곱 번째 차크라의 에너지가 흘러야 하는 곳으로 더 이상 흐르지 않을 경우, 뇌의 '복수'는 가혹할 수 있다. 잭은 성공적인 세일즈맨이었고, 초조하고 경쟁심 많은 'A 유형 성격'의 소유자였다. 내게 왔을 때, 잭은 이미 악성 뇌종양 진단을 받은 상태였다. 그의 담당의사는 종양 대부분이 수술 불가능한 상태라며, 잭에게 차라리 집에 가서 유언장을 써두라고 권했다. 잭은 의사의 예후 진단을 거부했고, 죽음을 기다리기보다는 나와 작업하며 치유에 더 초점을 맞추기로 했다. 그는 내 제안을 적극적으로 수용하여 요가를 하고 식습관을 바꿨다. 우리는 그의 감당하기 어려운 삶의 속도와 오랫동안 외면하던 어머니와의 적대적인 관계로 인한 지속적인 스트레스가 그의 뇌종양의 근본 원인이었음을 알아내었다.

업무량을 줄이고, 조용하고 평온한 삶을 시작하자 잭의 건강은 차도를 보이기 시작했다. 그러나 아직 해결되지 않은 한 부분이 있었다. 바로 어머니와의 관계였다. 잭의 어머니는 그가 어릴 적부터 감정적으로 신체적으로 그를 학대하였고, 그가 성인이 된 후에도 그가 하는 모든 일에 대해 부정적인 반응을 보였다. 어머니는 그가 순순히 용서할 수 없는 유일한 사람이었다. 그는 자기 어머니와 함께 하는 시간을 될 수 있으면 줄이고, 어머니를 피하기 위해 가족 모두가 모이는 행사에 가지 않기도 했다. 그런 어머니를, 잭은 치유 작업을 통해 용서하기 시작하였다. 그 동안 겪은 극심한 학대를 생각하면, 그에겐 매우 고통스러운 과정이었다. 치유를 향한 첫 번째 고통스런 단계를 시작하면서, 나는 그에게 용서와 화해는 같은 의미가 아니라고 말해주었다. 그리고 어머니를 다시 보지 않겠다고 선택한다면, 어머니를 다시 보지 않아도 좋다고 알려주었다. 치유가 진전을 보이자 잭의 종양이 줄어들었다.

그러나 이렇게 그의 이야기가 행복한 결론을 맺는 건 아니다. 예기치 않게 잭은 그의 어머니와 형제에게 초대를 받았고, 거기서 그는 어머니가 자신에 대해 보이는 적대감이 그 어느 때보다

고통스럽다는 걸 알게 되었다. 그는 매우 화가 난 채 내게 돌아와 다시는 어머니를 절대로 용서할 수 없다고 했다. 3개월 만에 그는 사망했다. 아마도 잭은 그의 분노가 자신을 삼키도록 하고, 자신의 죽음으로 어머니를 처벌하려 했을 것이다.

균형이 맞지 않는 일곱 번째 에너지 센터는 뇌졸중의 형태로 몸에 나타나기도 한다. 매기가 나를 찾아 왔을 때, 그녀는 마흔여덟 살이었다. 이미 두 번의 뇌졸중을 겪고 난 뒤였다. 첫 번째 뇌졸중은 가혹한 이혼을 마무리하고 난 직후에 일어났고, 두 번째는 그 후 오래지 않아 재발했다. 우리는 모두 '악의적인 눈길evil eye'에 대해서 들어본 적이 있을 것이다. 이는 건강을 해칠 수 있는, 우리를 향한 나쁜 의도를 의미한다. 매기의 경우, 전 남편이 그녀를 싫어해서 매순간 그녀의 뇌에 부정적인 벡터[91]를 보냈다. 그는 그녀에게 '멍청하다brain-dead'[92]고 말했고, 그 말과 정확히 일치하는 에너지를 그의 생각과 말을 통해 의식적으로나 무의식적으로 그녀에게 보냈다.

내가 매기에게 전 남편이 강하고 부정적인 에너지를 그녀에게

---

[91] 매우 위험한 심리적 정신적 공격을 가리키는 에너지 의학상의 용어.

[92] 원어 그대로 '뇌가 죽었다'는 의미이기도 하므로, 매기의 뇌 질환과 연관성 있음.

보내고 있었다고 설명하니, 그녀는 그게 무슨 뜻인지 정확히 알아차렸다. 결혼을 했을 때부터 그녀는 항상 그의 강한 통제를 느껴야 했다. 심지어 그와 떨어져 있을 때도 그랬고, 지금도 여전히 그렇게 느끼고 있었다. 그러나 그의 증오에 찬 에너지가 실제로 자신을 해칠 수 있다는 사실은 믿기 어려운 듯했다. 나는 만일 그녀 안에 존재하는 공포가 자신을 지배하도록 허용한다면 그럴 수 있다고 설명해주었다. 우리는 전 남편의 부정적인 에너지가 남아 있던 부분을 그녀의 뇌에서 제거하였고, 나는 그녀에게 앞으로도 보내올지 모르는 그의 에너지로부터 자신을 보호하는 강력한 기술을 가르쳐주었다.

거리를 둔다고 해서 생각의 패턴에 영향이 있는 것은 아니지만, 그래도 나는 매기에게 그녀의 전 남편과 모든 연락을 중단할 의향이 있느냐고 물었다. 매기의 경우에는 전 남편과 완전히 관계를 끊는 것이 치유를 위한 필수적인 과정이라고 생각했기 때문이다. 그녀는 그렇게 하는 게 별 문제 되지 않았고, 이 치명적인 관계를 자신의 삶에서 풀어버릴 수 있도록 도움을 받는다 생각하니 꽤 안심했다. 나 또한 매기가 예전 오랜 대학 친구와 함께 살기 위해 동부로 이사 간다고 했을 때 기뻤다.

에너지 의학에서는 우리가 신체적인 위협만큼이나 보이지 않는 위험에도 얼마나 취약한지를 설명한다. 즉 우리 몸이 물리적인 것을 넘어, 심리적이고 정신적인 차원의 영향을 받는다는 것이다. 주류 의학에서는 생각의 힘이 몸에 미치는 영향을 간과하는 경향이 있다. 그러나 이제는 전통적인 방식과 대체적인 방식이 만난 통합 의학이 주류 의학의 견해를 확장하고 있다.


## 은총을 따르다

운명은 우리 의식에 아주 작은 두드림으로 다가온다. 그 작은 신호들이 우리에게 전달되지 않으면, 운명은 더욱 커다란 힘으로 우리 머리를 친다. 때로 운명은 죽음이나 광기라는 도구로 우리가 일상적 삶과 신성한 목적 사이에 세워둔 벽을 뚫어버리기도 한다. 이와 같은 흐름에서는 우리가 알고 있었던 삶이 중단되게 된다. 그러나 은총의 팔이 뻗어 나와 추락하는 우리를 잡아주기도 한다.

나는 우리가 오직 신이 더 이상 도망가지 못하게 할 때까지만 운명으로부터 도망갈 수 있다는 걸 확신하게 되었다. 남편이 등반 중 추락 사고를 당하자 내 환상은 산산이 부서졌고, 그 이후 나는 은총의 품에 안겼다. 이 사고로 인해 에릭을 잃게 되지 않을까 하는 두려움이 계속되어 나를 공포로 몰아넣었지만, 그 일은 결국은 내가 지금 가고 있는 길을 알게 해 주었다.

히말라야 등정에서 막 돌아온 우리는 시에라네바다 산맥에 있는 우리 집에서 멀지 않은 러버스 립Lover's Leap[93] 산에 가기로 되어 있었다. 등산은 놀랍도록 나를 자유롭게 해주고, 나의 분주한 마음을 가라앉힌다. 에릭과 처음 데이트 하던 날 "등산은 나의 새로운 심리치료예요" 하고 말했을 정도이다. 그곳은 이미 여러 번 등반한 적이 있는 산이었으나, 그날따라 무언가 그곳에 가지 말라고 했다. 나는 늘 그랬듯이 에릭은 천하무적이고 나는 불사신이라고 믿으며 두려움을 떨쳤다. 우리 둘은 등반가들 사이에서 늦게 등반을 시작하고 다른 팀과 함께 오르지 않는 무모한 사람들로 알려져 있었다. 우리는 늘 운명을 시험했고, 늘 기분이 들뜬 상태로 떠났다. **뭘 걱정해?** 나는 잘못될 것 같은 예감을 무시했다.

그날 아침, 에릭과 나는 산으로 운전해 가는 도중 사소한 말다툼을 했다. 베이스캠프에 도착했을 때는 서로 말을 거의 하지 않았다. 에릭이 내게 먼저 앞장서라고 했을 때, 두려움이 살짝 스쳐갔다. '몸 상태가 평소 같지 않은가?' 생각했지만 묻지는 않고 등반을 시작했다. 몇 걸음도 가지 않았을 때 바윗길이 갈라져 있는 게 보였다. 나는 좀 더 쉬운 오른쪽 길을 탔다. 바람은 차갑고 누

---

[93] 미국 캘리포니아주에 있는 해발 2,117미터의 산.

그러질 기세를 보이지 않았다. 첫 50미터는 한 시간 정도 걸려 올랐다. 첫 바위 턱에 오르면 늘 아드레날린이 샘솟았지만, 그날만큼은 지치기만 했다. 잔소리 같은 목소리가 끊임없이 내 머릿속에 두려운 생각을 속삭이고 있었지만, 나는 계속 그 생각을 밀어냈다.

에릭은 위쪽에 있는 내게 안전 백업 시스템인 자일belay을 어떻게 설치하는지에 대해 소리쳐 일러주었지만, 바람이 그의 목소리를 협곡 아래로 내려 보냈다. 나는 춥고 짜증이 나서, 급하게 자일을 설치했다. 한두 개 못을 더 박았어야 했는데, 그 당시엔 못 하나만 박고는 올라오라고 그에게 손짓을 했다. 자일을 튼튼하게 설치하는 건 기본이라고 그가 늘 말했지만 말이다.

우리 둘 모두 떨어지게 되면 안전 장비가 함께 나가게 되어 등반하는 두 사람 모두 완곡하게 표현해서 '땅볼 아웃' 된다는 사실을 알고 있었다. 즉 땅에 곤두박질치게 된다는 말이다. 그 해 초에는 등반 동료의 장례식에 다녀온 일도 있었다.

우리 둘을 연결하고 있는 로프를 잡은 내 손은 완전히 마비된 상태였다. 왜 자일 장갑을 가져오는 걸 생각 못했을까? 에릭은 등반을 시작했고 어려운 돌출 부위가 있는 왼쪽 틈을 탔다. 한참 기다리니 밑에서 그의 목소리가 들렸다. 그는 거의 가까이 다 와서 돌출부 바로 밑에 있었다. 이제는 매우 민첩하게 움직여야 하며,

자일 또한 잘 박혀 있어야 다음 동작이 가능한 상황이었다. 그때야 마침내 내 직관에 모든 주의가 몰렸고 잠시 심장이 멈췄다. 나는 에릭에게 "잠깐! 자일을 다시 설치해야 해!" 하고 외쳤다.

그는 됐다고 하며 "멈춰 서 있을 곳이 없어, 곧 올라가!"라고 말했다. 곧이어 그의 비명이 들렸다. "떨어진다!" 로프는 장갑을 끼지 않은 내 손의 피부와 근육을 찢으며 다른 방향으로 풀어지기 시작했다. 나는 꼼짝없이 그의 몸이 공중에서 땅으로 돌진하는 광경을 지켜보기만 해야 했다. 그는 쿵 소리를 내며 땅에 떨어졌다. 그의 신음소리가 내게까지 전해졌다. 그리고 정적만이 흘렀다.

나는 도와달라고 소리치기 시작했다. 비상 자일을 깔고 내려가려면 몇 시간이 소요된다. 에릭은 **지금** 바로 도움이 필요했다. 그날은 4월의 일요일이었고, 나는 산에 오르고 있는 다른 사람들이 있다는 걸 알고 있었다. 영겁의 시간이 흐른 것 같은 얼마 후, 협곡의 어디에선가 내가 외치는 소리에 대답이 들려왔다. 네 명의 남자가 아래쪽에 나타났다. 그들은 에릭이 살아있지만 의식불명 상태라고 했다. 두 명이 도움을 요청하기 위해 산을 빠져나갔고, 두 명은 에릭을 돌봤다. 나는 곧 위험한 단독 라펠(현수하강)을 시도해 내려가기 시작했다.

병원에서 의사들이 에릭을 안정시켰고 그는 의식을 되찾았다.

며칠이 지나자, 신경외과 주치의가 에릭의 경우와 같은 폐쇄성 뇌 손상은 치료가 불가능하다고 설명해주었다. 우리가 할 수 있는 건 기다리면서 그의 뇌가 스스로 치유할 수 있도록 하는 것뿐이라고 했다. 사고 후 일 년이 되어갈 즈음, 에릭의 상태가 악화되었다. 그는 걸을 수는 있었지만 읽거나 잘 수가 없었다. 불이 켜져 있거나 TV가 켜진 방엔 있을 수 없었고 차를 탈 수 없었다. 내 품에서 죽는구나 하는 생각이 들 정도로 숨 막혀 하는 발작 증세와 분노에 찬 발작 증세를 오고 갔는데, 두 증상 모두 폐쇄성 뇌 손상으로 인한 결과였다. 또 다른 부작용인 우울증 역시 우리 둘 모두에게 고통을 주었다.

세계 여러 나라로 등반이나 스키 여행을 다닐 때는 중간 기착지의 역할을 했던 우리 집이 이제는 교도소가 되었다. 법률사무소를 집으로 옮겨와 일했고, 등반이나 스키를 더 이상 좋아하지 않는 척 했다. 에릭에게는 지금 내가 필요했다. 내가 있을 곳은 그의 옆이었다. 그는 오랜 시간 동안 나의 과음 행각, 조울 증상, 깊은 우울증에서 여러 번 나를 구해 주었다. 번번이 나를 용서해주었으며 최악의 상황에서도 나를 사랑해주었다. 이제는 내 차례였다. 짜릿함을 즐기던 내 삶은 에릭을 돌보거나 일하는 것으로 좁혀졌다. 일하고 에릭을 돌보고, 또 일하고 에릭을 돌보았다. 내가 해야만 하는 일이었고 원하는 일이었지만, 내 내면의 자원은 바닥나고 있었다. 무언가가 주어지지 않는다면 미쳐버릴 거라는 확신이 매일 들었다.

## 마음을 열자

"마음은 낙하산과 같다. 펼쳐져 있을 때 훨씬 그 역할을 잘 해낸다." 오래된 격언이지만, 진실을 상기해볼 수 있도록 하는 유용한 말이다. 마음이 열려 있도록, 생기 있도록, 새로운 걸 받을 수 있도록 하자. 융통성 없이 움직이지 않는 생각은 우리를 딱딱하게 굳게 하고 신성과 분리되도록 만든다. 신성은 흐른다. 신성은 우리가 그 흐름에 함께 하길 원한다.

그 사고가 난 지 몇 주 만에 내게 언어 장애가 오기 시작했다. 아무래도 스트레스로 인한 반응인 듯했다. 언어치료사인 시누이에게 이 사실을 알리자, 뇌종양이 있을 수 있다고 주의를 주었다. 그 이후 말하는 걸 중단했다! 하룻밤 사이에 음식 알레르기가 생겼다. 일 년 째에는 생식기에 불길한 증상들이 나타나 결국 도움을 요청해야 했다. 산부인과 상담실에 앉아 몸을 앞뒤로 흔들며 신경질적으로 울었다. "남편의 뇌 손상을 더 이상 견딜 수가 없어요. 더 이상은 못하겠어요."

내 몸과 정신 모두 거의 완전히 무너지기 일보 직전이었다. 그러나 에릭을 위해서 어떤 방법으로든 도움을 받아 보려고 끊임없이 노력했다. 매일매일 조금씩 더 노력했다. 그러던 중 대체 치유 방법이 희망을 주었고, 결국 우리 기도의 응답을 들을 수 있게 되었다. 그러나 에릭의 사고가 있었기에 운명이 내 주의를 끌 수 있었다. 나는 나를 위해서는 그다지 운명에 귀 기울이지 않았지만, 내가 깊게 사랑하는 누군가를 위해서라면 귀 기울일 수 있었다. 내가 신을 받아들인 건 그때였다. 비로소 내 귀와 눈과 마음이 활짝 열렸다. 이로써 내 평생의 작업work에 이르게 하는 탐색이 시작되었다. 20년이 넘는 시간 동안 수많은 스승들과 힐러들이 신성과의 분명하고 열린 연결을 이룰 수 있도록 안내해 주었다.

에릭이 회복하던 길고 힘든 기간은 내 영혼의 오랜 암흑기였다. 인간적 절망과 체념의 깊은 심연으로 들어가서야 모든 걸 맡길 준비가 되었다. 강하게 밀어붙이는 사람이던 내가 부드러워질 수밖에 없었고, 내가 알았던 것보다 혹은 가능하다고 상상조차 해보지 못했던 깊은 차원에서 내맡겨야 했다. 나는 나의 분노를 만나 이를 해소해야 했다. 나의 어머니와 아버지가 내게 무슨 짓을 했는지, 그들이 어떤 사람들이었는지, 모든 면을 그대로 만나야만 했다. 나는 용서하고, 용서하고, 용서해야 했다. 그리고 무엇보다도 나 자신을 용서해야 했다.

## 열린 정수리 차크라

완전히 균형이 맞춰지고 정합한 일곱 번째 에너지 센터는 모든 걸 맡기는 상태를 통해 실현된다. 이는 에너지 시스템이 깨어 있기 위해 중요하고도 결정적인 개념이다. 가장 위대한 역설은 신성에 모든 걸 맡기게 될 때 일어난다. 마음을 내려놓고 더 큰 존재에 우리를 맡기면, 우리의 연약한 에고는 더욱 큰 목적에 쓰일 수 있다. 그 결과 모든 좋은 일이 우리에게 흘러오게 된다. 우리는 이 곳 일곱 번째 차크라에서 진실을 알 수 있다. 구해야 할 게 진정 아무것도 없다. 모든 건 우리 안에 있다. 우리는 모두 연결되어 있다. 우리는 모두 하나이다. 진심으로, 깊이 있게 이를 인식하는 것이야말로 우리가 알아야 할 전부이다.

정수리 에너지 센터가 열린 사람은 바라만 봐도 매우 아름답다. 내 세미나에서 한 남성을 만났는데, 그는 열린 일곱 번째 에너지 센터를 보여주는 고무적인 예였다. 그는 많은 사람들 중에서 선택받고 싶어, 강연장 앞쪽 두 번째 줄에 앉아 팔을 크게 흔들고 있었다. 그는 약 서른 살에, 키는 180센티미터가 넘어 보였고, 꽤 매력적인 사람이었다. 내가 그를 지목하자 그는 펄쩍 뛰어 일어나서는 한쪽으로 치우친 걸음으로 내게 걸어왔다. "어떻게 도와줄까요?" 내가 물었다.

몬태나에서 그의 트럭이 절벽에서 떨어져 사고를 당했다고 했다. 그는 트럭에서 튕겨나왔고, 트럭이 그의 다리 위를 굴러 지나갔다. 누군가가 그를 산골짜기 아래에서 발견했을 땐 이미 며칠이 지난 후였다. 그는 한쪽 다리를 절단해야 했고, 남아 있는 다리의 발에도 신경 손상이 생겼다.

나는 옆에 있는 작은 계단에 앉아 그의 발을 내 무릎에 올렸다. 의사가 그의 남은 발의 손상에 대해 어떤 말을 했는지 물었다. "보험이 없어요. 누구에게도 물어보지 않았어요." 그가 말했다.

"이런 어려움에 대처하는 모습이 무척 인상 깊군요." 내가 말했다.

그는 웃으며 "정말 노력하고 있어요"라고 대답했다. 그가 노력하고 있음은 분명했다. 그는 자기 연민이나 분노 혹은 체념보다는, 상황을 받아들이고 있었다. 여섯 번째와 일곱 번째 차크라에서 보이는 그의 인식 수준과 열린 상태는 매우 놀라웠다. 그 강연장에 함께 있던 모든 사람들은 그가 풍기는 존재감에 감동을 받았다.

나는 그가 근원Source과 좀 더 견고하게 연결될 수 있도록 도왔다. 그는 이미 정신적으로 매우 열려 있고 연결되어 있었으므로, 그의 에너지 장에 남아있는 걱정이나 불안감을 없애 그 연결이 더욱 확고해지도록 했다. 두려움, 불안감, 분노는 신성과의 연결을 막고 끊는다. 우리가 기도를 하는 이유 중 하나가 이런 이유에서이다. 정수리 차크라를 통해서 빛이 들어오는 걸 막게 되는 감정들을 해소하도록 여러 기술적 방법을 활용한다. 정수리 차크라의 균형을 맞추면 각자의 길을 열린 마음으로 충실히 살 수 있고, 사심 없이 더욱 위대한 선善을 위해 공헌하게 된다.

U2[94]의 리드싱어이자 작사가 겸 작곡가인 보노Bono 역시 일곱 번째 차크라가 잘 정합된 사람이다. 그는 그의 명성과 부를 에이즈에 대한 인식 재고, 아프리카의 빈곤 해소, 제3세계 국가의 부채 탕감, 다르푸르Darfur[95] 같은 분쟁 지역에 필요한 조치를 위해 사용했다. 로큰롤 명예의 전당Rock and Roll Hall of Fame에 오른 보노의 트로피 상자는 그래미상과 골든 글로브상 수상 트로피로 꽉 차 있다. 또한 그는 지속적인 인도주의적 공로를 인정받아 세 번이나 노벨평화상 후보에 올랐으며, 프랑스의 레지옹도뇌르Legion d'Honneur 훈장과 명예로운 대영제국훈장Knight Commander of the Order of the British Empire을 비롯한 다양한 상을 수상했다.

마틴 루터 킹 박사에 대해 존경심을 표명하기도 한 보노는 정

---

**94** 아일랜드의 록 그룹. 사회비판적이고 영적인 노랫말을 담은 록 음악을 구현하며 1980년대부터 대중적인 인기를 얻고 있으며, 인권 문제나 환경 문제 등에도 적극적으로 앞장섬.

**95** 아프리카 수단의 서쪽으로, 아랍계 민병대와 아프리카계 반군 사이에 있었던 오랜 분쟁으로 인종 대학살이 벌어진 지역.

부관료, 종교단체, 자선단체, 미디어, 비즈니스 등에 이르는 다양한 분야를 총 망라하여 성공적으로 참여를 이끌었다. 이로 인해 그는 '퓨전 자선사업의 얼굴'로 불린다. 그는 또한 프로젝트 레드 Project Red 캠페인을 진두지휘하면서, 갭Gap, 아르마니Armani, 컨버스Converse, 아메리칸 익스프레스American Express와 같은 주요 기업들을 설득하여 레드 상품의 영업이익 1퍼센트를 에이즈, 결핵, 말라리아 예방을 위한 글로벌 펀드에 기부하도록 했다. 그는 부채 탕감을 옹호하며 아프리카 여행 중에 기자들에게 이렇게 말했다. "근본적인 인권은 아버지의 죄로부터 벗어나서 자유롭게 다시 시작할 수 있는 능력이다." 그는 또한 "꿈을 현실로" 바꾸자고 언급하기도 했다.

시트콤 〈행복한 날들Happy Days〉에서 '폰즈' 역을 맡은 헨리 윙클러Henry Winkler는 정수리 차크라의 왜곡을 다른 사람을 돕는 것으로 승화시킨 배우이다. 윙클러는 난독증으로 학업생활에 어려움을 겪었으며, 그로 인해 그가 말하는 '높은 수준의 낮은 자존감'으로 자랐다. 그는 비슷한 문제를 겪는 사람들을 돕기 위해, 4학년 학생인 행크의 학교 이야기를 다룬 어린이 책 시리즈 열두 권을 공동 집필하였다. 《행크 집저, 세상에서 가장 공부 못하는 아이Hank Zipzer, World's Greatest Underachiever》라는 제목으로 출간된 이 시리즈는 학습장애를 겪는 수백만의 어린이들을 도와주었다. 그는 또한 연례 뇌성마비 자선기금 모금 방송Annual Cerebral Palsy Telethon, 미국간질협회Epilepsy Foundation of America, 어린이를 위한 장난감Toys for Tots 캠페인, 전미 장애인을 위한 예술 위원회National Committee for Arts for the Handicapped, 지적 장애인 올림픽Special Olympics에서도 활동을 하였다.

자신의 행동으로 놀라운 성찰을 불러일으킨 또 다른 유명한 배우는 마이클 J. 폭스Michael J. Fox이다. 그는 파킨슨병으로 인해 자기의 정신이 망가지지 않도록 노력했다. 그의 자서전인 《행운아Lucky Man》에서 싸우기 좋아하는 '군인 녀석'을 통해 파킨슨병에 대해 다음과 같이 서술했다. "예상치 못했던 위기는 삶에 대해 근본적인 결정을 하도록 내몰았다. 항상 적들에게 둘러싸여 있다고 믿는 강박적인 심리상태siege mentality로 남겠는가, 아니면 여정을 시작하겠는가. 용기? 수용? 지혜? 무엇 때문이었든 결국 두 번째 길을 가기로 하였고 (첫 번째 상태로 처참한 몇 년을 보낸 후) 이는 의심할 여지없이 내게 선물이었다. 그리고 신경생리학적 재앙이 없었다면, 문을 열어 보려고 하지도 않았을 것이고, 놀랍도록 풍요로운 경험도 해보지 못했을 것이다. 그렇기에 나는 나를 행운아라고 생각한다." 파킨슨병 연구를 위한 마이클 J. 폭스 재단Michael J. Fox Foundation for Parkinson's Research은 파킨슨병의 치료법 개발 연구를 위해 1억 1,500만 달러가 넘는 자금을 지원했다.

일곱 번째 에너지 센터의 열림과 균형을 위한
# Checklist

다음의 질문에 답해보자.

1  242~243쪽에서 열거한 증상이 있는가? ☐

2  내 신념만이 '옳다'고 생각하는 경향이 있는가? ☐

3  고차원의 힘을 신뢰하는가, 아니면 버림받았다는 느낌을 받는가? ☐

4  과거의 손실에 대해 신에게 화가 나 있는가? ☐

5  버림받은 느낌이 들고, 내 삶이 힘들고 가치 없다고 느껴지는가? ☐

6  안전하고 나를 지원하고자 하는 우주와 연결되어 있다고 믿는가? ☐

7  신이나 자연과 연결될 수 있는 나만의 의식이 있는가? ☐

8  어린 시절 우주에 대해 느꼈던 신비로운 연결을 열망하는가? ☐

9  내 존재의 목적이 주는 환희를 느끼는가? ☐

10  내가 모든 사람, 모든 것과 연결되는 상상을 할 수 있는가? ☐


━━━━━━━ 우리의 의식은 영적 연결을 우리가 아는 언어로 바꾼다. 일부에게는 자라면서 접한 종교가 최고의 언어가 되고, 다른 이들에게는 자신이 실제로 선택하는 체제에 더욱 수긍하게 된다. 자신의 신념이나 정신적인 길이 어떻든지, 신성은 자신

에게 가장 편안한 언어와 이미지로 나타나게 된다. 매일매일 기도, 명상, 자연과의 조우를 통해 신성이 삶으로 들어올 수 있도록 초대해보자. 혹은 인내력 있는 운동선수처럼 신체적인 노력을 통해 신성과 연결해도 좋다.

연결 통로가 열리기 시작하면 참을성을 가져야 한다. 그 과정은 부드러운 마음 상태, 하려는 의지, 진실, 때로는 끊임없는 수련과 함께 해야 한다. 현재의 연결을 존중하면 진실은 더욱 높은 차원의 연결을 위한 문을 열어준다.

모든 단계와 차원에서, 진실이 치유한다.

만일 '진실이 치유한다'면, 왜 진실을 말하는 게 그렇게 어려울까? 왜 우리는 진실을 그렇게 두려워하는 문화에서 살게 되었을까? 왜 우리는 더 기분 좋고, 건강해지고, 부유해지고, 침착해지고, 연결되고, 든든한 지원을 받고, 평화로운 느낌을 주어 우리를 자유롭게 하는 바로 그것을 두려워하는 걸까?

위의 질문은 해볼 만하다. 그리고 그에 대한 대안도 상상해볼 수 있다.

진실에 헌신하는 세상을 상상해 본다. 나이키가 '**진실, 일단 해봐**Truth, Just Do It'라고 설득하고, 우유권고위원회Milk Advisory Board는 '**진실을 챙기셨나요**Got Truth?'라고 홍보하고, 정치인들은 '**진실특별법**'을 제정하고, 카드사는 '**진실 없이는 집을 나서지**

**마세요**'라고 상기시켜주는 세상을. 우리의 친구들, 부모님, 연인, 배우자, 동료, 고객이 진실을 말하는 우리를 사랑하고 존경하는, 그리고 진실만을 원하는 세상을 상상해본다.

자신에게 다음의 질문을 해보자.

- 하루 중 어느 정도 실제로 진실하게 사는가?
- 오늘 사소한 거짓말을 얼마나 많이 했는가?
- 내 체면을 살리거나 다른 사람을 성가시게 하지 않으려고 실제로 느끼는 감정을 얼마나 대충 넘어가는가?
- 만일 내가 정말로 진실만을 말하기로 결정한다면 나의 하루, 앞으로의 시간, 앞으로의 몇 분, 오늘 저녁, 내일 아침이 어떨 것 같은가?
- 무엇이 달라질까?

스스로 느껴보고, 무슨 일이 일어나는지 살펴본다. 나의 삶과 내가 사랑하는 것들이 나를 놀라게 하도록 허용한다. 매일매일 얼마나 더 기분이 좋아지는지 그리고 얼마나 삶이 더 편안해지는지 발견하게 될 것이고, 스스로도 놀랄 것이다. 결국 우리는 진실을 **감당**할 수 있다.

몸이 숨 쉬는 것을 느껴 보라. 하아~ 하고 안심하는 큰 숨을. 우리가 진실을 말하고, 진실을 요청하고, 진실을 받아들이고, 진실하게 살면 이런 느낌이 든다. 커다란 안도의, 환희의, 감사의, 만족하는 숨을 내쉬는 느낌. 이만한 느낌은 없다.

우리가 진실하게 살기 시작하면, 주위의 사람들은 당분간 화를 낼지도 모른다. 그러나 결국 그들은 달라진 우리의 모습을 보게 될 것이고, 그들도 그렇게 되길 원할 것이다. 진실은 전염성이 강하다. 우리는 정치인과 기업을 경영하는 CEO, 언론이 진실을 말하길 원한다. 그러나 우리 자신에게 진실을 말하도록 요구할 용기는 있는가? 자신에게 진실을 요구하고, 자신의 삶에 진실을 위한 기초 작업을 하고, 다른 사람들도 그렇게 될 수 있도록 허용하자. 그러면 우리의 삶이 달라진다.

진실에 바탕을 둔 세상을 그려본다.

우리 아이들과, 우리 아이들의 아이들을 위해 그런 세상을 꿈꿔본다.

진실로.

옮긴이의 말

보여줄 수 있는
사랑은 아주 작습니다.
그 뒤에 숨어 있는
보이지 않는
위대함에
견주어 보면.

- 칼릴 지브란

    제가 처음 데보라 킹을 알게 되었던 때로 거슬러 가 봅니다. 세 살 난 한 아이의 엄마였고, 길을 잃었습니다. 그 어떤 것도 해 보고 싶다는 의욕이 나지 않았습니다. 그래서 더 좌절했습니다. 정말 어디가 바닥일까 싶을 정도로 점점 더 나락으로 빠지는 것 같았습니다. 그 동안 살아온 삶이 무슨 의미였나 싶었고, 나는 제대로 할 줄 아는 게 아무것도 없는 사람 같았습니다. '밖에서 보여지는 나'는 별 문제 없는데, '내 안의 나'는 공허 그 자체였습니다. 너무나 궁핍하여 지푸라기라도 잡고 싶은 심정이었지만, 도움을 요청할 줄 모르던 나는 겉으로는 괜찮은 척 그렇게 곪아들어 갔습니다.

어느 날 미국의 한 출판사 인터넷 사이트에 접속했다가, 자신을 '에너지 힐러'라고 소개하는 한 작가의 인터넷 방송을 듣게 되었습니다. "에너지 힐링으로 내가 어떻게 암에서 낫게 되었는지 들려드리죠." 묘하게 끌리는 그녀의 음성. 마침 그 방송은 데보라 킹의 첫 인터넷 방송이었고, 그 이후 저를 포함한 전 세계 수많은 이들의 삶을 변화시켰습니다.


## 드라마 같은 삶, 새로 찾은 희망

저자 데보라 킹은 미국 중산층의 그림 같은 집에서 변호사이자 정치인인 아버지의 사랑을 받으며, 말끔하게 살림 잘 하는 어머니와 한 살 위의 오빠와 함께 살아가는, 누가 봐도 행복하고 부유한 가정에서 순탄하게 살아온 여성이었습니다. 그러나 실제로 들여다보면, 아버지의 사랑이라고 받아들였던 것들이 어느 순간부터는 끔찍한 성폭행이었고, 어머니는 그런 딸을 보호하기는커녕 남편을 유혹한 발칙한 여자애로 여겨 질투하였습니다. 곱게 보호받아야 마땅한 6~7세 시절부터 오히려 부모 양쪽으로부터 신체적, 감정적인 공격을 받아야 했던 것입니다. 말로 형언할 수 없는 외로움과 고통을 겪고, 거기에 질풍노도의 십대와 사춘기를 보내는 동안, 그 상처는 반항과 자기파괴로 표출되어 술, 담배, 문란한 생활로 이어졌습니다.

대대로 변호사 가문인 집안에서 그녀 또한 변호사가 되기 위해 노력하였고, 20대에 이미 장래가 촉망되는 변호사로 성공적인 커리어를 쌓았지만, 몸과 마음은 더 곪아만 갔습니다. 남자친구가 알코올 중독이라며 염려했지만, 술과 담배, 갖가지 약물로 심신의 문제들을 겨우 덮어두고 있었습니다. 우울증 등 정신질환까지 겪으며 오르락내리락 하는 삶을 살던 중, 25살 무렵에 그녀는 갑작스런 자궁암 진단을 받게 됩니다.

설상가상으로 유일하게 자신을 이해하고 곁에 있어준 사랑하는 남편마저 암벽등반 중 추락하여 식물인간이 되었습니다. 절망적인 인생의 나락에서, 자신의 병과 남편의 치유를 위해 그녀는 할 수 있는 모든 방법을 시도하고 찾아나서게 됩니다. 현대 의학의 한계와 마주치며 온갖 방법을 동원하여 몸부림치던 그녀는 결국 다른 대안들까지 찾아보게 되었고, 그때 만나게 된 방법이 바로 '에너지 힐링'이었습니다.


## 치유, 레몬으로 레모네이드 만들기


'에너지 힐링'이라고 하면 뭔가 이상하고 초자연적인 것이라 여기는 경우가 많습니다. 또는 나를 괴롭히는 문제를 단 한 번에 고쳐줄 수 있는 만병통치약 같은 것으로 막연히 기대하기도 합니다. 에너지 힐링을 배웠다면 평범한 감기나 질병은 걸리지 않을 것이라 믿는 경우도 있습니다.

저도 처음에는 '힐링'을 받으면 나를 괴롭히는 문제들이 한 방에 말끔히 사라질 줄 알았습니다. 언제 다 없어질까 하며 무작정 기다리고 있기도 했습니다. 그러나 '영혼은 우리보다 더욱 큰 뜻을 가지고 우리를 이끈다'는 사실을 데보라 킹과 함께 한 수년간의 배움을 통해 비로소 알게 되었습니다. 우리가 해야 하는 일이란 '삶이 던져주는 레몬을 각자의 노력을 통해 레모네이드로 만드는 것'이라고 늘 말씀하셨습니다. 예고 없이 찾아오는 인생의 어려움들, 재정의 악화나 건강 문제, 악몽 같은 이혼, 사랑하는 사람들과의 사별 등 마음의 고통들은 삶이 던져주는 시큼한 레몬이고, 우리 각자는 일상에서 얼굴을 찌푸리게 하고 때로 눈물 흘리게 만드는 그 레몬을 가지고 최선을 다해 맛있는 레모네이드를 만드는 일을 해야 한다는 것이지요.

각자가 어떤 소리를 내는 악기인지를 알게 되는 과정이 바로 '힐링'이라는 예술입니다. 내가 어떤 악기인지를 발견했다면, 그 악기를 통해 아름다운 음악을 연주할 수 있도록 더 크고 신성한 존재와 연결되어, 더욱 품격 있는 악기로 거듭나는 과정이라 할 수 있습니다.

제가 경험한 에너지 작업은 누구보다도 바로 자기 자신이 운전대를 잡고, 매 순간 자신의 느낌, 생각, 감정, 행동을 자각하도록 하는 훈련이었습니다. 일상의 삶이 학습 장소가 되고, 남을 도와주는 동안 매 순간 나의 의도를 확인하게 하며, 나 스스로와 주변 사람들을 보살피는 가운데 사랑의 마음과 '깨어있음'을 끊임없이 훈련토록 하는 값진 공부였습니다.

영화 〈마션The Martian〉에서 주인공 맷 데이먼은 화성에 홀로 남겨졌다가 갖은 고생 끝에 지구로 돌아온 후 미래의 우주 비행사들을 교육하는 자리에서 이렇게 말합니다. "여러분들이 가는 곳은 우주space입니다. 그곳에서는 모든 것이 내 마음대로 되지 않습니다. 그러나 내 앞에 주어지는 문제를 하나씩 풀어가는 동안 다시 지구로 돌아오게 됩니다." 힐링(치유)도 이와 같다고 생각합니다. "왜 힐링을 하시나요?"라는 질문에 저자 데보라 킹은 이렇게 말합니다. "힐링은 내가 남과 다른 특별한 존재여서 하는 게 아닙니다. 특별한 능력을 가져서도 아니고, 남보다 나은 사람이어서도 아닙니다. 힐링을 하는 이유는, 그저 내가 지금 할 수 있는 일이기 때문입니다."

힐링은 내가 통제하고 조종할 수 있는 영역이 아닙니다. 나는 단지 힐링이 가능하게 될 수 있도록, 모든 것이 하나로 연결된 영역인 일종의 '통일장Unified field'과 잘 연결되어 그곳에서 필요한 작업이 이루어지도록 마음작업을 하는 수밖에 없습니다.


## 차크라, 진실을 알려주는 신호등

인간은 '에너지로 이루어진 존재energetic being'입니다. 즉, 에너지로 되어 있습니다. 이런 의미에서 감정emotion이란 '움직이고 있는 에너지energy in **motion**'라고 할 수 있습니다. 이 책에서 소개하는 '차크라'는 에너지 층에서 '감정'의 변화에 따라 움직이며 신호를 보냅니다. 차크라는 자신의 심리상태를 반영하는 거울과 같습니다. 차크라를 통해 자신의 시각을 세상에 투사하게 됩니다. 차크라를 정화하고 균형 맞추는 것은 식사 후 양치질을 하는 것과 비슷합니다. 인식하지 못했을 뿐 우리 몸과 마음, 정신 상태를 온도계처럼 감지해 주고 나타내 주는 중요한 척도입니다. 그렇다면, 이토록 중요한 차크라를 어떻게 균형 맞추고, 바로 잡을 수 있을까요?

이 책 《진실이 치유한다》의 제목에서도 알 수 있듯이, 진실만큼 강력하고 자유롭게 해주는 치유법은 없습니다. 여기서 '진실'이란 내가 나 자신에게 정직한 것을 의미합니다. 예를 들어, 현재 부부 사이가 좋지 않습니다. 그러나 자신에게 "우리 가정은 아무 문제없어, 다른 사람들도 이렇게 살고 있고, 언젠가는 괜찮아 질 거야."라고 한다면, 이는 자신에게 정직한 게 아닙니다.

각 차크라별로 관장하고 있는 신체 부위 및 감정의 영역이 있습니다. 이 책에는 각 차크라의 유형과 함께 저자 또는 저자가 상담한 다양한 사람들의 사례가 실려 있습니다. 어떤 챕터는 다른 챕터보다 뭔가 더 느껴지거나, 집중하게 되거나, 막연히 거부감이 들거나, 눈물이 나오게 할 수 있습니다. 이는 해당되는 차크라에 정화가 필요한 감정이 정체되어 있음을 의미합니다. 책에서 소개된 방식들, 이를테면 자연에서 도움을 받는 방법 등을 통해 조금씩 용기를 내어 그 부위를 느껴보거나, 반복해서 해당 챕터를 읽게 되면 무언가 느끼거나 알게 되는 것이 있을 것입니다. 숨겨진 진실을 만나는 다리로 차크라를 잘 활용하시길 권합니다.

마을에 누군가 아플 때 치유 의식을 행하는 원주민 부족에 대한 이야기를 들은 적이 있다. 고열이 있거나, 복통을 호소하거나, 우울증이 있거나 폐출혈을 앓고 있는 사람이 가운데에 앉고, 그 주위를 마을 사람들이 둥글게 둘러앉는다. 아픈 사람은 말이나 행동을 통해 자신에게 상처를 주었거나 혹은 자신이 상처를 준 사람에게 **그동안 말하지 않았던 것**을 말할 수 있게 된다. 내내 가슴을 누르며 그 누구와도 나눠보지 못했던 이야기들이 무엇이었고, 어떤 꿈이 억압되었는지, 환자가 솔직히 말할 수 있는 자리가 된다. 마을 사람들은 그의 말을 듣고 인정해 준다. 아픈 사람이 좋아질 때까지 마을 사람들은 함께 원 안에 앉아있어 준다.

원주민은 우리가 문명 생활에서 잊고 있었던, '진실이 치유한다'는 사실을 알고 있었다. (13~14쪽)

이 책의 이야기들은 여러분을 중심으로 둥글게 둘러앉은 원과 같습니다. 그동안 꺼내놓지 못했던 내 안의 이야기를, 둥글게 둘러앉은 안전한 에너지의 보호 속에서, 또 이 책에 나오는 다른

사람들의 삶을 통해서 꺼내보고 만나보는 시간이 되시길 기원
합니다.


## 진솔한 이야기에 담긴 치유의 힘

이 책의 맨 뒤에는 한국인 두 분의 치유 사례를 부록으로 추가
했습니다. 당시 데보라 킹의 치유 작업에 함께 참여하면서 제가
곁에서 보고 또 인터뷰한 내용입니다. 실제 치유 작업의 현장감
과 함께 우리와 같은 땅, 같은 문화권에 살고 있는 사람들도 놀랍
도록 다채로운 사연을 안은 채 살아가고 있다는 사실을 새삼 느
끼실 수 있을 것입니다.

어떤 이야기에는 고대로부터 전해 내려오는 치유의 힘이 있습
니다. 특히 오래도록 구전되어 내려오는 인간의 원형을 담은 이
야기들은 더욱 그렇습니다. 그와 마찬가지로 표면적인 삶의 모
습이 아닌 진솔한 작업을 통한 진실을 담은 스토리는 그 이야기
를 듣고, 보는 사람들에게 무의식적으로 치유의 힘을 주게 됩니
다. 한 사람의 진솔한 이야기는 전 세계 많은 이들의 삶에 울림을
주고 변화를 일으킬 수 있습니다. 우리들 한 사람 한 사람이 서로
에게 진솔한 이야기를 들려줄 때, 그런 일들이 일어날 수 있습니

다. 이제 한번 용기를 내어 시도해봅시다. 그 진실의 에너지에 함께 동참하여, 불필요하고 억압된 감정들에서 자유로워질 수 있습니다. 내가 미처 발견하지 못했던 빛, 그리고 나와 타인, 존재하는 모든 생명들을 연결하고 있는 신성한 지성에 연결되어 하나 되고 커다란 힘 속에서 용기 있게 진솔한 삶을 살 수 있게 되시기를 바랍니다. 알마스A. H. Almaas는 그의 책《늘 펼쳐지는 지금The Unfolding Now》에서 다음과 같이 말했습니다. "한 번도 가보지 않은 곳으로 나아가려면 우리에게는 대담하고 용기 있고 모험심 있는 가슴이 필요하다. 내적인 여정이란 바로 한 번도 가보지 않은 길을 걷는 것이다. 단지 친절한 가슴만 갖고는 자신을 공격하지 않는 데에는 도움이 되겠지만, 지금 이 순간으로 들어가는, 새로운 영역을 향한 용감한 발걸음을 내딛을 수는 없을 것이다."

이 책은 한번 읽고 지식을 습득하는 책이 아닙니다. 곁에 두고 생각날 때마다 펼쳐보면, 전에는 발견하지 못한 부분들이 새롭게 눈에 띄게 되면서, 자신을 더욱 잘 알아나가는 지침서로 쓸 수 있습니다. 의지할 수 있는 친구로 활용하여, 보다 홀가분한 나 자신을 만나는 여정의 길에 성큼 발걸음을 내딛게 되시길 기원합니다.

진실이 우리 모두를 자유롭게 하기를!

내가 겪은 이야기와 내가 치료하면서 만났던 수천 명의 이야기를 통해 더욱 분명해진 건, 우리에게 일어난 모든 일은 우리 몸과 우리 몸을 둘러싼 **에너지 장**energy field에 저장되어 있다는 것이다. 결국 건강과 치유는 우리 몸, 마음, 영혼이 진실을 원하고, 필요로 하고, 진실과 마주할 준비가 됐을 때 이루어진다. 평생 동안 억압해왔다 하더라도, 몸, 마음, 영혼이 아픈 비밀을 풀어 놓을 의향이 있다면 자기 자신은 물론이고, 가족 더 나아가 국가까지도 아픔을 치유할 수 있다. 궁극적으로 우리를 살리는 것은 우리가 자신을 죽인다고 확신하고 있었던 '**진실**'이다.(13쪽)

# 한국인 치유 사례

부록

## 자손에게 대물림된 죽음의 그늘

40대 후반의 A씨는 심리학 박사이자 심리치료 전문가입니다. 그는 미국에서 열린 데보라 킹의 워크숍에 참석해서, 며칠 내내 의심이 가득한 눈으로 무대를 지켜보고 있었습니다.

무대 위에서는 매 순간 예상치 못한 다양한 상황들이 발생하곤 했습니다. 그녀의 워크숍은 이론을 설명하고 참석자들이 짝을 지어 연습하도록 하는 단순한 스타일이 아니었습니다. 기氣 치료나 그룹상담, 사이코드라마, 최면, 코칭, 종교적 부흥회 등과도 전혀 달랐습니다. 이론적인 내용을 설명하다가도 어느 순간에는 청중

들 중 한 사람이 무대 위로 올라와 개인 세션이 진행되기도 했고, 때론 노래로, 때로는 이야기로 다양한 감정과 에너지들이 흘러나오면서 매 순간 다음에 어떤 일이 벌어질지 알 수 없는 상황 속에서 극적인 치유가 일어났습니다. 어떤 일이 일어나고 있는지 즉시 인지할 수 없는 상황도 있었지만, 각자 의식적으로나 무의식적으로 감추고 있었던 어떤 요소들이 안전하고 자연스럽게 드러나면서 그들의 모습과 태도가 밝게 바뀌어 가는 것은 확인할 수 있었습니다.

형식적인 스케줄에 쫓기듯이 진행되고, 때로는 잠을 설쳐가며 과제를 해결해야 하는 한국식 프로그램을 흔히 접해왔던 한국인들로서는, 하루에 6시간 정도만 함께 모여 작업한 다음, 나머지 시간은 충분히 먹고 자고 느끼며 쉴 여유를 주는 프로그램 진행 방식 또한 생소하기 그지없었습니다.

아무런 사전 정보 없이 지인의 소개로 덜컥 참석하게 된 A박사도 마찬가지였습니다. TV에 자주 출연할 정도로 수많은 상담 및 심리치료 경험이 있었지만, 며칠 동안 눈앞에서 지켜본 작업과 강의 내용들은 한국에서 손꼽히는 전문가인 그에게도 낯선 것들이었습니다. 그 며칠 사이에 환하게 얼굴이 바뀐 사람들 틈에서 날마다 팔짱을 낀 채 '도대체 무슨 일이 일어나고 있는 거지?' 하며 놀라움과 의구심이 섞인 눈으로 지켜보던 그는, 마침내 워크숍 마지막 날 맨발로 무대에 올랐습니다. "저도 경험해보고 싶습니다."

데보라 킹은 무대에 오른 A박사와 나란히 서서 우선 어떤 동기로 여기 오게 되었는지를 물었습니다.

"예전에는 영혼에 대해서 믿지 않았는데, 최근에 영혼의 존재에 대해서 믿기 시작했습니다."

"어떤 계기가 있었나요?"

"외할아버지가 계셨는데, 암살을 당하셨습니다."

자그마한 동양인으로부터 흘러나온 한 마디에 모두가 술렁였습니다. 암살이라니?

"지역에서 리더십이 강한 분이셨는데, 누군가에 의해 암살을 당하셨습니다. 그때는 그런 시절이었지요. 어머니에게는 그 사건이 큰 트라우마였습니다. 저를 포함해 6명의 형제를 낳으셨는데, 4명이 벌써 유명을 달리했습니다. 첫째는 유산으로, 둘째는 3살 때 양잿물을 잘못 마시고, 제 밑의 동생은 자살을, 막내는 10살 때 물에 빠져 죽었습니다."

내내 조용히 앉아 자리를 지키기만 했던 그의 이야기는 모두를 깜짝 놀라게 했습니다.

"가족 중에 그렇게 많은 죽음이 있었으니, 늘 자신의 죽음도 염려하고 의식하셨겠네요?"

"예, 살아있다는 느낌이 잘 들지 않았습니다."

데보라 킹은 이야기를 주고받는 동안 A박사를 지그시 바라보며 그의 에너지 상태를 감지했습니다. 평소에도 늘 긴장해 있는 모습이던 A박사는 무대 위로 올라가자 예상 외로 많은 이야기를 술술 쏟아내더니, 어느 샌가 비장한 표정으로 고통을 쥐어짜듯 말했습니다.

"외할아버지의 죽음과 제 형제들의 죽음에 대한 연관성을 알고 싶습니다."

그녀는 한 손을 활짝 펴서 그의 몸 쪽으로 향하고는 부드럽게 말했습니다.

"지금 이 자리에서 그 패턴을 완전히 바꿀 수 있습니다. 박사님은 매사에 조심스레 살아오신 것 같네요. 이제는 DNA에도 새겨진 듯한 과거의 패턴을 풀어내어서, 후손들에게는 이런 패턴이 이어지지 않도록 할 수 있습니다. 그렇게 하고 싶으신가요?"

"물론입니다!"

데보라 킹은 한 손을 그의 명치 쪽으로 향하고 다른 손은 가볍게 위로 펼쳐 들었습니다. A박사는 눈을 감고 양 팔을 아래로 내린 편안한 자세로 서 있었습니다.

"세 번째 차크라가 침범을 받아 취약해져 있네요. 자, 이제 해방될 시간입니다."

데보라는 즉시 A박사의 외할아버지로부터 가족에게 전해오던 죽음의 패턴을 풀어내는 작업을 시작하였고, 그의 부모 세대부터 거의 50년이 넘은 트라우마를 정화하여 가족의 계보에서 떨어져 나가도록 도왔습니다.

에너지 치유의 관점에서, 세 번째 차크라는 '자신의 힘'과 연관되어 있습니다. A박사의 경우 외할아버지뿐만 아니라 많은 가족들의 죽음이 그의 에너지 몸에 고통스러운 상처로 새겨져 있었고, 그것이 무의식적으로 그를 자극하고 위축시켜 삶 자체를 불안하게 흔들고 있었습니다. '자신의 힘'을 제대로 발현하지 못하고 있었기 때문에, 태양신경총 차크라를 중심으로 다른 에너지센터들까지 불균형한 상태였습니다. 데보라는 바로 이 세 번째 차크라를 시작점으로 삼아 나머지 차크라, 그리고 DNA에까지 연결된 오래된 매듭을 풀어내었습니다.

아쉽게도 데보라의 치유 작업을 말이나 글로 설명하는 것에는 한계가 있습니다. 마치 유명한 가수의 콘서트나 오케스트라의 관현악 연주를 책으로 묘사하려는 것과 비슷하기 때문입니다. 아마도 그런 특성이, A박사가 워크숍 내내 머리를 갸웃거리면서도 쉽게 본질을 파악하지 못했던 이유일 것입니다. 그러나 자리에 앉아 콘서트 분석만 하고 있던 그가 무대에 올라 연주에 참여하게 되자, 머리의 이해 대신 본질적인 어떤 변화가 발생했습니다. 무대를 내려올 때의 그는 마치 딴 사람이라도 된 것처럼 홀가분하면서도 얼떨떨한 표정이었고, 그 치유 작업에 대해 깊은 감사를 표시했습니다.

그로부터 1년 후. A박사는 이제 더 이상 집안의 트라우마에 대해 이야기하지 않게 되었다며 한결 편안해진 모습이었습니다. 어린 시절엔 집이 늘 전쟁터 같아서 친척집을 돌아다니며 도움을 많이 받았고, 삶이 너무 힘들어 인생 최고의 목표가 '평화'였다고 합니다. 상담과 코칭을 통해 다른 사람을 돕는 심리치료 전문가가 된 것도 자신의 고통에 대한 답을 찾기 위한 과정이었던 것입니다.

데보라 킹의 워크숍 이후, 한 사람이 바로 서면 자신과 자신의 가족은 물론이고 부모, 친척들도 각자 자기 자리로 돌아오게 된다는 것을 더욱 깊이 깨달았다고 합니다. 이미 남다른 입체적인 심리치료 방법을 널리 보급하던 전문가였지만, '치유'에 대한 관점까지 크게 바뀌는 계기가 되었습니다. 한 사람의 치유가 그 한 사람에 그치지 않고 과거의 윗세대와 미래의 자녀세대에도 새로운 조건을 만들어 준다는 점, 그리고 기존에 손을 댈 수 없었거나 아예 인지조차 할 수 없었던 이슈들을 에너지 차원에서 발견하여 처리함으로써 감정과 인식은 물론 현실에서도 지속적인 변화가 일어난다는 사실을 직접 체험했기 때문입니다.

자신을 늘 따라다녔던 죽음의 그림자와 직면했던 그는, 이제 '집안 내력'에 연연하지 않고 건강하게 자신의 삶을 살아가고 있습니다. 환히 웃는 그 얼굴이 잊히지 않습니다.


## 누군가 알아보고 손 내밀어 주기를

매력적인 용모의 여성인 S씨는 누군가 자신을 알아보고 도움의 손길을 건네주길 바랐습니다.

가슴 깊이 숨겨 놓아 차마 말하지 못하는 상처가 있었기 때문입니다. 자신의 트라우마를 알아보고 도와줄 사람을 만나기 위해 10년 넘게 다양한 명상과 그룹치유, 프로그램에 참여하여 수행해왔습니다. '내가 그런 일을 겪어야 했던 이유는 무엇이었을까? 도대체 나란 어떤 존재일까? 나는 무엇일까?' 타고난 민감성과 노력으로 간절하게 길을 찾고 방법을 물었지만, 자신조차 꽁꽁

싸매고 있던 그 이슈를 감지하고 해결하려 도와주는 사람은 만나지 못한 상태였습니다.

S씨가 데보라 킹의 워크숍에 오기까지도 우여곡절의 연속이었습니다. 큰 결심을 하고 바다 건너 처음으로 미국 땅을 찾아왔는데, 사소한 문제들이 겹치면서 입국 과정에 곤란한 일이 발생했습니다. 말 한 마디 통하지 않는 낯선 곳에서 혼자 국내선 비행기를 몇 번이고 갈아타며 워크숍이 열리는 곳까지 찾아와야 하는 상황이 된 것입니다. 다행히 그녀에게는 자신의 상처를 극복하기 위해 수많은 장애물을 이겨낸 경험이 있었습니다. 워크숍에 대한 간절함으로 힘겹게 먼 길을 돌아 찾아온 S씨를 보고, 데보라 킹은 첫눈에 '용기 있는 눈brave eyes'이라는 별명을 붙여 주었습니다. 그녀에게서 언제나 용기 있게 살아온 인상을 받았던 것입니다.

워크숍에서 서서히 마음의 문을 열게 된 그녀의 이야기는 많은 사람들의 가슴을 아프게 했습니다. 6~7살 무렵에 자신의 친오빠들과 그들의 친구들로부터 여러 차례 상습적인 성폭행을 당했던 것입니다. 한 집에 살면서 늘 마주쳐야 했던 오빠들, 그리고 같은 지역에 사는 그들의 친구들로부터 그런 짓을 당했다는 사실이 너무 수치스러웠기에, 어쩔 수 없는 막다른 상황에서는 깊은 잠에 빠진 척 해서 성폭행을 당하는 줄 모르는 것처럼 연기함으로써 그 사실을 외면하고 싶었답니다. 오래 묵힌 울음과 함께 한 마디 한 마디 힘겹게 토해내는 그녀의 이야기 앞에 워크숍에 참석한 사람들도 함께 눈물지었습니다. 성인이 된 지금에도 가족 모임이 있으면 다시 아무렇지 않은 듯 만나야 했던 오빠들, 힘겨웠던 많은 상황들, 그리고 도피하듯 시작했지만 이혼으로 끝났던 결혼 생활. 아이들까지 직접 키우지 못하고 홀로 생활하고 있다는 가정사를 많은 사람들 앞에서 꺼내 놓으며, S씨는 꺼억꺼억 힘겨운 울음을 터뜨렸습니다.

데보라 킹의 반응은 놀랍도록 태연하면서도 따뜻했습니다.

"그 이슈는 내 전문이에요. 나도 어릴 적 친아버지로부터 성폭행을 당했고, 그 트라우마를 극복하느라 여기까지 왔으니까요."

쓰러질 듯 용기를 내어 무대에 선 S씨를 향해, 어쩌면 그토록 기다려왔던 것일지도 모르는 손길이 내밀어졌습니다.

"그 폭행의 흔적을 없애드려도 될까요? 더 이상 그 아픔 속에서 힘들어 하지 않으셔도 됩니다."

"…… 네."

한 번도 건드려지지 않았던, 그리고 건드릴 수조차 없는 순수하고 온전한 자리. 그것을 가리고 있었던 수치심과 오래 묵은 베일들이 그녀로부터 벗겨져 나왔습니다. 그러자 저 깊은 곳까지 꾹꾹 누르고 있던 울음이 엉엉 터져 나왔고, 치유의 손길은 그 흐름을 타고 내면 깊은 곳으로 들어가 그녀의 가족 내에 흘렸던 성폭행의 잔재들까지 정화할 수 있었습니다.

S씨의 이슈는 주로 두 번째 차크라에 관련되어 있었습니다. 성폭력이 발생하면 원하지 않더라도 피해자와 가해자의 에너지가 서로 연결되기 때문에, 그 트라우마에서 쉽게 벗어나기 어렵습니다. 심지어 가해자가 느끼는 죄책감과 불편한 감정까지도 피해자에게 영향을 끼칠 수 있습니다. 피해자뿐만 아니라 가해자까지도 이 이슈에서 치유될 수 있어야 비로소 진정한 치유라고 할 수 있다는 의미입니다. 이런 사실은 일본군 위안부 문제로 오랜 시간 고민하고 있는 한국과 일본 두 나라에 하나의 힌트가 될 수 있을 것 같습니다.

데보라의 작업을 통해, 두 번째 차크라를 중심으로 가해자와 연결되어 있던 에너지들, 그리고 이와 연관된 감정의 잔재들이 정화되면서 눈물이 쏟아져 나왔습니다.

그러자 이니시에이션initiation이 일어났습니다. 과거에 해결되지 않은 감정이나 사건 등이 에너지 장 속에 남아서 엉켜 있다가 여러 가지 방식으로 해소가 되면, 기분이 좋아지고 건강이 향상되는 것뿐만 아니라 의식이 확장 상승하는 현상이 발생합니다. 많은 경우, 이것은 거대한 빛으로 경험되는데, 데보라는 이것이 어딘가 외부에 있는 것이 아니라 자기 자신의 궁극, 굳이 표현하자면 순수의식이나 가장 고차원의 자아로부터 빛을 받아 의식이 확장되는 것이라고 설명합니다. 그 빛을 만나도록 돕는 것이 어쩌면 에너지 힐러의 치유 작업이라고도 할 수 있습니다. 진실을 마주할 수 있는 스스로의 용기 덕분에 S씨는 자신의 오랜 상처를 치유하고 새로운 의식의 단계로 나아갈 수 있었습니다.

S씨는 지금 그 누구보다 부드럽고 단단하게, 자신의 삶을 용기 있게 살아가고 있습니다. 덮어서 숨긴 것이 아닌데, 어린 시절의 그 일들이 이제는 별로 상관없는 일처럼 되었다고 합니다. 스스로 힘들었던 만큼, 타인의 고통도 민감하게 알아차리는 자신의 타고난 재능을 계발하여 오히려 남을 도우면서 자신만의 길을 닦아가고 있습니다. 그 치유의 여정은 계속 진행중입니다.

# 찾아보기

Truth Heals

# CHAKRA CHART

BY Deborah King

| | | |
|---|---|---|
|  | <br>**6. 제3의 눈** Third Eye | <br>**7. 정수리** Crown |
| 기능<br>, 하시모<br><br>의 이상 | • 두통<br>• 상단/전면 부비강 문제<br>• 신경계 장애<br>• 나쁜 시력, 녹내장, 백내장, 황반 변성, 실명<br>• 뇌졸중, 뇌출혈, 뇌종양 | • 불안, 우울증, 양극성 장애<br>• 혼수상태, 기억상실<br>• 두통, 편두통, 뇌졸중, 뇌종양, 간질<br>• 다발성 경화증<br>• 파킨슨병<br>• 주의력 결핍 장애, 난독증<br>• 인지적 망상<br>• 루게릭병<br>• 정신질환, 정신분열증, 다중 인격 장애<br>• 치매, 알츠하이머병 |
| 실해야 한<br>다고 적는<br>는다. 자기<br>하고 모든<br>지라도, 안<br>있다고 느<br>는다. 아내<br>들이 내가<br>게 만들었<br>다. 진실을 | 자신의 고차원 지혜에게 자신이 바른 길을 가고 있는지를 알려달라는 지침과 징표를 달라고 요청하도록 한다. 자신의 목표와 방향에 대한 내면의 메시지에 귀를 기울이고, 긍정적이거나 평화로운 결과를 심상화 해보도록 권유한다. 이를 위해서는 아마도 자신만의 이해관계는 조금 밀어두고, 그대신 모든 사람을 위한 더욱 위대한 선(善)을 받아들여야 할 것이다. | 매일 기도, 명상, 자연과의 만남을 통해 신성이 삶으로 들어올 수 있도록 초대하라. 혹은 인내력 있는 운동선수처럼 신체적인 노력을 통해 신성과 연결하라. 현재의 연결을 존중하면 진실은 더욱 높은 차원의 연결을 위한 문을 열어준다. |
| 의 일기 한<br>믿는다면,<br>믿게 된다.<br>가 얼마나<br>자신이 되<br>을 표현하<br>목소리를 | 우리가 누구인지, 무엇을 원하는지를 진실하게 표현하는 일이 평화롭고 건강한 삶을 위해 중요한 열쇠이다. 자신의 목소리를 듣고 진정으로 느끼는 바가 무엇인지 인정하면, 지금 하고 있지만 별 효과가 없는 방법을 바꿀 수 있게 되고, 더욱 의미 있고 목적 있는 삶을 살게 된다. | 두려움, 불안감, 분노는 신성과의 연결을 막고 끊는다. 우리가 기도를 하는 이유 중 하나가 이런 이유에서이다. 여러 기술적 방법을 활용하여, 정수리 차크라를 통해 들어오는 빛을 막는 감정들을 해소하도록 한다. |

# 차크라 차트

| 태양신경총 Solar Plexus | 4. 가슴 Heart | 5. 목 Throat |
|---|---|---|
|  |  |  |
| ~와 저혈당을 포함한 췌장 문제<br>~십이지장 궤양과 같은 소화기<br><br>~변, 간염, 간암을 포함한 간 기능<br><br>~증 헤르니아<br><br>~질, 하지 정맥류<br>~장 장애 | • 울혈성 심부전증, 심장 마비, 승모판<br>  탈출증, 가슴통증<br>• 동맥 경화, 말초혈관 부전<br>• 천식, 호흡 곤란, 알레르기<br>• 폐암, 폐렴, 기관지염, 폐기종<br>• 유방암, 유방염, 물혹 같은 유방 질환<br>• 면역계 결핍<br>• 순환계 이상<br>• 견갑골 사이의 긴장이나 통증<br>• 어깨, 팔, 손목터널 증후군 같은 손의<br>  이상 | • 턱 관절(TMJ) 장애<br>• 목의 림프절 비대, 인후암<br>• 목의 문제들<br>• 어린 시절 만성 편도선염<br>• 갑상선 기능 저하증, 갑상~<br>  항진증, 갑상선염, 갑상선~<br>  토병, 그레이브스병<br>• 만성적인 부비강 문제<br>• 목, 목소리, 입, 이빨, 잇몸~ |
| ~아침이나 해지기 전에 햇볕을 쬐<br>~간을 가진다(단, 화를 잘 내거나 성<br>~하다면 너무 몸을 데우지 않도록<br>~ 육체적인 활동은 몸을 깨우고 재<br>~킨다(특히 아침에 일어나 맨 먼저<br>~). 태극권, 요가, 필라테스, 정원<br>~를 한다(가능하면 야외에서). | 반려동물과 사랑을 주고받는 것은 닫혔<br>던 가슴을 여는 좋은 방법이다. 강아지,<br>고양이, 말, 새 등과의 교류는 가슴의 상<br>처를 치유하고 우리에게 사랑하는 법을<br>다시 가르쳐준다. | 일기를 쓸 때에는 완벽하게 ~<br>다. 화가 나 있다면, 화가 ~<br>다. 적은 내용은 검열하지 않~<br>자신이 되어라. 겉으로는 화~<br>게 잘 잡힌 듯 보이는 상황~<br>으로는 두려움에 떠는 아이가~<br>낄지 모른다. 그걸 그대로 적~<br>의 가족을 만나러 갔는데, 그~<br>바보 같고 굴욕적이라고 느끼~<br>다면, 그 감정을 그대로 적는~<br>쓴다. |
| ~ 늦추고, 내가 누구이며 진실로 무<br>~끼고 있는지를 알게 되는 것이<br>~ 차크라의 건강에 매우 중요하다.<br>~아래에 있으면 에너지와 활력이 생<br>~자신과의 연결이 깊어진다. 스스로<br>~ 때 행동을 취할 수 있게 된다. 명<br>~도로 집중한다. 자신의 힘을 찾게<br>~른 사람으로부터 힘을 구하려 하<br>~ 된다. | 심장은 생명을 공급하는, 몸의 주요 기관<br>이다. 고통을 피하기 위해서 가슴을 닫으<br>면 오히려 질병을 촉진한다. 무조건적인<br>사랑과 용서, 내맡김(내려놓고 신의 손길<br>에 맡기는 능력)은 완전한 균형을 이룬<br>가슴 차크라의 특징이다. 무조건적인 사<br>랑을 베푸는 반려동물을 통해, 우리는 다<br>시 사랑하는 법을 배우게 된다. | 중요한 건 진정성이다. 자신~<br>장 한 장에 진실할 수 있다고~<br>세상에서도 진실할 수 있다고~<br>내가 진실을 표현할 때 몸 전~<br>이완되는지 느껴보자. 내가 ~<br>도록 허락하는 것이다. 내 마~<br>고, 내가 말할 수 있는 진실~<br>내어보자. |

절취선

| | 1. 뿌리 Root | 2. 천골 Sexual | 3 |
|---|---|---|---|
| **불균형 증상** | · 섭식 장애, 영양실조<br>· 아드레날린 부족<br>· 발, 다리, 꼬리뼈 이상<br>· 직장암, 대장암<br>· 척추 이상<br>· 면역 관련 이상<br>· 골다공증, 기타 뼈 질환 | · 성기능 장애, 발기부전, 불감증,<br>  무분별한 성행위<br>· 여성: 자궁 근종, 자궁 내막증, 골반<br>  염증성 질환, 월경 장애, 난소 낭종,<br>  난소암<br>· 남성: 전립선 문제, 전립선암<br>· 염증성 장 질환, 궤양성 대장염,<br>  크론병, 게실염<br>· 맹장염<br>· 만성요통, 좌골신경통<br>· 방광 · 비뇨기 문제 | · 당<br>· 위<br>  장<br>· 간<br>  문제<br>· 열<br>· 담<br>· 치<br>· 비 |
| **이렇게 해보자** | 땅과의 연결성을 회복한다. 맨발로 잔디밭이나 모래사장을 걷는다. 공원을 산책하고, 야외에서 하이킹하며, 등을 나무에 기대고 앉아 있는다. | 정기적으로 물속에 몸을 담금으로써, 스스로를 보살피고 관리하는 습관을 키우라. 바다 소리를 내는 음악을 듣는 것도 몸과 주변을 고요하게 하는 데 좋은 방법이다. 달빛 속에 걷는 것은 두 번째 차크라를 정화하고 충전하는 데 좋다. | 이른<br>는 시<br>질이<br>한다)<br>충전<br>할 경<br>가꾸 |
| **효과와 이유** | 지금 여기에 있다는 현존감은 건강에 매우 중요하다. 아주 어렸을 때 많은 사람들이 몸으로부터 '분리'되었다. 생존을 위해 분리가 유일한 방법이었을 때는 필요했겠지만, 두렵거나 심란할 때 몸을 떠나는 패턴은 버리는 것이 좋다. 몸 안에 있을 때 비로소 자신을 보호할 수 있기 때문이다. | 물은 두 번째 차크라와 관련된 수치심을 치유하는 데 도움이 된다. 목욕물에 모든 죄책감과 수치심이 분해되고, 다음과 같이 말함으로써 씻겨나가는 것을 상상하라. "나는 진실을 말하고, 참된 본성을 되찾는다. 나는 순수하다. 나는 깨끗하다." 물은 치유한다. | 속도를<br>것은<br>세 번<br>태양<br>기고,<br>건강할<br>확한<br>되면<br>지 않 |